LINA MERUANE, geboren 1970 in Santiago de Chile, gilt als eine der profiliertesten Stimmen der chilenischen Gegenwartsliteratur. Seit 2000 lebt sie in New York, wo sie an der NYU Lateinamerikanistik unterrichtet. Sie ist Gründerin und Verlegerin des in New York ansässigen unabhängigen Verlags Brutas Editoras. Meruane debütierte 1998 mit dem Erzählband *Las infantas;* inzwischen liegt ein vielgestaltiges Werk vor, das Romane ebenso umfasst wie Essays zur Palästinafrage (*Heimkehr ins Unbekannte*, 2020) und eine Anthologie über die Spuren von Aids in der lateinamerikanischen Literatur. Neben Auszeichnungen in ihrer Heimat Chile erhielt sie 2011 den Anna-Seghers-Preis für internationale Literatur und 2017 ein Stipendium des Berliner Künstlerprogramms des DAAD. *Nervensystem* ist ihr fünfter Roman.

SUSANNE LANGE, geboren 1964, ist eine der renommiertesten Übersetzerinnen aus dem Spanischen. Sie lehrte an der Universität Tübingen und der Universidad de los Andes in Bogotá, Kolumbien, und übertrug u. a. Octavio Paz, Federico García Lorca und Miguel de Cervantes ins Deutsche. 2009 wurde sie mit dem Johann-Heinrich-Voß-Preis für Übersetzung der Deutschen Akademie für Sprache und Dichtung ausgezeichnet.

AMY FRIEND, geboren 1974, ist eine kanadische Künstlerin, die mit verschiedenen Methoden arbeitet: Fotografie, Installation und gemeinschaftsbasierte Kollaboration. Das Cover von *Nervensystem* zeigt ihre Fotografie *This is me at nine years old*. Friends forschungs- und prozessorientierte Arbeiten wurden auf nationalen und internationalen Ausstellungen und Festivals gezeigt und befassen sich mit Geschichte, Zeit, Erinnerung, Staub, Ozeanen und unserer Verbindung zum Universum.

Lina Meruane

NERVENSYSTEM

Aus dem chilenischen Spanisch von
Susanne Lange

AKI

Inhalt

Für meine Brüder im Orbit

Ein System hat nicht nur eine, sondern jede mögliche Geschichte.

Richard Feynman (nach Stephen Hawking)

schwarze löcher

(unruhige gegenwart)

Das Land versank im Dunkel. Es war ein gewaltiges schwarzes Loch, ohne Kerzen.

Zu anderer Zeit, an anderem Ort war ihr Haus voller Kerzen gewesen, *dünne lange nebelhafte*, in blaues Papier gewickelt oder mit einer Schnur zusammengebunden, für den Notfall.

Es gab keine Kerzen im Land der Gegenwart, in dem der Strom nie ausfiel. Niemals, bis es doch geschah.

Sie sah die Lampe ersterben, die gerade einmal ihr Gesicht erhellte, kaum die Nacht. Ließ die Hände ein paar Sekunden auf der Tastatur, blinzelte vor dem hellen Bildschirm voller Zahlen. Sie. Und fragte sich, ob es an der Sicherung lag. Ob es bloß ein Stromausfall war oder ein Anschlag auf das alte Atomkraftwerk, erbaut und aufgegeben während des Kalten Krieges. Nicht weit von ihrem Haus entfernt, diese Atomenergie, die jeden Moment in die Luft gehen konnte.

In ihrem Land der Vergangenheit, immer am Rand der Katastrophe, verabschiedete sich der Strom oft wegen Überschwemmungen, Schnee auf den Bäumen, Ästen auf den Hochspannungsleitungen. Blanke Drähte, die dem Wind

Stromschläge verpassten. Kanäle und Flüsse schwollen an. Und Gebäude schwankten durch die beständige Reibung unterirdischer Platten. Vulkane rumorten und verspritzten Lava. Wälder brannten, Bäume stürzten um, verkohlt bis zu den Wurzeln, die Häuser bis zu den Fundamenten, *geschmolzene Wege Weiser Waben*, flatternde Vögel. Ihre Körper verbrannt, wenn sie sich mit der Evakuierung nicht beeilten.

Besessen vom Licht, diese Körper.

***

Das wirft mich noch weiter zurück, rief sie und hob die Arme; weiter, noch weiter wirft mich das zurück, und sie schrie nach ihm, der bestimmt schon gehört hatte, wie sie überall Schubladen aufriss und zuknallte, vergebens auf der Suche nach einer Taschenlampe. Sie wühlte zwischen Papieren, Schlüsseln und fluchte. Seine aufflackernde Stimme goss Öl ins Feuer, lass es sein, Elektron. Seit Monaten sagte er ihr schon, sie solle den Computer zuklappen, ihre Doktorarbeit aufgeben und damit die Qualen, die ein solches Forschungsprojekt mit sich brachte, eine lebenslange Strafe.

All die endlosen Stunden Arbeit, sie werde noch explodieren. Das sagte er, der sich mit Sprengsätzen auskannte. Aber er sagte nicht explodieren, sagte nicht durchbrennen, er sagte und verbrühte sich dabei die Zunge an dem Kaffee, den er sich eben gemacht hatte und jetzt im Dunkeln balancierte. Sagte, als spuckte er es aus: Kurzschluss.

Und sie sah, wie ein flinker Funke ihre Nerven entlanglief. Die Haut, die Härchen darauf *züngelnd zitternd elektrisch*.

***

Selbst die unbedeutendsten, schwächsten Sterne betupften nun die Nacht mit ihrem Licht. Über der erloschenen Stadt schienen sie zu dampfen vor Helligkeit. Sie ging ans Fenster und bewunderte sie. Die strahlenden Sternbilder, das pulverisierte Universum der Physik, das sie nicht einfangen konnte in dieser Doktorarbeit, an der sie seit Jahren schrieb. Seit Jahren nicht schrieb. Zuerst hatte sie die elliptischen Umlaufbahnen und ihre Magnetfelder studiert, die Asteroidengürtel und die Überreste jahrtausendalter Supernovae; sie hatte Monate, vielleicht Jahre den Sternensystemen gewidmet, die der Sonne am nächsten lagen, hatte vergebens bewohnbare Planeten gesucht und nach Gestirnen gefahndet, die der Erde glichen. Eins führte zum anderen und widerlegte das Vorige, zwang sie, ihre Forschung wieder von vorn zu beginnen.

Ihren letzten Versuch würde sie den Sternen widmen, die bereits erloschen und kollabiert waren und nun dichte schwarze Löcher bildeten.

Doch diese Löcher brauchten einen Doktorvater, der von ihnen wusste und ihre Dissertation betreute. Einen, der darauf vertraute, dass sie es mit so einer Dichte aufnehmen konnte. Nicht einmal sie war sich sicher, ob sie es schaffen würde, und ihre Zeit lief ab.

***

Mit einem Mal leuchteten alle Glühbirnen zugleich auf, wie von einem Blitz belebt. Die Vorstellung ging weiter, nach einigen Stunden Pause. Sie öffnete eine Dose Cola voll Zucker und Koffein, würde sie trinken, bevor sie sich wieder dem Bildschirm überließ, ohne Rücksicht auf sich selbst. Sie würde kosmische Abweichung und Strahlung berechnen. Die Bewegung der Sterne messen, die sich rund um das Loch sammelten, *rotierender gieriger point of no return*, das sie schlucken würde. Formeln tippen und anschließend verwerfen.

Wenn sie zu ihm ins Zimmer sah, an dem Morgen und an den folgenden, würde er die Narbe runzeln, die quer über seine Stirn lief. Nein, auch er glaubte nicht mehr daran, dass sie es zu Ende bringen konnte.

***

Während sie an Stromstörungen und unergründliche Löcher dachte, blitzte die Hoffnung auf, krank zu werden. Ihr Kopf hatte sich noch nicht für eine Krankheit entschieden. Ein Schnupfen oder eine Grippe würde ihr nicht die Zeit verschaffen, die sie für die Fertigstellung der Doktorarbeit benötigte. Mit einer Lungenentzündung konnte man nicht arbeiten. Krebs war zu riskant. Da streifte der Vater durch ihr Gedächtnis, mit dem blutenden Geschwür, das ihn mehrere Monate ans Bett gefesselt hatte. Sie sah sich selbst, wie sie in einem anderen Bett lag, vor sich der Computer, und weich gekochte Eier und fade Kekse aß und heimlich korrosive Schlucke Cola nahm.

Krank werden: Darum würde sie die Mutter bitten, die sie auf die Welt gebracht hatte, die genetische und verstorbene Mutter. Die sie nie kennengelernt hatte. An sie wandte sie sich immer, wenn es kritisch wurde. Sie zündete ein Räucherstäbchen an und bat die Mutter, sie an etwas Ernstem, aber Vorübergehendem erkranken zu lassen. Ohne zu sterben wie die Mutter, so plötzlich. Nur so lange, dass man sie für ein Halbjahr vom Unterricht in Planetologie befreite, in all den Klassen mit all den unaufmerksamen Schülern, die sie *bilden bewerten blitzschnell vergessen* musste. Bloß ein kurzer Urlaub von dieser schlecht bezahlten Arbeit, damit sie sich einer anderen widmen konnte, gar nicht bezahlt.

Sonst konnte sie sich an niemanden wenden. Ihr Vater hatte ihr bereits gegeben, was er besaß.

***

Geschichte eines geheimen Pakts. Niemand wusste, dass der Vater ihr Studium im Land der Gegenwart mit den Ersparnissen für sein zukünftiges Alter finanziert hatte. Von dieser Abmachung waren ihre drei Geschwister ausgeschlossen worden und die Mutter, die nicht ihre war. Denn die Mutter, die die erste ersetzt hatte, wäre niemals einverstanden gewesen. Das ganze Geld!, hätte sie ausgerufen, sich für ihre eigenen Kinder in die Bresche geworfen, enterbte Zwillinge. Ein Vermögen!, hätte sie ins Feld geführt, voller Angst, welche Entwürdigungen diese Ausgabe für den Vater mit sich bringen könnte.

Nie hätte der Vater seiner zweiten Frau erzählt, dass er dieses Versprechen seiner ersten gegeben hatte, als sie nach der Geburt der Tochter so schwer erkrankt war. Versprich mir, dass sie studieren kann, was sie mag, dass du ihr die Ausbildung bezahlst, für die sie sich entscheidet, ohne Bedingungen, flüsterte sie mit zittriger Stimme, jedoch sicher, dass sie sterben würde. Ebendas hätte ich gewollt. Hätte ich getan. Studieren. Hätte ich nicht, und sie hielt inne, schloss die Augen für eine lange Sekunde. Geheiratet, sagte sie, ein langsam ausblutender Satz. So jung, ich, dich. Hätte ich.

***

Er, schon gekämmt, angezogen und rasiert, das Frühstück fast aufgegessen, bereit, ins Radiokarbonlabor zu gehen und frisch entstaubte Knochen zu datieren. Sie schleppt sich angezogen, doch ungekämmt ins Schlafzimmer, um ihre Lehrerinnenmontur auszuwählen und die Aufzeichnungen für die fünf Stunden zusammenzusuchen, die sie an dem Tag in drei über die Stadt verteilten Schulen unterrichten wird. Mit trüben Augen setzt sie sich an den Tisch und vertraut ihm an, was ihr am liebsten wäre. Krank werden. Sechs Monate Beurlaubung herausschlagen. Zu Hause bleiben, allein mit ihren beiden Händen, den zweiundachtzig Tasten unter den zehn Fingern, die im Wechsel auf sie herabfallen. Ihren Abdruck in einer Doktorarbeit hinterlassen, der noch anstrengende Wochen am Schreibtisch fehlen.

Be careful what you wish for, antwortet er und vereint die Brauen auf einer Geraden. Die spitze Nase weist zum leeren Teller, während er diese Warnung flüstert. Du brauchst nicht die Billigung deines Dad, sagt er entnervt, du musst ihm nicht mal sagen, dass du noch nicht fertig bist, es vielleicht nie sein wirst. Du brauchst diesen Titel nicht, Elektrode, nicht, um Astronomie-Unterricht zu geben. Außerirdische Planetologie, korrigiert sie.

Sie hat ihm nie erzählt, dass sie für ihr Studium kein Stipendium erhalten hatte, ebenso wenig, woher auch noch der letzte Peso dafür gekommen war, aus welcher Tasche, hat ihm nicht erzählt, dass sie vorhin ihren Vater angerufen und gesagt hat, eben war meine Disputation, jetzt habe ich den Doktortitel. Auch nicht, dass ihr Vater traurig oder vielleicht mit leichtem Groll entgegnete, wurde auch Zeit, Kleines. Und dann schwieg, bevor er feststellte, sie sei nun die einzige echte Doktorin in der Familie. Eine etymologische, nach Herkunft des Wortes, flüsterte der Vater, während sich ihr die Kehle zusammenschnürte.

Sie wusste nicht, warum sie gelogen hatte, aber auch das war eine Lüge.

***

Be careful, und er stand vom Tisch auf und ging fort, ohne ein Wort des Abschieds.

9 Wochen. 63 Tage. 1512 Stunden später war sie noch immer die trübe Bewohnerin dieser Wohnung, in der sie zwar gemeinsam lebten, gemeinsam aßen, gemeinsam schliefen, die Beine ineinander verhakten, bis man ihre Körper nicht mehr auseinanderhalten konnte, in die sie sich jedoch vor allem zum Arbeiten zurückzog. Die Prüfungen waren korrigiert, ihre Schüler benotet. Sie hatte das Halbjahr ohne ein Niesen, ohne eine Migräne abgeschlossen, aber nun begann der Sommer, und die Zeit gehörte ganz ihr, sie würde ohne Unterbrechung arbeiten.

Und sie tippte, ja, hielt jedoch inne, ließ sich ablenken, schrieb auf ihrem Handy Nachrichten voller Rechtschreibfehler, erstellte Reihen mit einem nicht passenden

Begriff, notierte beliebige Wörter, die sich bloß reimten, sonst nichts, auch wenn ihnen eine seltsame Schönheit innewohnte. Und sie knabberte sich einen Fingernagel blutig, kratzte sich am Bein, machte sich einen Tee mit Milch, sah aus dem Fenster, setzte sich wieder.

***

Sie lehnt sich nach hinten und streckt beide Arme aus. Dreht den steifen Hals zur Seite, dann nach vorn. Ein Krampf läuft ihr den Rücken hinunter, dann Reglosigkeit.

***

In diesem heißen, feuchten Sommer wehte höchstens die matte Brise des alten Ventilators.

Dahin gingen, *hastige Striche Zahlen an der Wand*, die Tage und Stunden. 1564. 1598. 1613. Und während dieser Stunden blieb sie reglos, ein Heizkissen im Nacken. Der verfluchte Tisch zu hoch, der harte Stuhl, der sie jetzt in die Horizontale zwang. Der verfluchte jähe Schmerz, wann immer sie die Stellung wechselte.

In zwei Tagen arbeite ich wieder, verordnete sie sich und stellte die höchste Stufe ein.

***

Sie hatte brennen wollen. Beide Hände hoch in der Luft, so hatte sie die kleine Paraffindose gehalten und in einem Zug ausgetrunken. Dieser Körper, ihr fünfjähriger Körper, hatte sich nicht den Geschmack des Brennstoffs gemerkt, den die Großmutter benutzte, um das Orange und Blau der Flammen im Kamin zu entfachen.

Sie erinnerte sich nicht mehr, was danach geschehen war.

***

Als sie das Heizkissen ausschaltete und das Bett verließ, dachte sie erst an eine Brandverletzung. Ein unerträgliches Brennen hatte sich in *Schulter Nacken Glut* eingenistet. Vor dem Computer sitzend hatte sie das Gefühl, in eine unsichtbare Wunde gehüllt zu sein, die sie erstickte. Draußen heizte der Sommer noch immer die Backsteine auf, und jede Bewegung war ein Aufflammen, jedes Ankleiden ein Tod, und so beschloss sie, nackt in der Küche zu arbeiten.

Nur die kreisenden Flügel an der Decke besänftigten das Brennen.

Wichtig war bloß die Flammenwut auf ihrer Schulter.

***

Hatte sie sich verbrennen wollen, oder war die Hand aus Versehen unter das Gitter geraten, das vor der Gasflamme schützte? Das Brandmal, das dieser gewollte Unfall ihrer Kindheit hinterlassen hatte, war jetzt kaum mehr als ein Fleck faltiger Haut, der damals gewiss den ganzen Handrücken bedeckt hatte.

***

Inflammatio. In flames. In Flammen. Entbrannt, nicht in Liebe.

Der griechische Philosoph der Entzündung war vor zwanzig Jahrhunderten erkaltet und ruhte steif unter der Erde. Aber nein, er ruhte nicht, weder steif noch bekleidet oder nackt, dachte sie, seine Bestandteile waren aufgelöst unter Ruinen. Das hatte er ihr erklärt, ihr Knochenexperte: Von dem Leichnam war kein Splitter mehr übrig, kein Gramm *Hirn Schweiß Haare auf der Brust.* Nur Calcium und Phosphor. Und Wasserstoffatome, sagte sie, Moleküle. Dieser Körper wäre nicht mehr der geringsten Möglichkeit einer Entzündung ausgesetzt, die sich, wie ebenjener Denker beschrieben hatte, durch vier Kardinalsymptome auszeichnete.

Rubor. Tumor. Calor. Dolor.

Das waren die Anzeichen, nach denen sie an ihrem Rücken gesucht hatte, einen Spiegel zwischen Schulterblatt und Schlüsselbein balancierend. Keine Verfärbung. Keine Schwellung, keine Wärme bei Berührung. Keine Spur einer Verletzung, aber da war der Schmerz wie eine zweite Haut.

***

Anstatt ihren Vater anzurufen, wählte sie die Nummer des Knochenexperten, um ihm vom Rätsel der Brandwunde zu erzählen. Es gab keinerlei Hinweis, dass sie sich versengt hatte. Es ist nicht einmal gerötet, brennt aber, erklärte sie ihm, während sie Zahnpasta auf *Rumpf Rücken tote Zungen* strich. Doch er kannte sich nur mit trockenen Knochen aus. Dazu fällt mir nichts ein, und seine Stimme klang abgelenkt, feindselig vielleicht. Er konnte ihr nicht helfen von jener fernen Stadt seines Kongresses aus, doch sie sprach weiter wie zu sich selbst, hielt das Handy in den weiß beschmierten Fingern. Ich muss mich verbrannt haben, innen drinnen, unter der Haut, das ist die einzige Erklärung, die ich habe.

Er hatte sie gewarnt. Zu viele Stunden Arbeit. Zu viele Nächte Übernächtigung und ganze Tage mit elektrischer Hitze auf einem Muskel. Allzu viel Vernachlässigung dessen, was sie beide einmal gewesen waren. Aber er wiederholte es nicht. Frag deinen Vater, sagte er stattdessen.

* * *

So erlischt allmählich der Sommer. So, widerstrebend, halb nackt, Pfefferminz verströmend und ohne mit dem Manuskript eine Zeile weitergekommen zu sein, entschlossen, die Doktorarbeit ruhen zu lassen, bis das Brennen nachlässt, steigt sie in ein Flugzeug, um sich mit ihm in der fernen Stadt seines Kongresses zu treffen.

Diese Stadt weitab in der Provinz, so feucht und frisch, so aufgerührt von nächtlichen Böen, ist eine Erleichterung.

Und obwohl die Brandwunde und ihr Gespenst nicht weichen, lässt die Intensität langsam nach. Das Unbestimmbare wird gemildert, doch zwischen sie und ihr Symptom schiebt sich etwas anderes: eine leichte Taubheit, die in der Schulter beginnt und über den Arm bis zum Ellbogen wandert, bis sie den Rücken der rechten Hand erreicht, die Finger, wo alles angefangen hat.

Das war kaum mehr als Spekulation, vielleicht hatte es gar nicht dort begonnen. Das geschädigte Schulterblatt, der geschädigte Arm ließen andere Lesarten zu. Denn es waren nicht mehr nur *Schulter Arm Karpaltunnel*, sondern auch die Schädelbasis, die Gesichtsränder, die Zunge.

Unter der lauwarmen Hoteldusche merkt sie, dass ihre Haut sich verabschiedet hat. Sie berührt sich, spürt sich aber nicht. Das Handtuch gleitet wie ein Hauch über ihren Rücken. Und wenn der Knochenexperte sie berührt, was spürt sie? Doch seit Langem schon berührt er sie nicht mehr. Wenn er sie betrachtet, sieht er sie verschwinden?

***

Sie schrieb *eingeschlafener Arm* in die Suchleiste und konnte nicht mehr schlafen.

Sie konsultierte per Mail einen Neurologen im Land der Gegenwart, doch der Arzt geizte mit Worten, schrieb einsilbig zurück, wenn er überhaupt daran dachte, ihre Nachrichten zu beantworten. Also wandte sie sich an ihren Vater, mochten eingeschlafene Arme auch nicht sein Fachgebiet sein, und an den Antipoden der Vergangenheit sagte der Vater am Telefon, wegen einer Parästhesie müsse sie nicht vorzeitig zurückkehren. In einer lakonischen Zeile ohne Interpunktion kam der Neurologe zu einer ähnlichen Auffassung, aus der Zukunft geschickt, ein eingeklemmter Nerv sei kein Grund zur Beunruhigung. Doch bei einem anderen Anruf in der fernen Stadt befand ihr Vater, es sei kein eingeklemmter Nerv. Die Mutter war der gleichen Meinung. Ihr Bruder, der Erstgeborene, ließ die

Fingerknöchel knacken. Die anderen Geschwister wurden nicht befragt.

Nur der Knochenexperte wahrte ein nervöses Schweigen.

* * *

Und die Frau, die sie Mutter nennt, seit sie denken kann, fragt jeden Morgen in einer Nachricht nach dem Arm, den dieser seltsame Schlaf entlangwandert. Und sie antwortet mit einem kurzen Bulletin: *keine Veränderung, nichts Neues*. Und verabschiedet sich von dieser Mutter, die ihre ist und zugleich fremd, indem sie tippt: *Danke, dass du fragst, eine große Armung*. Erst beim Versenden merkt sie, dass ihre legasthenischen Finger die Vorsilbe weggelassen haben.

* * *

Porträt eines rebellischen Arms, der sich gegen die Fahrstuhltüren stützte, wenn sie vom Untergeschoss hinauffuhren. Sie solle sich da nicht abstützen, das sei gefährlich, warnte ihr Vater, aber sie lehnte das Gewicht ihrer Kindheit gegen diese rostigen Türen, die mit einem Quietschen auseinanderglitten. Die Stahltüren öffneten sich im sechsten Stock und nahmen ihren Jackenärmel mit, ihre weichen Muskeln, ihren Oberarmknochen. Die Türen verklemmten sich, und die Mutter *schreiend brüllend blökend* fürchtete, der Arm könnte abgetrennt werden, doch der Vater packte sie mit seinen Pranken und riss sie weg.

Er versetzte ihr eine unvergessliche Tracht Prügel, die sie jedoch vergessen hat.

Die Tochter auf dem Schoß des Vaters. Die Tochter, die sich die Augen wischt, während der Vater ihr eine Geschichte erzählt, an die sie sich auch nicht erinnert. So viele Augenblicke, eingeschlafen in ihrem Gedächtnis.

***

So sehen ihre erzwungenen Ferien in der fernen Stadt aus. Nachmittags geht es ihr immer schlechter.

Während sie auf den Arzt warten, den das Hotel hat rufen lassen, bestellen beide eine Suppe und löffeln sie still in der Lobby. Blicken ständig vom Teller auf, halten nach dem Arzt Ausschau, doch der schleicht unerkannt an ihnen vorbei wie ein Gespenst ohne Laken und geht wieder fort, ohne sie gesehen zu haben.

Sie müssen warten, bis er seine Nachtschicht beendet, warten, bis er zu dem verlorenen Arm zurückkehrt, und es ist bereits Mittag. Glocken läuten von den Kirchen herab.

***

Wie ein Fußballer hieß dieser Arzt, untersuchte sie jedoch wie ein Trainer oder Masseur. Sie musste in dem kleinen Zimmer eine Reihe koordinierter Bewegungen ausführen. Musste vorwärts und rückwärts gehen, in gerader Linie. Die Arme heben, während seine von oben dagegendrückten, damit er ihre Kraft einschätzen konnte. Sie musste erst mit dem einen Zeigefinger die Nasenspitze berühren, dann mit dem anderen, musste mit den Augen der horizontalen Linie folgen, die sein Finger beschrieb. Er schob einen Fingerknöchel zwischen jedes

Rippenpaar und fragte, ob es wehtue, tastete ihren Kopf nach Schwellungen ab, drehte ihren Hals, den sie locker lassen sollte. Er blies über ihre Zehen, nachdem er sie mit einer Stecknadel angestochen hatte. Er kam zu keiner Diagnose. Vielleicht ist es der eingeklemmte Nerv, ein Bandscheibenvorfall, sagte er zögernd, doch das müssten wir uns im Röntgenbild ansehen.

Der Vater trommelt mit frisch geschnittenen Fingernägeln auf den Tisch, während er wartet, dass die Tochter ihm mitteilt, zu welchem Schluss der Arzt des fernen Landes gekommen ist. Er besteht darauf, mit dem Allgemeinarzt zu sprechen, und beide erörtern ihr Schicksal, das schlimmer für sie aussieht, wenn der Vater recht haben sollte. Der Masseurarzt optiert für eine Spritze, die der Vater ablehnt, und der desavouierte Arzt zuckt mit den Schultern und gibt sich geschlagen und den Fall auf, reicht ihr wieder den Hörer mit dem Vater darinnen.

Es ist kein eingeklemmter Nerv, beharrt der Vater ungeduldig am anderen Ende der Leitung. Dieser Nerv verläuft nicht dort, wo dein Symptom auftritt. Und mit der ernsten Stimme des Dozenten, der er ebenfalls gewesen ist, erklärt er ihr trocken die Anzeichen, die für eine Blutung oder einen Gehirntumor sprechen würden.

***

Unter fernen Hotellaken reibt sie sich die eingeschlafenen Ränder des Gesichts, als könnte sie es dadurch wecken. Ihre Pupille wandert wieder über medizinische Webseiten, die die Parästhesie mit Krankheiten in Verbindung bringen, die mit einer Lähmung enden. Das Auge rollt, fällt ins Leere, schlägt auf der Tastatur auf und weckt ihn, der knurrt, bitte, mach das aus.

Er nimmt ihre kalte Hand, verflicht Finger für Finger *steif magnetisch klamm*, bis er sie alle eingefangen hat. Die raue Haut, die sie vereint und kratzt. Der Zeigefinger, der das Licht ausschaltet. Das Handgelenk, das sich biegt. Der Handteller, der ihre Lider bedeckt und sie am Lesen hindert.

Diese Seiten, die der Vater ihr strikt verboten hat. Doch der Arzt, auf den sie am wenigsten hört, ist immer ihr Vater gewesen.

***

Zurück in der Stadt der Gegenwart hält die Hand des Neurologen ihre Finger in den seinen, kraftlos, kalt, als wollte er sie weniger drücken, als ihren Puls suchen.

Dieser Arzt wird lädierte Halswirbel und einen gequetschten Nerv feststellen, Überarbeitung oder all die Papiere, die sie mit sich schleppt, über *Rampen Brücken Züge Stadtgerippe*. Und dieses Kribbeln im Gesicht, ist das Nervosität? Der Arzt entfaltet ein unfreiwilliges, unpassendes, unerträgliches Lächeln, ein zuckendes Lächeln: Your nervous face. Nerv oder Nervosität, wer weiß. Das weiß niemand, denkt sie. Der Neurologe sollte es wissen, doch er ist ein Arzt mit vorgefasster Meinung. Ich bin nicht schwachsinnig, weil ich eine Frau bin. Dieser Gedanke strahlt auf ihre Wangen aus und benetzt ihre Zunge. Womöglich ist es gar kein eingeklemmter Nerv, wirft sie ein und ahmt ihren Vater nach. Es ist ein Nerv, entgegnet der Arzt und betont kräftig das *ist*. Wir könnten es uns ansehen, um sicher zu sein, bringt sie vor und folgt im Plural der Empfehlung des Arztes oder Masseurs im fernen Land. Wir sind uns völlig sicher, hört sie den Neurologen schon sagen, der sich die Lider unter den buschigen Brauen reibt, absolutely sure, sagt er tatsächlich und dehnt in beiden Wörtern das u. Unless you insist, und er macht eine Pause, ein Kräftemessen, der Arzt sammelt Sauerstoff, lässt seine blitzenden Zähne vor ihr knirschen, die insistiert, I would absolutely insist, und ihre schiefen Zähne versteckt, die Backenzähne voller Mulden, in denen sie mit der Zunge spielt.

Wir wissen genau, was die Bilder zeigen werden, stellt der Neurologe fest, erhebt sich siegreich von seinem Stuhl und tippt mit vervielfältigten Fingern das Rezept für die MRT.

***

Sich in die Nacht stürzend senden die Fledermäuse zu ihrer Orientierung ein Kreischen in verschiedenen Frequenzen aus, dessen Echo ihnen anzeigt, was sich rund um sie bewegt. Was die Kurzsichtigkeit ihnen zu sehen verwehrt, erhält Form, Umfang, Geschwindigkeit durch den unhörbaren Hall, der zurückkehrt. Die Resonanz ist das blinde Kreischen der Medizin. Ein Klangstrahl von Bildern im undurchdringlichen Dunkel des Körpers.

***

Nie war sie in einer Resonanzröhre gewesen. Die Mutter, die das bereits erlebt hat, empfiehlt ihr, die Augen zu schließen und sich auf etwas Angenehmes zu konzentrieren. Doch mitten im Beschuss mit schrillem Pfeifen und zermürbendem Glockenläuten findet sie keinen einzigen ruhigen Ort, an den sie sich flüchten könnte. Böse Erinnerungen überfallen sie. Der Anruf, durch den sie von dem Attentat auf ihn erfuhr. Sein Kopf, *rundum bandagiert voller Schweigen*, und ihr eigener voller Schrecken. Sie wird attackiert von imaginären radioaktiven Kraftwerken, Bomben mit ebendem Wasserstoff, der die Sterne erhellt, Tauben, die Oxide auf sie kacken. Ihre Forschung voller Ruinenlöcher, die sie nicht zu füllen vermag. Vielleicht wird sie damit leben müssen, sagt sie sich, damit sterben müssen, jemanden damit umbringen, ihren Vater, immer am Rand des Zusammenbruchs.

Auf einmal ändert sich das Klopfen im Gerät, wird sanfter, beschleunigt sich, ein Sausen erfasst sie, so misstönend wie die Resonanzröhre, in der sie sich befindet. Wellen schlagen gegen die Felsen, während sie im Ozean versinkt, sich von der Strömung aufs offene Meer treiben lässt. Sie schwimmt in dem Geräusch, durchquert eine aufgewühlte südliche Meerenge – oder versucht es –, in der so viele Matrosen mit Skorbut Schiffbruch erlitten haben, so viele *Schiffe Masten Nager der Conquista*. Das Meer bäumt sich auf, biegt sich im Schaum der Kämme, hebt sie empor und lässt sie mit einem Schlag gehärteten Wassers fallen. Mit Ohrstöpseln durchquert sie ohrenbetäubende Brandung, konzentriert sich auf ihren Atem. Es dauert nicht mehr lang, sagt sie sich erschöpft, atmet ein und aus, ohne aus dem Takt zu kommen, nicht unbedingt, um die Küste zu erreichen, sagt sie sich, während sie ihren Mund mit Luft und Salzwasser füllt, den ganzen Ozean verschluckt, Mal auf Mal und noch ein Mal.

***

Damals am Strand. Die Cousine, die sie anstachelte, sich mit ihr in das kabbelige, verbotene Meer zu wagen. Die Schilder untersagten das Baden, doch ihre nahe Cousine, die älter und kühner war, unverschämter, im Nabel einen Ring, die Strähnen ausgeblichen von der Sonne, diese Cousine, die alles vor der Zeit erledigen sollte, *sich verlieben heiraten Kinder kriegen Witwe werden*, ihre Cousine bestand darauf, ins Wasser zu gehen. Sei nicht kindisch, hör auf, deine Muscheln zu sammeln. Und als die Cousine sah, dass sie zögerte, mit ihrem Glas voll hohler Muscheln in der Hand, öffnete sie den Mund und bot ihr einen angelutschten, aber noch runden Bonbon an, mit Ananasgeschmack. Sie nahm ihn, legte ihn sich auf die Zunge wie ein Madonnenmedaillon und streifte die Angst ab, verlockt von der Cousine, die sie in ihrem Bikini anlächelte. Sie ließen die Handtücher auf dem Sand zurück und rannten ins *kalte Wasser Kristallnadeln*, die in die Knochen stachen. Und sie schwammen hinaus, von Strömung, Wirbeln und hohen konkaven Wellen mitgerissen, denen sie hatten ausweichen wollen. Dieser hautnahe Kampf erschöpfte sie, die Brecher kamen in Dreierreihen, wühlten beim Überschlagen den funkelnden Schaum auf und gruben Schlaglöcher in den Meeresboden. Die Wellen vermehrten sich, entschlossen, sie zu bezwingen. Da machte ihr die Cousine, aller Kühnheit ledig, Zeichen, an Land zu gehen. Sie vollführte ein paar Schwimmstöße, bevor sie sich aufrichtete, zwei feste Schritte, aber dann ein unerwarteter Abgrund, und sie verlor den Boden unter den Füßen und verlor den Kopf, die Kontrolle über ihren ganzen Körper. Sie sah, wie die Cousine unterging und auftauchte und, im Mund einen schwarzen Algenfaden, stammelte, ich fahre in die Grube, dann wieder verschwand. Kurz tauchte ihr Kopf mit dem blonden, zerzausten Haar noch einmal auf, mit starren Puppenaugen, glänzend von Salz. Sie schrie der Cousine zu, aber es waren triefende Schreie, die mit der Cousine versanken, sei nicht blöd, brüllte sie, das ist der Mond, der die Flut anzieht, die Wellen aufwühlt, es ist das gleiche kabbelige Meer wie immer mit seinen *Medusen Quallen knotigen Algen,* betete sie herunter wie eine Beschwörungsformel. Und sie näherte sich der Cousine von hinten, griff ihr unter die Arme und schleppte sie langsam zurück. Ihre dünnen Beine trieben beide mühsam voran, die Arme versuchten zu verhindern, dass das fast leblose Gewicht der Cousine sie auf den Grund hinabzog. Alle beide.

Sie beschimpfte die Cousine, als sie auf dem Strand lag, ihr Bikini noch immer grün von Algen, sie immer noch zitternd, immer noch hustend. Die Cousine, die sich Reste von Meer aus den Lungen beförderte. Sie verfluchte sie lauthals, bis ihre Stimme versagte, und stumm trat sie *giftige Muscheln wutentbrannten Sand* in ihre Richtung.

* * *

Porträt des gewaltigen Lochs im Zentrum der Galaxie. Ein so dunkler Nabel, dass ihn niemand je hat sehen können, nur erahnen, wenn er fluoreszierende Sterne und Gaswolken in seine *elliptische prekäre Periskopspirale* zieht, die alles verschlingt. Ein Körper, der sich seinem Rand nähert, dehnt sich in die Länge und wird immer röter, bis er verschwindet, vom Loch verschluckt. Daran dachte sie, als das MRT-Gerät verstummte. Der Labortechniker, der sie aus dem Innenraum, aus der gewaltigen Röhre holte und ihr die Ohrstöpsel herausnahm, sagte, it wasn't so bad in there, right?, und sie schüttelte den Kopf, aber der Techniker hielt sie wohl für verwirrt, als sie antwortete, no, not too bad, but of course not, denn ein Körper sei sich nicht bewusst, wenn er in einen kosmischen Wirbel stürze, dieser Körper wandere blindlings weiter ins Innere, und das ferne Echo dieses Meers ohne Gezeiten lenke ihn von den Geräuschen der eigenen Agonie ab.

***

Die Tage vergehen wie lang gezogene Wellen. Ihr Schwindelgefühl ist nun das Warten.

Schließlich vibriert die Telefonleitung und entsendet zwei Berichte, telegrammartig knapp wie ihr Arzt. Positiv: Kein eingeklemmter Nerv zwischen den Wirbeln. Negativ: Etwas von anderer Art hat sich in ihrer Wirbelsäule gezeigt. Von welcher Art, fragt sie und sinkt auf einen leeren Stuhl im Klassenzimmer, in dem sie eben unterrichtet hat. Eine Rückenmarkentzündung. Ein greller weißer Fleck im Genick. Aber anstatt sie einzubestellen und ihn ihr zu zeigen, schickt sie der Neurologe kopfüber zurück in die Wellenröhre.

***

Man gibt ihr einen Termin für die nächste MRT, und der Vater empfiehlt, eine Kopie der ersten anzufordern. Sie geht zum neurologischen Institut, um sie sich zu holen, und während sie im Untergeschoss wartet, blitzt in ihrem Geist auf einmal der Krebs auf, den die Mutter vor einem Jahrzehnt überlebt hat, und eine Szene aus einem Roman, den sie während der Rekonvaleszenz der Mutter gelesen hat. Es ist das Bild einer Frau, so anders als die Mutter und zugleich ebenso krank oder noch kränker, doch wie krank sie beide sind, werden sie erst später entdecken. Auf dem wackeligen Stuhl im Untergeschoss sieht sie die Frau aus dem Roman vor sich, an den Badspiegel geklebt die Röntgenbilder ihres Übels, als hingen da Schmutzlappen zum Trocknen. Zwei schwarze Lappen, geädert von Röntgenweiß. In den Flecken auf ihrer Brust meint die Frau das Gesicht der heiligen Jungfrau zu erkennen, die sie retten wird, von der Jungfrau, die sie in die Hölle mitnehmen wird, denkt sie, die weiß, wie der Roman endet.

Sie hat noch keinen Besuch empfangen, weder von heiligen Jungfrauen noch von Teufeln, denn sie hat noch nichts zu sehen bekommen, hat sich noch nicht über ihr Inneres gebeugt. Die durchscheinenden Scheiben ihrer Wirbelsäule befinden sich verschlüsselt auf der CD, die man ihr zusammen mit einem ausgedruckten Bericht übergibt, und sie muss erst noch *Gehirnwindungen ergründen interpretieren*, Wort für Wort.

Die Masse eines jeden Wortes, der Schwerkraft ausgesetzt.

Medulla spinalis, vom altgriechischen myelós. Kein gutes Zeichen sendet ihr Rückenmark aus, und Demyelinisierung ist die Zerstörung der Myelinscheiden, die den Nerv schützen. Myelitis, wiederholt sie langsam und spricht diesen melodischen, zugleich so mühsamen Namen, dass er sie schmerzt bis ins Mark.

***

Die Worte ihres Vaters: Information ist nicht gleich Wissen. Als wüsste sie das nicht. Sie, mit all ihren kosmischen Daten, die sie nicht interpretieren kann. Sie, die planetarisches Wissen an ihre Klassen weitergegeben hat, Halbjahr für Halbjahr, ohne Unterlass, und bereits wieder unterrichtet, trotz ihres Rückenmarks.

Und weil Wissen nicht nur angehäuft wird, sondern auch verloren geht, wenn man nicht darauf zurückkommt, wiederholt sie den Stoff, den sie in Schulen der ganzen Stadt unterrichtet. Den neuen Jahrgängen widerstrebt immer mehr die Vorstellung, dass das Universum einem kosmischen Knall entsprang und sich seit dem Big Bang ausdehnt und zur Unordnung und Auflösung strebt.

Wenn ein Ei zerbricht, erlangt es nie mehr seine ursprüngliche Form: ein klassisches Beispiel für die Denkweise der Astrophysik, das sie auswendig kennt. Doch eine Schülerin unterbricht sie und sagt, dann machen wir eben ein Rührei daraus mit salt, onions, potatoes and a bit of our Lehrerin. Dieses zerbrochene Ei wird wiederverwertet, denn nichts geht verloren, alles verwandelt sich. Das habe ihnen der Chemielehrer erklärt, schließt die Schülerin mit unverschämtem Grinsen. Die anderen bejubeln ihre Antwort. Sie dagegen lächelt traurig und denkt, dass diese jungen Leute immer noch in der hoffnungsvollen Ordnung des Zeitlichen leben, die sie niemals erfahren hat.

Sie stammt aus einer Galaxie, die vor Abermillionen Jahren erloschen ist.

***

Vor Jahren hatte sich die Epidemie der Diktatur verbreitet und ihre Freundin Zuflucht bei der Großmutter auf dem Land suchen müssen, in ihrem kalten Lehmhaus, ohne Strom oder Trinkwasser, in der Küche ein Lehmofen, im Innenhof ein Hühnerstall und räudige Hunde. Dorthin fuhr auch sie an den Wochenenden, auf der Flucht vor ihrem älteren Bruder. Der Vater, damals noch alleinstehender Witwer, wusste, dass man sie besser aus der Wohnung schaffte, fort, fort von dort, und obwohl das Stück Land weit außerhalb lag, beförderte er sie dorthin, über alte Straßen voller Löcher und unbefestigte Wege, vorbei an verfallenen Toren und umgestürzten Laternenpfählen, und ließ sie bis Sonntag bei der Freundin. Dort wäre sie nicht umgeben von Morgenländischen Platanen, gegen die sie allergisch war, sagte er sich und verschwieg sich lieber, über was man besser schwieg. Frische Luft für seine Tochter. Reife Früchte von Bäumen in schillerndem Grün. Kakis von strotzendem Orange. Raue Kumquats. Pelzige Pfirsiche, aufgeplatzt bis ins Mark.

Seine Tochter, dachte der Vater, umgeben von Gesundheit.

Die Tochter sollte entdecken, dass die Hühner andersherum blinzeln, vielleicht andersherum denken.

Wenn der Vater gewusst hätte, dass die beiden grünlich-blaue Feigen von den Bäumen rissen und sie im Bewässerungsgraben nicht sauber, sondern schmutzig machten, bevor sie sie verzehrten. Dass sie über diesen wilden Bach sprangen, in den der Cousin ihrer Freundin gefallen war. Dass Onkel und Tante den Strom durchpflügt hatten, bis sie ihn unter Wasser verhakt in den Pflanzen fanden. Wenn er gewusst hätte, dass sie diesen Bewässerungsgraben mit geschlossenen Augen übersprangen. Wenn er gewusst hätte. Dass sie in den Hühnerstall schlüpften. Die Hähne aufscheuchten und lauwarme, braune Eier einsammelten, voll Federn und Stroh. Sie auf die parkenden Autos in der Straße warfen, ohne zu wissen, dass sie das teuer zu stehen kommen konnte. Sie wetteiferten gerade, wer die Windschutzscheibe traf, als sie von Weitem die Großmutter kommen sahen. Sie steckten sich das Ei in der Hand oben zwischen die Schenkel, es baumelte in ihren Unterhosen wie Hoden, und sie regten sich nicht, alle beide. Die Freundin flüsterte ihr zu, mach nicht so ein Gesicht. Aber das Gesicht war das zerbrochene Ei, das Knacken der Schale. Das Gesicht war *Calcium Schuld Samen Eigelb*, die ihr Bein hinunterliefen bis zum Sockenrand.

Dieses Ei, das nie mehr seine ursprüngliche Form wiedererlangen würde. Die Schalenstücke, die sie in eine Serviette tun und ihrer Teilchensammlung einverleiben würde.

Anstatt zu schlafen, lästerte die Freundin über die Nachbarn, die Bäckerin und geriet ins Stottern, als sie von ihren Cousins verschiedener Altersstufen samt Todesdatum erzählte. Und sie lachte leise über ihre langsame, dicke Großmutter mit dem heißen Mund, auf dem der Lippenstift zerlief. Die zerstreute Großmutter, so leicht zu täuschen. Ein Kopf wie ein Sieb, die Großmutter. Und die Freundin lästerte noch lauter, säte jedoch ein Feld von Schweigen um ihre Eltern, und die andere ahnte, dass sie irgendwo einen Platz in der Geschichte ihrer Freundin haben mussten, wenn sie noch lebten. Das Schwatzen der Freundin war voll dumpfer Stimmen, die beide um den Verstand brachten. Sie wünschte sich, die Freundin würde schweigen, damit sie sie aus ihrem Kopf verscheuchen konnte, diese verlorenen Eltern, den ertrunkenen Cousin, ihre eigene tote Mutter, ihren lebenden Vater, der jeden Moment sterben konnte. Sie hielt sich die Ohren zu. Lass uns schlafen, morgen erzählst du weiter, doch die Freundin schien entschlossen, die Nacht mit ihrem unermüdlichen Schwatz zu füllen. Also gut, sagte sie schließlich und richtete sich auf der Matratze auf. Nimm deine Sachen. Und die Freundin, die in der Zukunft studieren würde, wie man Leben rettet, hielt die Zunge an. Die Freundin mit den Ringen unter den Augen, mit ihrer dunklen Kindheit. Sie zog sich Wollsocken an, und mit Decken bewehrt traten sie aus dem Haus in das Observatorium des bestirnten Hinterhofs. Sie suchten sich drei leuchtende Sterne aus und gaben ihnen die Namen der verschwundenen Eltern. Und dem kleinen Stern den Namen des Cousins. Da sind sie, sagte sie, am Himmel. Der Raum krümmte sich um die Materie. Das Beben des Universums und das Zischen der Galaxien. Die irrsinnige Entfernung der Sterne. Sie schliefen, behütet vom milchigen Mond und den ländlichen Sternen. Sie erwachten, geblendet von der Sonne.

Ihr Heft war dieser Himmel voller Kometen, die eine Spur hinterließen, *Staub Eiweiß flüchtige Schnecken*. Das Heft ihrer Freundin war übersät mit goldenen Sternchen, aus Papier. Sie sollte sie lieben und hassen, denn sie würde alle Schuljahre mühelos hinter sich bringen, mit Höchstnoten, dem besten Durchschnitt, würde ihr Studium und die Fachausbildung Unfallmedizin zu Ende bringen, ohne jemanden anzulügen. Ohne Eltern, die sie hätte anlügen können.

Diese Freundin war jetzt am anderen Ende der Leitung. Diese Freundin hörte ihr zu, ohne einen Mucks von sich zu geben, denn es fehlten noch entscheidende Bausteine bei der Untersuchung des Rückenmarks, es sei nicht ihr Fachgebiet, sie könne sich aber kundig machen. Doch ihr Vater erkundigte sich bereits bei anderen Ärzten seines Krankenhauses.

***

Sie wird in einer anderen Röhre neununddreißig und muss darin noch mehr Zeit verbringen, bevor sie wieder in die Wirklichkeit zurückkehrt. Die Jahre falten sich vor und zurück, es erscheinen die Schreie, die sie ihrer Mutter entrissen hat, an die sie sich nicht erinnern kann, alles ist so dunkel, zähflüssig. Sie wagt es nicht, hinzusehen. Hat Angst, den Mund zu öffnen und sich mit Schrecken anzufüllen. Das Schellengeläute der mütterlichen Agonie betäubt sie, und sie hat wieder Geburtstag. Und niemand ist hier, nicht einmal Mutterzellen. Keine Torte, keine Kerzen, kein geschlucktes Salzwasser. Da ist kein Ozean zu durchqueren, nur eine Flüssigkeit, *amniotisch amnesisch annullierend*. Die Plazenta als toxische Qualle. Diese straffe Nabelschnur, die die Mutter von innen zerreißt, während ihr Kopf sich hinaus ins Licht einer weißen Lampe müht, die sie blendet, und ins Getöse, in das sie mit ihrem neugeborenen Plärren einstimmt. Der Fremdkörper sein, der einen anderen Körper zerfetzt und verlässt, der immer weiterbluten wird. Geburtstag haben in dieser Krypta voll unmenschlichem Geheul, ist der Fluch der toten Mutter, die sie niemals hätte anrufen dürfen. Sie hätte sie im Jenseits nicht aufwecken, hätte sie um nichts bitten dürfen. Von Kopf bis Fuß festgebunden und reglos, wie man ihr eingeschärft hat, mit einem kaputten Panikknopf zwischen den Fingern und einer Nadel tief im Arm, während die trübe Flüssigkeit durch die Adern aufsteigt, um ihr Gehirn mit Kontrast zu tränken, füllt sich dort, dort drinnen, ganz weit hinten, ihr Gewissen mit Muttermord.

***

Sie stieß auf ein Kabel unter dem Bett, zog daran, und das Heizkissen kam zum Vorschein, sie hielt es hoch wie eine heimtückische Ratte am Schwanz, voll Ekel. Es hatte sie krank gemacht, davon war sie überzeugt, hatte ihr Rückenmark geschädigt, und sie hatte sich nicht einmal beurlauben lassen können. Sie warf es in den Müll, ohne es dem Knochenexperten zu sagen.

***

Die lebende Mutter und all die Ratschläge, die sie ihr eingetrichtert hatte. Meinungen. Ansichten. Urteile. Dass dieser Junge nichts für sie sei, weil ein Virus sein Rückenmark geschädigt und die Wade über dem Wadenbein habe verkümmern lassen. Der Junge hinkte, das knochige Bein in kurzen Hosen. Der Junge tanzte mit ihr auf Partys, ein wenig schwächlich, ein wenig unkoordiniert, und gab ihr gierige Küsse mit seiner gewaltigen Zunge. Küsse ohne Luft, die ihr wehtaten. Sie sah dabei sein Gesicht, die zusammengepressten Lider, die knochigen, straffen Wangen. Spürte, wie er sich an ihr rieb, der harte Reißverschluss der Hose, die er sich nie ausziehen wollte. Nur seine Wade zeigte er ihr. Myelitis, sagte sie sich, als sie dieses vom Poliovirus versehrte Bein aus der Vergangenheit inspizierte.

Die Mutter hob eine Braue und murmelte, das Bein sei sein geringstes Problem, und hielt den Fall für erledigt.

***

Be careful. Sie hatte krank werden wollen, damit sie schreiben konnte, war krank geworden, hat aber kein einziges Kapitel zustande gebracht. Hat nur nutzlose Formeln notiert und Wörter aneinandergereiht, *verirrte verwirrte vernichtete Glühwürmchen* auf losen Blättern. Sie reibt sich den Arm und sagt sich, ich stehe erst auf, wenn ich fertig bin, aber ihr Blick schweift über den Bildschirm, und sie versteht nicht, was sie in all den Monaten getan, an was sie gedacht hat, während sie dieses Durcheinander von Sätzen notierte, die ihr nun zusammenhanglos vorkommen. Der Grundgedanke ist dahin. Ein Wurm ist in der Gleichung. Sie steht auf, raucht, setzt sich, steht auf, steht wieder auf, fürchtet, sich nie wieder hinzusetzen.

***

Da erscheint der Arzt. Sie folgt ihm, setzt sich vor Bilder, die sie nicht versteht. Was man in den Halswirbeln sieht, ist nicht nur das Rückenmark. Eine heftige Entzündung, ein Schimmer von zwei Zentimetern Länge. Ein Fleck. Marmoriert. Weißlich. Schräg. Und zwei Läsionen wie Nebellichter im Dunkel des Gehirns. Was man nicht sieht, ist die Ursache.

***

Die diagnostische Odyssee nahm ihren Anfang, aber eine Diagnose ist nur ein Etikett an einem Körper.

Auf diesem Etikett könnte stehen: virale Störung des Rückenmarks. Manche Viren werden vom Nervensystem angezogen, bestätigt ihr Vater, ohne den Jungen mit Polio zu erwähnen.

Darauf könnte stehen: Krankheit, die Völker eines anderen Kontinents attackiert. *Aber du bist nicht schwarz.* Die Mutter beschließt diese Zeile auf dem Bildschirm mit grellen Ausrufezeichen und Fragezeichen. *Aber wir sind alle schwarz, Mama, du, ich, deine Zwillinge, mein Bruder und mein Vater und all die anderen Bewohner dieses nackten Planeten, verheert und durchlöchert von der Strahlung.* Sie liest die Nachricht noch einmal, bevor sie sie abschickt, und schreibt eine weitere. *Immer wenn jemand in seinen Genen stochert, stößt er am Ende auf schwarze Wurzeln.*

Ob es wieder passieren kann? Ebendas fürchtet sie, dass sich beim Stochern in ihrem Blut und beim Forschen nach der Ursache für diesen Schaden in den Halswirbeln ein anderer Teil ihres Nervensystems entzündet. Sie fragt in einer Nachricht die Mutter, denn ihr Vater beantwortet Fragen nur mündlich. *Kann es sich wiederholen?* Diesmal tippt sie die Frage nicht selbst, sondern diktiert sie und vergisst, die eingestellte Sprache zu wechseln. *Kann es sich wiederholen?*, sie diktiert noch einmal, und ihr Handy macht daraus: *Can assist you the whole.* Sie gibt nicht auf, verblüfft. Ohne die Stimme am Ende des Fragesatzes zu heben, spricht sie ihn immer wieder, betont ihn jedes Mal anders. *Kann es sich wiederholen. Kann es sich wiederholen? Kann es sich wiederholen!* Und sie fährt zusammen vor Erstaunen, als sie liest, wie ihr Handy es übersetzt. *Kindness if you don't win. Can I see if you don't worry. Assist you to hold on. Kind of sister holding.* Und so weiter.

Es könnte eine Erbkrankheit sein, eine genetische Veranlagung. Aber ihre biologische Mutter ist zu jung gestorben, um das feststellen zu können, und es ist die andere, die nicht die Gene mit ihr teilt, die im gleichen Alter ein Rückenmarkleiden hatte. Mit fünfunddreißig war ihr ein Bein eingeschlafen. Kurz nach ihrer Heirat hatten die Ärzte eine tödliche Krankheit bei ihr diagnostiziert. Demnach hatte sie nur noch wenige Monate zu leben, doch sie sagten es ihr nicht, und ohne zu wissen, dass sie bald sterben würde, setzte die Mutter die verschriebenen Medikamente ab. Ohne zu wissen, dass sie bald sterben würde, wurde sie schwanger. Sie erholte sich, ohne etwas von ihrem unmittelbar bevorstehenden Tod geahnt zu haben. Die Zwillinge, sagt sie, haben mir das Leben gerettet.

Der Vater brach mit einem blutenden Geschwür zusammen, als er erfuhr, dass seine zweite Frau, zu einem so frühen Tod bestimmt wie seine erste, mit Zwillingen schwanger war. Der doppelte Schmerz nahm ihm das Bewusstsein.

Es könnte die Falle eines aus dem Gleichgewicht geratenen Abwehrsystems sein, das sich selbst nicht mehr erkennt, sich selbst abwehrt, indem es die eigenen Organe, sein Gewebe, seine Zellen angreift. Dieser Mechanismus hat womöglich ihr Rückenmark entzündet, zerstört es womöglich und lässt sie gelähmt zurück, sie, die Tochter, der dabei einfällt, dass sie bereits eine dieser Autoimmunkrankheiten hat. Eine, die ihre Schilddrüsen zerstört. Aber das ist keine ernste Krankheit, und einmal ist keinmal, stellt der Neurologe fest und zieht die Daunenbrauen hoch, während seine Augen über einen detaillierten Laborbericht gleiten.

Der Spezialist schließt nach und nach unheilbare, katastrophale Krankheiten aus, die nicht durch ihre Adern laufen. Keine Auskunft gibt das Blut über diese andere Krankheit, Multiple Sklerose. Das Gehirn zeigt zwei Läsionen, und für eine Sklerose sind drei nötig, sagt der Arzt, während sie ihre eigenen Berechnungen anstellt. Drei Flecken, eine einzige Sklerose, die zugleich multipel ist.

***

Sie kannte das Skleroseurteil bereits. In einem anderen Sommer, zurück aus anderen Ferien, bemerkte sie, dass ihr ein Stück Wade abhandengekommen war. Wegen dieses Stückchens ohne Gefühl war sie zu dem Neurologen mit dem Plastiklächeln gekommen, der auch da einen eingeklemmten Nerv diagnostiziert hatte. Das war wohl das Einzige, was dieser Arzt an der Universität gelernt hatte, dachte sie damals, vorher, während er sagte, ein gequetschter Nerv sei besser als eine progressive Schädigung des Rückenmarks. Das ist eine tödliche Krankheit, die du nicht haben willst, hatte der Spezialist gesagt und sie nach Hause geschickt, den Dorn der Sklerose im Kopf.

Und Arteriosklerose, was war mit diesem Urteil? Die rothaarige Nachbarin, die sie nun über die Ziegelmauer der Vergangenheit hinweg grüßte, hatte immer gesagt, wenn sie die Schlüssel in den Kühlschrank legte, ihren eigenen Garten nicht mehr erkannte oder zweimal am Tag einen Nelkenstrauß kaufte, sie habe ihre Klose. Sie dachte damals, dass die einsame Nachbarin sich Vergesslichkeiten erfand, um Aufmerksamkeit zu erregen, aber sie selbst findet inzwischen Schlüssel oder Brille nicht mehr, kann sich die Anzahl der Planeten bestimmter Galaxien nicht merken, nicht die Gesichter in ihren Klassen, die Namen dazu, Halbjahr für Halbjahr, oder kommt nicht mehr auf die Nachnamen ihrer engsten Freunde. Manchmal hat sie Schwierigkeiten mit dem eigenen Namen.

Die Nachbarin hatte ein Muttermal unter dem Auge, in dem die Planetenforscherin einen aus der Bahn geworfenen Stern sah.

Die Nachbarin, die rote Mähne bereits ergraut, das Muttermal inzwischen blasser, war in ein Altersheim gebracht worden. Sie hatte *Haus Kopf Kolibri* verloren. Ihre eigenen Kinder waren Fremde, die sie inzwischen fürchtete.

***

Zwischen der Sklerose und der Arteriosklerose befand sich ein geschädigtes Gehirn, haufenweise Ideen erlitten in dieser gelblichen Masse Schiffbruch.

***

Anblick einer Faust, die sich in der Klasse erhebt, eine einzelne dunkle Hand und Finger mit polierten Nägeln, die sich recken, um zu fragen, warum die Lehrerin so oft den Kopf erwähne. Kopf? Mehrere nicken, ja, ja, ihr Kopf und unserer, alles im Kopf notieren, sagt eine, den Kopf einschalten, ihn benutzen, fügt ein anderer hinzu, ihn verlieren, alles darin durcheinanderwirbeln, ihn freimachen, um sich das Universum vorzustellen. Sie hatten ihre Sätze notiert wie für eine Strafanzeige. Kupferkopf, stieß ihr einziger rothaariger Schüler aus. Hohlköpfe, sagten im Chor die in der letzten Reihe und klopften sich an den Kopf. Eine andere warf ihr vor, sie habe gesagt, ihre Antwort sei kopflos gewesen. Sie hätten Stroh im Kopf. Und harte Köpfe brächen leicht. Die Lehrerin habe es gewagt, ihnen zu sagen, so viele Neuronen sie auch im Kopf hätten, ihr Gedächtnis werde immer mangelhaft bleiben: Ein veraltetes Handy sei schneller als jedes ihrer Gehirne, aber darüber sollten sie sich nicht den Kopf zerbrechen. Sie erinnerte sich nicht daran, all das zu ihnen gesagt zu haben, und begriff nicht, warum sie Langsamkeit für eine Beleidigung hielten. Diese Langsamkeit schaffte Raum für Intuition und Hypothesen. Als nähme man sein Gehirn heraus, legte es vor sich auf das Tischchen und ließe sich von seiner elektrischen Neuronenmasse erhellen. Sie spürte, wie sich ihr Kopf leerte, während ihre Vormittagsklasse wartete, dass sie etwas sagte, sich verteidigte, Reue zeigte, sie um Verzeihung bat. Aber das Wort Kopf war so oft gefallen, dass es jeden Sinn für sie verloren hatte. Sie ließ das gesamte Gewicht ihres Schädels nach vorn kippen, diese sechs Kilo Knochen, diese eineinhalb Kilo *Eiweiß Tau graues Fett* des Gehirns, in dem sich die Wahrscheinlichkeit der Sklerose eingenistet hatte. Das war der neuralgische Punkt ihrer Schlaflosigkeit, ihr Kopf, nicht der der anderen, nicht der ihrer Sätze, aber das konnte sie ihnen nicht sagen.

* * *

Die Anklage schwebte weiterhin über ihr wie ein nacktes Kabel.

* * *

Bei einer Anti-Atomkraft-Demonstration geht sie auf der Straße neben ihm, der neben anderen mit Transparenten geht. Sie zieht sich an einer Ecke zurück und führt ein Ferngespräch. Zu viel Geschrei, Getröte, Parolen und Gebell zerreißen die Luft, ihr Vater versteht sie kaum, und sie geht in ein Café, auf der Suche nach Stille. Ihr Vater möchte sie beruhigen, versichert ihr, sie sei nicht im Alter für eine Sklerose. Du hast nicht ausreichend Läsionen im Gehirn. Und die Entzündungsherde der Sklerose sind rund, deiner ist lang gezogen. Und außerdem wäre Multiple Sklerose eine gute Diagnose. Eine gute, wiederholt sie erstaunt und erbittert. Eine gute? Sprich lauter, ich höre dich nicht, fleht sie. Ja, eine gute, verstehst du mich?, antwortet der Vater, seine kaum hörbare Stimme mischt sich unter die Demonstranten, oder vielleicht hat er einen Ellbogenstoß von der Mutter erhalten, räuspert sich deshalb und hustet dann. Eine gute, Kleines, gut verglichen mit Krebs.

Dann könnte es Rückenmarkkrebs sein, wiederholt sie sich benommen, als sie auflegt und wieder in den Trubel der Straße tritt. Das war ihr noch nicht durch den Kopf gegangen, oder doch, war es. Durch die Augen. Sie hatte das Wort versteckt in dem MRT-Bericht gesehen: *Neoplasie oder mögliches Gliom nicht auszuschließen.*

Hundertmal wiederholen: Jedes Wort, das mit -om aufhört, war ein bösartiges Wort.

Wiederholen, dass es Krebs sein konnte und tödlich wäre. Die Halswirbel waren eng, und die Geschwindigkeit des Tumors war umgekehrt proportional zum Alter des Patienten.

Es konnte Krebs sein. Könnte. Konnte ebendas oder auch gar nichts sein. Idiopathisch ist das Wort für dieses Nichts, dieses Nichtwissen: eine der vielen Patienten sein, die ohne Diagnose bleiben. Das wäre ihr lieber. Wenn die Ursache keinen Namen hatte, könnte sie sie ignorieren. Wenn es keinen Beweis gab. So sehr dieses Nichtwissen auch eine Art Wissen sein mochte: wissen, was noch nicht ist, darin ausruhen.

Es ist gar nichts, sagt ihre Freundin im Land der gemeinsamen Vergangenheit, nichts, solang man nicht weiß, was es ist. Wenn ein Gerichtsmediziner keinen Knochensplitter findet, kann er nichts über die Existenz eines Körpers sagen, nichts über die Identität, nichts über seine Zeit. Wenn der Entomologe sein Insekt nicht aufspießt, kann er es nicht studieren. Wenn der Arzt keine genauen Proben, Ergebnisse, Bilder erhält. Hier gehen ihr die Beispiele aus. Aber beide wissen sie, dass man nicht immer sehen muss, um *zu glauben zu denken plötzlich zu sterben.*

Bei der Rückenmarkgeschichte der Mutter hatte man es nie gewusst. Nach der Doppelgeburt kam ihr Bein wieder in Ordnung, die Mutter hinkte nicht mehr, schritt fest aus, in einem Arm den Zwillingsjungen, im anderen das Zwillingsmädchen, das doppelt so groß war. Aufrechter denn je, auferstanden durch die Hormone, die Mutter.

Ganz anders bei der Großmutter: Ihr schlief ein Zeh am linken Fuß ein, wegen Überbelastung. Sie kam aus dem Büro zurück, hupte, um sich anzukündigen, und klagte über einen idiotischen oder idiopathischen Zeh, über den sich ihre Tochter, die Ärztin, lustig machte. Eines Morgens war es nicht mehr der Zeh, sondern *Fuß Schenkel kopflose Zunge;* Stunden später hatte sie das Bewusstsein verloren.

***

Intravenöse Kortikoide in explosiven Mengen, dann eine langsame Talfahrt auf der Achterbahn der Tabletten: Das war die Indikation des lakonischen Neurologen. Kortikoide, um ihren Kurzschluss zu reparieren.

***

Das Sprechen, flüsterten die Futurologen, sei eine überholte, langsame, allzu menschliche Technologie. In der Zukunft werde es direkte Verbindungen zwischen den Gehirnen geben, niemand werde mehr *Kompasse Sprachen Lügen* brauchen. Sie kündigten Telepathie mit Breitbandgeschwindigkeit an, die sie nicht benötigte: Von jeher hatte sie eine telepathische Verbindung zu ihrem Vater gehabt. Sie sandte ihm ein Zeichen, und das Handy klingelte und brachte ihr seine Stimme.

Sie begreift, dass die Hand ihres Vaters den Hörer abschirmt, als er sie fragt, ob sie Geld brauche, ob er ihr genügend für die Behandlung geschickt habe, obwohl beide wissen, dass der Vater ihr nicht mehr zu Hilfe kommen kann. Ich könnte deinen Bruder darum bitten, sagt der Vater heiser, oder deine Mutter, aber die Tochter lehnt kategorisch ab.

***

Die Mutter schwebt über der Stadt der Gegenwart mit ihren hohen Türmen voller Fenster, die sich allmählich erhellen. Weiß. Grünlich. Gelblich. Sie landet am frühen Morgen des Tages, an dem die Atombombenbehandlung ihrer Tochter beginnt.

Sie sinkt auf dem unbequemen Sitz im Wartezimmer in sich zusammen, während die Tochter belebt wird von der Droge, die man direkt in ihre Vene leitet. Und sie wacht verwirrt auf, die Mutter. Blickt um sich. Da sind grüne Stuhlreihen, an der Wand ein Ventilator, nur lose befestigt. Eine alte Frau schiebt einen metallenen Rollator vor sich her, begleitet von einem kleinen Greis, der sehr aufrecht auf vier blau gekleidete Sekretärinnen zugeht. Da vermutet sie. Auf einem Beistelltischchen ein Stapel Zeitschriften unter dem Titelbild des frisch gewählten Präsidenten. Die Überschrift in einer Sprache, die nicht ihre ist. Da weiß sie. Sie setzt sich auf und sucht die Handtasche, eingeklemmt unter ihrem Arm, sie ist geschlossen, alles drinnen, niemand hat sie beim Schlafen bestohlen. Sie richtet sich das Haar, indem sie die Finger in die schwarz gefärbten Locken steckt, sich vergewissert, dass jede Strähne an ihrem Platz ist, mit dem Schädel verbunden. Sie streicht sich die Bluse glatt, berührt diskret die gefühllose Brust, vergewissert sich, dass sie an ihrem Platz ist, und überprüft, ob jeder Knopf in seinem Loch steckt.

Die Mutter geht mit gewölbten Armen, deutet eine Korpulenz an, die es um ihre Taille nicht mehr gibt. Die gewölbten Arme, als würde sie sich nie von den Kilos erholen, unter denen sie früher gelitten hat. Sie sieht ins Zimmer, in dem die Tochter auf einem faden Kaugummi kaut und wartet, dass ihr Blut sich mit Kortikoiden anreichert. Viele Kranke neben ihr empfangen irgendein langsames Gift. Das denkt die Mutter und muss an die Chemotherapie denken, die sie vor über einem Jahrzehnt überlebt hat. Sie denkt nicht gern daran, und es gibt keinen Sitzplatz. Resigniert hebt die Mutter die Schultern als Zeichen, dass sie in den Saal der Wartenden zurückkehrt. Sie macht ein, zwei Schritte in diese Richtung und zögert, hält inne, dreht sich um und verkündet der Tochter, dass sie zunehmen wird. Von der Schwelle aus unterstreicht die Mutter den Satz mit Gesten. Die Tochter zieht fragend die Brauen zusammen, ist sich nicht sicher, verstanden zu haben. Da bläst die Mutter die Backen auf und wiederholt, indem sie die Luft ausstößt und die Stimme hebt: Kein Grund zur Sorge, aber mach dich drauf gefasst. Du wirst zunehmen. Die Tochter weiß nicht, ob sie ihr eine Strafe auferlegt oder ob es ein Zeichen der Besserung wäre, das Zunehmen. Oder ob es der Hass ist, den die Mutter gegenüber ihrer beleibten Vergangenheit empfindet. Zunehmen, denkt sie, während sie den unschlüssigen Tropfen der Lösung fallen sieht. Was sie will, ist, nicht sterben.

***

Jemand hat gesagt, manche wagten es während einer Krankheit, ihre Zuneigung auszudrücken. Oder vielleicht auch, die Krankheit verkleide sich gewöhnlich als Liebe. Die Mutter ist in den Wartesaal zurückgekehrt.

***

Alles fährt mit einem Mal hoch. Ihr Blutdruck. Ihre Adrenalinwerte. Ihre Klarsicht. Ihre Euphorie.

Auf einem karierten Blatt stellt sie Berechnungen an: Sie würde ein paar Monate, vielleicht ein ganzes Jahr für eine neue Hypothese brauchen und um einen Professor zu finden, der sich die Mühe macht, ihre Nachrichten zu beantworten. Jemand hatte bereits die Theorien jenes alten Physikers widerlegt, zottelig wie ihr Vater, und die jenes theoretischen Physikers, der gelähmt in seinem Rollstuhl das Universum mit einem Finger entschlüsselte. Sie nahm sich etwas Übersichtlicheres, eher Beschreibendes vor, was sich in sechs, sieben Monaten bewältigen ließ. Vielleicht die Milchstraße. Vielleicht nur ihr Schwarzes Loch, nur eines und nicht ein großes Theorem, etwas Umgrenztes, Kleines. Sieben Monate sind knapp bemessen, aber ich könnte es schaffen, sagt sie sich euphorisch, beschwingt von der zweiten Powerdosis, die nun für sie denkt, für sie träumt, und vielleicht, wenn ich mich beeile, könnten es weniger sein, weniger, sehr viel weniger *Jahre Monate Schwindelanfälle schlaflose Nächte*. So viel fehlt nicht mehr! So gut wie gar nichts! Ihr Pulsschlag beschleunigt sich, und sie begreift, dass dieser Optimismus chemisch ist. Ihre Zuversicht besteht aus Kortikoiden. In kürzester Zeit beenden, was sie in Jahren nicht fertiggebracht hat. Und wozu will ich weniger Zeit, fragt sie sich wütend und antwortet nicht. Es drehen sich ihr die Gedanken um, und sie überkommt das unbezähmbare Bedürfnis, sich zu übergeben.

Und ihre schlimmsten Gedanken erheben sich nachts, doch sie macht kein Licht, will den Knochenexperten nicht wecken, der aus seiner Zeit in der Hölle kommt nach der Explosion, die ihn fast umgebracht hat. Wäre sein Schlaf nicht so leicht und seine Laune seit ein paar Monaten nicht so bitter, würde sie sich in dem Bett aufrichten, das sie seit einigen Jahren teilen, und auf dem Balkon nächtigen, wo nur sie Platz hat. Die Sterne ihres Balkons besänftigen sie, das Wissen, dass sie da sind, ohne zu existieren. Stattdessen beschließt sie, ruhig zu bleiben. Kein Seufzen. Kein Husten. Kein Räuspern. Niesen und Schnarchen unterdrücken, sich vom Ticktack der Küchenuhren in den Schlaf wiegen lassen. Vom tropfenden Wasserhahn, den er nicht hat reparieren können. Das Zimmer erdrückt sie, mit jedem Ticken des Sekundenzeigers scheint das Gesicht eines Gastes bei ihrer Beerdigung auf. Die sie sich gerade selbst ausrichtet.

***

Bei der dritten Kortikoid-Ladung steigt ihre Körpertemperatur. I'm on fire, stößt sie wie eine Wahnsinnige aus; die Krankenschwester sagt Aha und entfernt sich. Als sie von der Lösung abgestöpselt wird, springt sie vom Stuhl auf und lässt ein exzentrisches Lachen los, während sie die Treppe hinunter zwei Stufen auf einmal nimmt; und Stufe für Stufe folgt ihr die Mutter. Automatiktüren, die sich öffnen und schließen. Auf dem Gehweg wird sie noch schneller, die Mutter beschleunigt ihre kurzen, harten Schritte auf hohen Absätzen. Warte auf mich, fleht sie atemlos, doch die Tochter kann nicht warten. Würde sie anhalten, dann würde sich ihre Schädeldecke öffnen und das Innere hinauf in die Stratosphäre schießen; die Hülle aus *Haut Polyester Baumwolle*, das Knochengehäuse ein Haufen auf dem Pflaster.

***

Die Mutter besteht darauf, dass sie ausruht, aber die Droge verhindert es, und schon die Großmutter hat immer gesagt, ausruhen könne man im Grab. Die Großmutter, die vor ihrem Haus immer dreimal gehupt hatte, damit rasch jemand kam und ihr öffnete. Die Großmutter, die immer behauptet hatte, sie träume, wenn sie auf der Straße beschleunigte. Die Großmutter mit dem eingeschlafenen Zeh, die bereits ihre Ruhe gefunden hat.

***

Es bedeutet nicht, dass sie geheilt ist. Es ist bloß eine Palliativbehandlung, bis sie eine Diagnose finden und feststellen, ob die Medikamente eine durchschlagende Wirkung gezeigt haben. Unterdessen soll sie sich nicht all den zusammengepferchten Menschen aussetzen, in *Restaurants Kinos Stadien Klassenzimmern U-Bahn-Wagen Badeanstalten Orgien*. All diese menschlichen, animalischen Leute voller Pilze, Bazillen schlimmster Sorte, gegen die sie jetzt nicht mehr geschützt ist. Davor hatte der Neurologe sie nicht gewarnt: In hoher Dosierung zerstören die Kortikoide die Abwehrzellen, um dem Angriff Einhalt zu gebieten, den ihr Körper womöglich gegen sie selbst führt. Denn manchmal hat der Körper seine eigenen Pläne. Seine Rachegelüste. Seine hinterhältigen Attacken.

Das Kortikoid bedeutet nur eine momentane Waffenruhe, die ihren Körper jeder Infektion gegenüber wehrlos macht.

Der inkompetente Neurologe hatte vergessen, ihr das zu sagen, und am Ende gibt der Vater den strikten Befehl: Sofort den Unterricht in diesen Bazillenschleudern, den Schulen ihrer Stadt, aufgeben, sich in ihre vier Wände zurückziehen und niemandem nähern, nicht einmal dem Knochenexperten.

***

Die tote Zeit des Wartens war vielleicht ihre lebendigste, wachste gewesen, diese Zeit des Kortikoids, das sich seinen Weg durch ihre Adern bahnte, die Zeit der programmierten Zerstörung ihres Abwehrsystems.

Das Immunsystem befindet sich in keinem einzelnen Organ, die Mutter verstummt, hält die Hand vor den Mund, bevor sie hustet, es ist, sagt sie, ein zirkulierendes System, ein mobiles Gehirn, das den Körper im Alarmzustand durchläuft. Wenn es nicht wachsam genug ist, dann ist das Ergebnis Krebs; wenn es dagegen die eigenen Zellen für fremde hält und sich gegen sie richtet, kann es dich töten. Das heißt, sagt die Tochter, dass die Zellen, die dich töten, und die, die dich heilen, dieselben sind. Das heißt, sagt die Mutter und korrigiert die Tochter, wenn diese Zellen dich nicht vor dem Fremden verteidigen oder wenn sie dich sogar vor dem Eigenen verteidigen, dann ist das System im Eimer.

404 Error. System gone mad. Bitte neu starten.

***

Wenn der Zwillingsjunge eine Erkältung oder Grippe hatte, isolierte ihn die Mutter nicht, sondern legte ihn ins Bett zum Zwillingsmädchen und drängte sie, sich zu küssen. Nicht nur untereinander, auch Cousins und Cousinen, die Töchter ihrer Freundinnen und Nachbarn. Das Unreine macht gesund, erklärte die Mutter als befugte Quelle. Sie dem Fremden aussetzen wird sie stärker machen. Und wenn sie Essen auf den Boden warfen, sollten sie es sich wieder in den Mund stecken, es nicht waschen. Niemand dürfe sie daran hindern, befahl sie, *Erde Steine Stöckchen voller Termiten* zu essen. Verfaultes Obst. Kartoffelschalen aus dem Abfalleimer. Die Señora, von der man nicht wusste, wie viele Jahre sie schon kniend oder stehend im Haus arbeitete, wie viele Fenster und Böden sie geputzt hatte, wie viele Teller gewaschen und getrocknet, wie viele Gläser absichtlich zerbrochen, all die gebadeten Kinder, die gekochten Eintöpfe, die in Kasserollen umgerührte Marmelade, die gewahrten Geheimnisse, die sie sich eines Tages zunutze machen konnte, diese Señora, ihrer aller heimliche Gebieterin, empörte sich über solche Befehle, ihr Gesicht verzerrte sich, was sei denn das für eine Ärztin, diese schweinische Frau, die ihre Kinder krank machen wolle. Und sie tauchte das Obst in Chlor und rieb das Gemüse mit Spülmittel ab.

Doch die Zwillinge wurden nie krank, die Zwillinge wurden stark. Was dich nicht umbringt, macht dich stärker, versicherte die Mutter und vergewisserte sich, dass das Gewicht ihrer Kinder in der Waagschale zugenommen hatte. Das Zwillingsmädchen wog immer etwas mehr.

Und die Tochter fragt sich nun, ob die Redewendung auch umgekehrt gilt. Denn sie, die immer dünn gewesen war, wird nicht stärker.

* * *

Obwohl sie das Rauchen aufgegeben hat, nimmt sie von der Mutter eine Zigarette an, und beide rauchen, verspüren beide etwas Übelkeit und erinnern sich gemeinsam daran, dass der Vater, als er noch rauchte, die Tochter immer zum Kiosk geschickt hatte, damit sie ihm seine Tagesration Zigaretten kaufte. Das Gehen stärkt Lungen und Herz, sagte er, um sie zu überreden, du darfst das Wechselgeld behalten. Und sie ging den Gehweg hinauf, trat nach Kieseln und zählte die Linien zwischen den Pflastersteinen, bis sie sich das Bestellte in die Tasche schob und in den Mund einen phosphoreszierenden Kaugummi. Auf dem Rückweg ließ sie Blasen platzen und zählte dieselben Linien im Pflaster, hatte die Münzen bereits vergessen, die in ihrer Tasche klingelten, denn ihr eigentlicher Lohn war es, unterwegs anzuhalten und Betonstückchen aufzusammeln. Sie auf dem Handteller zu inspizieren. Über die atomare Zusammensetzung des Zements nachzudenken.

***

Die Mutter ist bereits wieder auf dem Weg in die Vergangenheit und hat in der Wohnung Nikotin und gefärbte Haare hinterlassen, die sich an die Teppiche geheftet haben, an ihre Unterwäsche, an seine. Sie hebt diese Fragmente der Mutter auf, die sich in den Ecken sammeln, schraubt ihre Finger in den Abfluss, um dieses Haar aus brüchigem Draht hervorzuholen und von ihrem zu trennen, das weicher ist, dort aber ebenfalls feststeckt. Die Haare der Mutter verwahrt sie in einem Gefäß, denn ihr Leben lang hat sie Stückchen toter Materie in Fläschchen unterschiedlicher Größen gesammelt, benannt, etikettiert und verloren. Sie, die noch immer *Fingernägel Wimpern Gallensteine Papiersternchen* aufhebt. Und die Nägel ihres Vaters.

***

Ein Erfinder hatte es in der Vorzeit einmal geschafft, Licht auf Flaschen zu ziehen. Sie träumte davon, Sternschnuppen auf Flaschen zu ziehen.

***

Die Demonstration der Migranten ohne Papiere lässt nicht auf sich warten. Die Straßen füllen sich mit leuchtenden Taschen- und Handylampen. Gegen Fremdenfeindlichkeit, rufen einige. Gegen Gewalt, die anderen. Der Knochenexperte trifft früh ein, bedeckt von Staub, unter den Achseln Aureolen getrockneten Schweißes, und ohne sich umzuziehen, ohne ihr auch nur sagen zu können, wie sein Tag bei der Aushebung neuer Gräben war, geht er wieder, um sich der brüllenden Menge anzuschließen. Don't wait up for me. Wütend und dröhnend wirft er die Tür zu, dass die Angeln wackeln.

Vom zweiten Stock aus sieht sie ihn vorbeigehen, inmitten von Unbekannten. Er ist ihr Antiteilchen, denkt sie, ihr Positron, das Gegenstück zu dem Elektron, das sie darstellt. Ein Positron, das sich Sekunde für Sekunde weiter von ihr entfernt.

Sie steckt sich am offenen Fenster eine Zigarette an, sieht zu, wie es auf der Straße voller Leute dunkel wird. Die Glut leuchtet mit jedem Zug stärker, erlischt dann wie ein Stern ohne Wasserstoff. Sie zündet noch ein Streichholz an und verbrennt sich die Finger. Stößt einen Fluch aus, schwer von Isolation, spricht allein, allein mit sich, ihre Stimme noch angeregt von der Droge. Dann schreit sie los, das ist auch unser Land, stimmt ein in die Parolen auf der Straße, die an ihr vorbeiziehen, denn auch wenn sie nicht hinausdarf, ist sie Teil dieser Leute mit ihren Transparenten und ohne Papiere, diese Leute unterschiedlichster Farbe, Dicke, Größe. Sie wohnt nur in der Gegenwart dieses Landes und arbeitet in dieser Stadt, ohne von hier zu sein, während er sehr wohl von hier ist. Hier geboren, aufgewachsen und vor ein paar Monaten fast gestorben. Sie ist kaum mehr als eine vorübergehend Ansässige, ein Alien mit unbestimmter Krankheit. Und sie bleibt am Fenster stehen, denn Sterne sind jetzt auf die Nacht genäht und Demonstranten in den Straßen und bis zu den Zähnen bewaffnete Polizisten, von Kopf bis Fuß gepanzert, bereit, einen Zusammenstoß zu provozieren, während er weiterhin in dieser Menge schwimmt, eingetaucht, vermischt mit der Menge, die auch er ist.

Jemand pfeift, und sie fährt zusammen. Ein paar junge Leute blasen hemmungslos in Tröten und verkünden, wir brauchen einander, die Welt geht unter, wenn wir uns nicht vermischen. Sie nickt, legt die Hände an den Mund und macht ihre Stimme tief. Der Traum von der Reinheit ist nichts als ein Albtraum, brüllt sie, heiser von all dem Rauchen. Die Immunität ist unser Tod. Jemand hält auf der Straße inne und blickt sich nach ihrer Stimme um, nach ihrem rauen, heiseren Satz, und sie schreit noch lauter, aus reiner Lust am Schreien und aus dem dringenden Bedürfnis, in alle Richtungen zu brüllen, einerlei, ob dieser Jemand versteht, was sie sagen will, als sie grölt, wir alle sind angesteckt, die Ansteckung ist Gesundheit, wir Migranten sind Leben, die Immunität ist der Tod.

***

Schließlich löst sich das Kortikoid in ihrem Blut auf, und

sie schiebt ihren Rucksack in den Metalldetektor am Eingang, der nach *Messern Beilen Bauchrednerwaffen* in den Schulen sucht. Waffen, die niemand verbietet. Noten geben, schlechte Noten, ist riskanter als der hautnahe Kampf mit der Krankheit, aber sie zieht die Gefahr vor, dort zu sein. Dortsein bedeutet, nicht tot, nicht dem Tod nah zu sein. Dort. In diesem schlecht gestrichenen Raum, vor all diesen Stühlen mit den Vormittagsschülern, die kaum interessiert, was sie ihnen über die Unschärferelation, das Unbestimmtheitsprinzip sagen kann. Sie versucht, sich kurz zu fassen: Das Universum hat nie Harmonie gekannt, war nie ein perfekter Mechanismus, es taugt nicht dazu, die Zeit präzise zu messen. Sie erklärt es ihnen, sitzend auf ihrem langen Lehrerinnenpult, versucht, nicht zu sehr zu gestikulieren, nicht aufgeregt zu wirken. Aus der Nähe sieht sie ihre gelangweilten Gesichter, sieht, dass einige schläfrige Augen zur Wanduhr schweifen lassen. Sie folgt dem Weg ihres Blicks und zeigt auf die stehen gebliebenen Zeiger, die wiederzubeleben das Budget nicht reicht. Eine unvollkommene Zeit wie die Zeit des Universums, beharrt sie, doch die Pausenglocke schneidet ihr das Wort ab.

***

Geschichte des Weltuntergangs. Nach den großen Kriegen auf dem Planeten begannen Atomwissenschaftler zu berechnen, wie nah das Ende war. Die Weltuntergangsuhr zeigte an, dass während einiger Jahre angespannter Koexistenz die Welt drei Minuten vom Kollaps entfernt gewesen war. In jüngeren Jahren hatte sich diese Zeit auf zwei Minuten und dreißig Sekunden reduziert. Und noch näher an der Gegenwart, erzählt sie einer anderen Klasse, waren sie eine halbe Minute von der Unbestimmtheit entfernt gewesen.

Diese andere Klasse, die am Abend, betrachtet sie aufmerksam: einige mit Groll, andere mit Misstrauen.

***

Mag die Raumzeit auch wellenförmig sein, sie versucht, eine Chronologie von Entdeckungen in gerader Linie auf die Tafel zu zeichnen. Erstarrte Sterne. Weiße Zwerge und Pulsare, die sich zusammenziehen, in Millionen von schwarzen Löchern kollabieren und sich über das Universum verstreuen. Dann die unendliche Dichte der Singularität und der Ereignishorizont, dem man nicht mehr entkommen kann. Die kurzlebigen Sonnen der theoretischen Physik und das Aufkommen der Kernphysik während der großen Kriege des Planeten. Extraterrestrische Physik. Über dieser Kreidelinie das, was anschließend geschah, auch wenn alles simultan ablief. Sie spricht zu ihnen, die Minuten schreiten voran, auch wenn sie zurückzuweichen oder zumindest stillzustehen scheinen, da spürt sie einen unerwarteten Funken in ihren Fingerspitzen.

Eine flüchtige elektrische Entladung an der Hand. Ein sofortiges *Au* vor Schmerz, das den Faden ihrer Worte verdreht. Den Bruchteil einer Sekunde läuft ihre Uhr nicht mehr synchron. Sie versteckt die Hand in der Hosentasche, damit die Reglosigkeit einen nächsten durchzuckenden Schlag vielleicht verhindert. Die Klasse blickt überrascht auf nach diesem grellen Schrei, es wird geflüstert, sie versuchen einander zu erklären, was mit der Physiklehrerin los ist.

***

Porträt einer Hand voller Volt, die sie niemandem mehr wird reichen können.

***

Als sie die Hand in der Tasche versteckt, den Daumen in der Faust versenkt, erscheint ihr wieder ihre Biologielehrerin. Die heiklen Augen der Lehrerin, die sie nicht ins Leichenschauhaus mitnehmen wollte: Sie sei nicht in ihrer Klasse. Das sei sie nicht, bestätigte sie, aber dafür gebe es Gründe: Den Stoff lerne sie beim Frühstück, auf dem Schulweg, bei den Mahlzeiten und in den Ferien, in denen niemals ausgeruht werde, denn da analysierten Vater und Mutter jeden einzelnen Fall mit allen pathologischen Einzelheiten, tauschten Symptome und Behandlungen aus. Für ihre Eltern begann alles im Körper und endete in der Krankheit, alles dazwischen war Teil einer einzigen ununterbrochenen Unterhaltung. Aber das sind bloß Worte, fuhr sie fort, ich habe nie etwas gesehen, und ihre Stimme wurde klagend, vielleicht flehend. Sie wollte die Organe sehen, riechen, vielleicht gar berühren, sie sagte nicht, mit der Zunge über sie fahren, das hätte die Lehrerin womöglich beunruhigt. Es wird keine Autopsie geben, unterbrach sie die Lehrerin ungeduldig, aber die Schülerin bemerkte Neugier in ihrer Miene und blieb beharrlich, sie wollte sehen, was sie sich ihr ganzes Leben lang vorgestellt hatte. Obwohl, nicht nur vorgestellt, bekannte sie ohne Furcht vor der Wahrheit. Und die Lehrerin neigte den Kopf, kniff die Augen zusammen, *argwöhnisch unschlüssig grün vor Ekel,* und wollte mehr wissen. Ein bisschen habe ich gesehen. Wo habe sie was gesehen. Zu Hause, erläuterte sie, auf dem Schreibtisch ihres Vaters, in seinen bebilderten Büchern. Und sie begann, nicht die Organe aufzusagen, das waren zu viele, sondern die Körpersysteme. Skelett. Gelenke. Muskeln. Kreislauf. Lymphe. Hormone. Nerven. Immunsystem. Sie hatte sie auswendig gelernt, und das Verdauungssystem? Das sei kein System, sondern ein Apparat, entgegnete sie und schloss die Lider, weil ein Sonnenstrahl durch die bauschigen Wolken gedrungen war, in den Hof, ihr ins Gesicht. Sie knallte auf ihre Wimpern, die Sonne. Die Lehrerin kniff noch mehr die Augen zusammen, durchkreuzt von Neutrinos, stimmte zu und schüttelte zugleich den Kopf, mit ihrer hohen, hochmütigen Gestalt, eine Hand in der Tasche versunken, während die Finger der anderen das dunkle, glänzende, üppige Haar aus dem Gesicht schoben.

Sie glaubte es nicht, bis sie in den Schulbus stieg und sich in die erste Reihe setzte, neben die Biologielehrerin, die nach dem Fachgebiet ihres Vaters fragte, der keines habe, aber einer der Besten sei. Sie gab mit ihrem Vater an, weil er der einzige Allgemeinarzt war, den sie kannte.

An jenem vergangenen Nachmittag, in diesem Bus, der das militarisierte Zentrum der Stadt unter einer eisernen Diktatur durchquerte, sagte die Lehrerin nichts mehr, und sie war so nah dran wie nie zuvor, sie nach der Hand zu fragen, die sie in der Tasche versteckt hielt, diese Hand, die keiner je gesehen hatte, diese Hand, von der alle dachten, es gäbe sie gar nicht.

***

Hypothese eines Ärmels, der an eine Tasche genäht ist. In diesem Stoffhohl *nutzlose Nägel Ringe Finger zu wenig oder zu viel.* Der abgeschnittene Rand ihres Arms.

***

Sie hatte sich vor den Seziertisch gesetzt, in ihrer Erinnerung aus Holz, obwohl er gewiss aus Aluminium gewesen war, in einem schlecht beleuchteten Saal, in Wirklichkeit vielleicht voll Licht. Ein kalter, scharfer Geruch, der ihr *flüchtig entzündbar methyliert* in die Nase stieg, die sie sich zuhielt, während sie sah, dass sonst niemand das tat. Nicht die stummen Mitglieder der Schülersekte, die diese Organe anzubeten schien. Ein Herz mit gestutzten Arterien. Eine von Leukämie geschwollene Milz. Die zweiflügelige Lunge, befleckt von stickiger Stadtluft oder vom Rauch zahlloser Zigaretten. Die faltige Gehirnmasse, durch die das Skalpell in dieser Anatomiestunde schneiden würde, die sie nicht ertragen konnte. Berauscht vom Formalin, gequält von Ekel und Brechreiz, musste sie hinausgehen und tief durchatmen und wieder hineingehen, sich zwingen, gegen das Unwohlsein anzukämpfen und bei jedem Organ der Zeremonie des Öffnens beizuwohnen, doch vergebens, denn sie ging wieder hinaus und wieder hinein und verließ schließlich für immer das provisorische Klassenzimmer.

Sie gestand ihrem Vater nie, dass sie nicht hatte hinsehen können, hatte fliehen müssen, dass sie lieber in ihrem Gedächtnis die Plastikorgane heraufbeschwor, die als Zierde auf seinem Schreibtisch standen. Diese harten, doch hohlen Organe, die man aufklappen konnte, steckten voller Geheimnisse.

***

Der Knochenexperte hatte ihr erzählt, dass die Körper im Leichenschauhaus gewöhnlich die waren, nach denen niemand fragte. Migrantenkörper, die Stück für Stück verschwanden.

***

Sie macht dem Gemurmel ein Ende und erzählt ihrer Klasse von der weißen Substanz in ihrem Rückenmark und den gelegentlichen *Peitschenhieben Zitteraalen*. Wie sonst bei physikalischen Phänomenen erwägen die Experten Theorien, sind aber zu keinem Schluss gelangt. Sie will die Dinge nicht verkomplizieren, weiß nicht, ob es sich bei ihr um einen langsamen inneren Selbstmord handelt. Es ist eine Halswirbelentzündung, fasst sie laut zusammen, als sie sieht, dass einige die Pause nutzen und auf ihr Handy blicken und andere sich fragen, ob noch mehr Stunden ausfallen werden.

***

Ihre verschwommenen Gesichter, während sie die Anwesenheitsliste durchging. Sie rieb sich die Lider und fragte sich, was wohl ihren Blick trübte. Sie wusste, dass eine neue Schädigung des Rückenmarks den Sehnerv beeinträchtigen konnte und dass der schlagende Beweis dafür die Farbe Rot sein würde. Ihre Lieblingsfarbe konnte auch die Farbe ihres Verderbens sein. Das Signal: wenn das Rot für eines ihrer Augen an Intensität verlor. Sie musste sie abwechselnd schließen und vergleichen und sagen, sich selbst sagen, da kein Fachmann zugegen war, ob sie einen Unterschied bemerkte zwischen Rot und Rot.

Du siehst nicht gut, weil du deine Brille nicht putzt, sagte wütend der Knochenexperte, der die ständige Probe auf Symptome nicht mehr aushielt. Er, der lieber an einer Grippe starb, bevor er sie einräumte. Er, der Schmerzmittel nur mit vorgehaltener Pistole nahm. Der nie zum Arzt ging. Der es vorzog, nicht einmal sie zu konsultieren. Der nach dem Aufwachen gewissenhaft seine Brille säuberte, der brüchige Knochen unter makellosen Vergrößerungsgläsern untersuchte. Ihre Brille war immer voller Fingerabdrücke. Und er wollte ihr die Brille aus den Fingern nehmen und sie ihr putzen.

Die Berührung mit ihrer statisch aufgeladenen Hand, ein seltsames Flackern zwischen ihnen.

***

Ein Philosoph des Altertums war überzeugt gewesen, das Licht komme aus den Augen, werde von ihnen ausgestrahlt; wenn nicht, argumentierte er, wären die weiter entfernten Sterne nicht sichtbar; der Philosoph war zu dem Schluss gekommen, die Geschwindigkeit des Augenlichts müsse grenzenlos sein.

Um die Lichtgeschwindigkeit zu erklären, erzählt sie einer anderen Klasse, dass eine Rakete Millionen von Kilometern in tausend Sekunden zurücklegen und genau vor dem Schuleingang niedergehen könne. Weniger als achtzehn Minuten, sagt ein Schüler in einem Geistesblitz, beunruhigt von der kurzen Spanne, die ihnen bleibt, um einen

Bunker zu finden, den es gar nicht gibt. Aber die Rakete ist nicht so schnell wie das Licht, das sogar noch schneller sein könnte, entgegnet sie, denn die Schichten der elektromagnetischen Brechung in der Atmosphäre böten reichlich Widerstand. Die wahre Schnelligkeit erreicht es im Vakuum, sagt sie, aber das tröstet ihren Schüler nicht.

***

Sie bemerkt keinerlei Besserung, fühlt sich aber auch nicht schlechter. Auch sie tröstet das nicht.

***

Wer wird künftig ihr behandelnder Arzt? Ihr nicht handelnder Arzt verkündet, Sklerose sei nicht sein Gebiet, schenkt ihr zum letzten Mal sein falsches Lächeln und verweist sie an eine weniger flüchtige, größere und weitaus weniger idiotische Kollegin.

Beim ersten Besuch mustert sie diese Neurologin mit den durchscheinenden Augen, die sich weiten, als sie ihre Akte auf dem Bildschirm durchgeht. Ein starrer, trockener Blick, der nicht blinzeln kann. Etwas fehlt dieser Neurologin, sie weiß noch nicht, was. Sie lässt sie von Absonderlichkeiten reden, die ältere Ärzte nicht verstehen könnten, sie seien eher in klar umrissenen Symptomen ausgebildet, und die verweigere der Körper ihrer neuen Patientin. Die Neurologin lächelt, sie scheint sich an ihrem Repertoire zu erfreuen, *Axone Hüllen Zeichen Foraminalstenose* und weitere Begriffe, hervorgebracht mit weicher, doch nicht sanfter Stimme, nicht zweifelnd. Myelin. Myelitis. Myelopathie. Nun wiederholt sie jeden Begriff ohne ein Lächeln, als fürchtete sie, ihr Gegenüber habe ihre Sprache kryptischer Konzepte nicht verstanden, obwohl es sie bereits studiert hat. Die Patientin konzentriert ihre Aufmerksamkeit auf die schwachen Linien um den Mund mit den schmalen, ungeschminkten Lippen, auf das braune Haar mit schwarzen Wurzeln, auf die ruhigen Neurologinnenhände auf der Tastatur, und sie mustert sie weiter, bis sie merkt, was fehlt. Das Stethoskop. Das der Mutter vom Hals baumelt wie eine schlaffe Krawatte und aus der Hosentasche des Vaters hängt, ein Gummiwurm mit Aluminiumkopf, der kalt durch ihr Gedächtnis gleitet, den Rücken hinauf, über ihre flache Brust, und der bestätigt, dass es in ihr ein hohles Organ gibt, wie eine Trommel dröhnend, umgeben vom stillen Hohlraum ihrer Lungen. Doch die Neurologin hat ihr Stethoskop weder umhängen noch irgendwo verborgen. Wie lange schon, denkt sie und mustert die Neurologin, hat sie niemand mehr abgehört.

Nur er legt sein Ohr an ihr Herz, hin und wieder.

***

Sich für ihr Fachvokabular mit einem anderen rächen, das ihre Neurologin nicht kennt, ihr an den Kopf werfen *Wavelet Überlappung g(z) g(-z)* in der universalen Sprache der Mathematik, die wie jede Sprache nur versteht, wer sie benutzt. *Fullerene Fermionen Konvolution.* Myonen, schwerer als Elektronen. Ihr Fragmente dieser Sprache hinwerfen, die sie nur mit sich selbst spricht.

***

Wird diese Neurologin sie behandeln?

Und wer war die Frau, die durch die steinigen Straßen ihrer Kindheit wanderte. Sie war immer zu ihrem Strandhaus gekommen, hatte an der Tür geklopft, schon ohne sichtbare Zeichen des Menschlichen. Ihre *Lippen Pupillen aufgezeichneten Brauen*. Ihr Kopf in einen Lappen gewickelt, der ein Turban sein sollte. Und die Mutter ließ mit einer Geste die Tochter verschwinden, während ihr Mund das Wort Krebs zeichnete, den diese Frau als Krone trug.

Da war noch eine Frau, sie hatte nie erfahren, wer sie gewesen war. Der Vater hatte beim Krankenhaus angehalten, um sich Unterlagen zu holen, und die Tochter mitgenommen, *Treppen Säle Mopps Schatten*, vorbei an offenen und geschlossenen Sprechzimmern. Auf dem Rückweg nahmen sie eine Abkürzung, bogen in einen Gang, der durch die Strahlenabteilung führte. Dort blieb der Vater stehen, von einem Bildschirm angezogen, auf dem beide aufeinanderfolgend die Scheiben eines aufgeschnittenen Gehirns sahen. Ein Gehirn wie ein offenes Buch. Die ausgestellte Materie der Gedanken. Über den Bildschirm gebeugt, fuhr der lange Finger des Vaters die Konturen des Schädels entlang, die Kurven seines faltigen Innern und verharrte bei einer weißen Substanz. Hier, sagte er, siehst du das? Die Gehirnmasse wurde mit jedem Schnitt kleiner, während die Substanz größer wurde und sich in den Knochen bohrte. Eine Kugel, fest wie ein Schlag. Das muss wehtun, sagte sie, ohne zu begreifen, was sie da sah.

* * *

Aber warum denkst du, dass du Krebs hast?

In ihrer Erinnerung blitzt der Rachenkrebs ihres Großvaters mütterlicherseits auf, der kometenhafte Dickdarmkrebs ihres Onkels. Der metastatische Krebs in Bauchspeicheldrüse und Leber bei den Tanten. Der Brustkrebs, den man bei der Mutter entfernt hatte.

Keiner davon war erblich, aber alle waren ein schlechtes Vorzeichen.

Und ihre Kollegin, die Sportlehrerin, war so dünn geworden, dass sie bei einem Besuch im Gemeinschaftsraum an ihr vorbeigegangen war. Sie hörte, wie sie jemand von hinten, weit hinten rief, aus einer lang zurückliegenden Ära, die noch in ihrem Namen mitschwang. Sie blickte sich um, traf jedoch nur auf faltige Lippen, vorspringende Wangenknochen. Hervorstehende, gelbliche Augen. Ein Haufen Knochen, von einem Tropf versorgt.

Und beinahe hatte sie den Vater der Cellistin aus dem Gedächtnis gestrichen. Ob sich die Mutter erinnerte? Der Vater ihrer Bekannten war ein renommierter Orchestermusiker gewesen. Der Kopf tat ihm weh, die Finger schliefen ihm beim Klavierspielen ein. Der Arzt beteuerte, er leide unter den vielen Tourneen, den vielen Konzerten, dem vielen Schlafen in fremden Betten, jede Nacht in einer anderen Stadt. Ihm schadeten die Höhenwechsel und der viele Alkohol, vermutete der Arzt, obwohl der Vater der Cellistin nicht mehr trank.

Erst nachdem man alle physischen Ursachen ausgeschlossen habe, könne man sich an die psychischen wagen, wagte der Vater zu behaupten. Entweder Müdigkeit. Oder der Stress, der alles erklärt, indem er nichts erklärt. Physische

Ursachen, wiederholt sie sich, die Expertin in Physik ohne Abschluss.

***

Vergiss den Krebs, sagte ihr Vater und bereute sofort, dieses Wort wieder benutzt zu haben. Ich meine, sagte er, vergiss das. Sie musste ihn daran erinnern, dass der Radiologe einen Tumor noch nicht ausgeschlossen und die Neurologin eine Probe der Rückenmarkflüssigkeit verlangt hatte. Sie war davon ausgegangen, dass sie weiterhin nach den Proteinen einer Sklerose suchten oder nach etwas noch Seltenerem, doch als sie danach fragte, bereits nackt, bereits auf der Pritsche sitzend, bereits nach vorn gebeugt, las die Praktikantin die Anweisung und musste zugeben, dass sie nach Krebszellen suchten.

***

Die Praktikantin hatte ihr erklärt, es sei ähnlich wie bei der Epiduralanästhesie. Hast du Kinder bekommen? Nein, sagte sie und spürte einen Stoß an der Wirbelsäule.

Sie hatte gesagt: Das dauert kaum mehr als fünf Minuten. Höchstens fünfzehn. Du bist dünn, das macht es viel leichter. Aber es ist schon über eine halbe Stunde vergangen, und die Praktikantin hat bereits fünf dicke Nadeln zwischen drei Wirbel versenkt, vier elektrische Schläge von der Leiste bis zu den Zehenspitzen.

Tut es sehr weh? Die Praktikantin hinter ihr forderte sie auf, den Schmerz zu beziffern. Warum nur wollten die Ärzte und ihre Assistenten den Schmerz auf einer Skala von 1 bis 10 einordnen? Hieß das, 1 war Schmerz? Was war dann 10? Im Vergleich zu was? Zu dem, was man noch aushielt, bevor man das Bewusstsein verlor? Zu dem schlimmsten Schmerz, an den man sich erinnerte? Doch alle Schmerzen, die sie in ihrem Gedächtnis aufbewahrte, zerfielen angesichts dieser Nadeln, die sie eine 6 stöhnen ließen, eine zögernde 8.

Jeder Schmerz der Gegenwart war immer der schlimmste vorstellbare.

***

Einmal hatte sie 5 angegeben, und der Arzt hatte in seinem klinischen Bericht 9 vermerkt. Er war überzeugt gewesen, dass Frauen Schmerz von ihrem Schmerz abzogen. Beim nächsten Mal setzte sie auf 9. Die Krankenschwester sah sie mit einem schielenden Auge an und sagte in einer vulkanischen Sprache, bei 9 würdest du jaulen.

Vielleicht existierte eine Schwelle, eine maximale Intensität, die die Nerven sich zu registrieren weigerten. Vielleicht bedeutete 10 Ohnmacht, die unsagbare Zahl. Das präventive Abschalten. Ihr Vater schwächelte bei Schmerz. Sie hatte gesehen, wie er in Ohnmacht fiel, einen tiefen Korridor hinab, unfähig, den Schlag zu ertragen, den sein Körper ihm versetzte.

***

Der Vater hatte ihr das Zählen beigebracht, damit alles seine Ziffer hatte.

***

Leidest du unter Rückenschmerzen? Das ist die Praktikantin, die hinter ihr noch immer versucht, das Rückenmark zu treffen. Nein, nie, murmelt die Patientin ungeduldig in Seitenlage, eingerollt auf der Pritsche. Außer im Klassenzimmer, fügt sie hinzu und denkt, dass ein Hexenschuss im Unterricht nichts ist, verglichen mit dem, was ihr die Praktikantin da antut. Dieser Einstich. Dieses Aufheulen, das ihr entfährt, als ihr die eigenen Nerven einen Stromschlag versetzen.

Von 1 bis 10 lautet die Frage, und 13 ist die Antwort. Und wenn es ihnen gelingt, diese durchsichtige Flüssigkeit zu entnehmen, wird sie ruhen müssen, damit sie dem Schmerz in der Kaugummimasse ihres Gehirns vorbeugt, dem Wasser, Natrium, seltene Phosphate entzogen wurden, *Calcium Chlor amnesische Motten*, die es umgeben und schützen.

***

Medizin nicht, antwortet sie und kann ein weiteres Wimpernzucken von Schmerz in der Stimme nicht vermeiden. Ich beschäftige mich mit Physik. Ich unterrichte in dem Fach. Aber sie weiß, dass ihr Wissen sie verrät. Die Ärztin, die sie in sich birgt, ist von einer anderen ihrer Zunft entdeckt worden.

Die Frage kam von weither. Dies wiederholte Brummen. Abschluss in Physik? Doktorarbeit über was, tote Sterne? Sie solle sich dem Lebendigen widmen, murmelte der Vater. Doch diese Sterne waren lebendig, bewegten sich manchmal auf unerwarteten Bahnen, wenn die Schwerkraft einer nahen Galaxie an ihnen zerrte. Selbst tot sandten diese Sterne ihren vergangenen Glanz aus.

***

Also wirklich, seufzt die Praktikantin, als die Patientin sie bittet, die Punktion für gescheitert zu erklären. Die Nadel müsste im Rückenmark sein, trifft bei dir aber eine andere Stelle. Du musst eine anatomische Abweichung haben, darf ich es ein letztes Mal probieren? Und sie praktiziert weiter zwischen den Wirbeln ihrer Abweichung.

Das hat man ihr bereits gesagt, sie ist die Verdrehte. Seltsame. *Schräger Vogel am falschen Platz.* Allzu oft feuert sie Unsinn ab. Sie verheddert sich in zwei Sprachen, die, in der sie schreibt, und die, in der sie spricht. Sie vergisst bestimmte Wörter, als erlitte sie einen konstanten Neuronenkurzschluss. Das sagt sie sich selbst, aufgewühlt von Hass, und das sagt sie ihm: Ihre Wirbel seien verdreht, das behaupten sie zumindest, sie müsse die Untersuchung mit angeschlossenem Bildschirm wiederholen. Damit die unerfahrene Entomologin des Rückens sie endlich aufspießen kann.

***

Ihr Vater war nie eindringlicher gewesen als bei diesem Anruf: Die Lumbalpunktion darf nicht wiederholt werden. Warum wollen sie herumstochern, drainieren, saugen, jetzt, da man nichts mehr tun kann, das hätten sie vor den Kortikoiden machen müssen. Jeder Eingriff hat seine Risiken, und das Rückgrat ist empfindlich. Ein Haufen Stümper, lautet das Urteil des Vaters, der ihr ins Ohr schnaubt. Und sie lässt einen Moment verstreichen, bevor sie ihn daran erinnert, dass sie weiterhin nach Krebs suchen. Sie haucht diesen Krebs, presst das Handy an den Mund, denn sie steht mitten in der Klasse, die gerade schweigsam eine Prüfung schreibt. Es ist nicht Krebs, faucht der Vater. Schlag dir den Krebs aus dem Kopf, weißt du, was für einen Durchmesser die Halswirbel haben? Wenn es Krebs wäre, wärst du schon tot.

***

Ihre Hände jucken, als sie auflegt, wie jedes Mal, wenn sie denkt, dass ihr Vater sterben wird. Das Jucken, auch das hat der Vater ihr gesagt, ist die kleine Schwester des Schmerzes.

Wir müssen die Existenz bösartiger Zellen ausschließen, beharrt die vorsichtige Neurologin, während ihre Patientin mit den Händen über die Hose reibt. Müsste es mir nicht schlechter gehen, wenn ich Krebs hätte? Wäre ich nicht schon begraben? Sie übt den väterlichen Ton, um die Spezialistin auf die Probe zu stellen, welche sie widerlegt und mit mörderischer Stimme antwortet, manche Tumore schrumpften durch die Kortikoide vorübergehend, das könne bei ihr der Fall sein.

Bei dieser Antwort zerstiebt sie, ersteht jedoch aus der Asche wieder auf, entschlossen, ihren Vater zu verraten. Ihn noch einmal zu verraten, mit der Möglichkeit eines Tumors, einer Ärztin gegenüber, die sich bloß im Rückenmark auskennt, vielleicht nicht mal gut, denkt sie, die Hände geballt, die Handteller feucht, das Jucken stärker.

Der erste Verrat hatte darin bestanden, die Medizin zu verwerfen und eine Wissenschaft zu wählen, die alles erklärte, Mikro- und Makrokosmos. Der zweite Verrat war, den Ruhestand ihres Vaters zu verschleudern und ihm dann ins Gesicht zu lügen. Ihr letzter Verrat wäre, sein Urteil in den Wind zu schlagen.

***

Die Neurologin hat ihr versichert, das Krankenhaus werde ihr einen Termin für die präzise Punktion am Bildschirm geben, doch die Tage vergehen, und niemand ruft an. Sie überprüft ihr Handy. Ihren Terminkalender. Jeden Dienstag ist es eine Woche weniger.

Ein Dienstag ist noch ein Dienstag ist noch ein Dienstag.

Ihre Brille verkümmert auf dem Schreibtisch.

Sie sucht die Nummer des neurologischen Instituts und verlangt, mit der Neurologin zu sprechen. Die Sprechstundenhilfe will die Ärztin nur mit gutem Grund unterbrechen. Ein möglicher Krebs erscheint der Patientin Grund genug zu sein, aber sie erwähnt keinen Tumor, sagt nicht *Wachsen Karzinom blutrünstige Zellen*, sie weiß nicht, warum sie ihrem Satz die Bösartigkeit nimmt. Doch, sie weiß es. Sie weiß, die Unruhe des Patienten erregt bei den anderen Ungeduld. Sie weiß, die Starrköpfe werden gebrandmarkt, die Zweifler, die Frager, die Widersprecher – die verneinenden Patienten. Niemand will sich mit fremder Verzweiflung abgeben. Die unerschütterliche Sprechstundenhilfe klingt abgelenkt, sieht sich auf ihrem Bildschirm vielleicht gerade Dessous an, während sie wiederholt, die Frau Doktor sei beschäftigt. Das Krankenhaus werde sich schon bei ihr melden, dieses alte Labyrinth aus Kalk und Stahl, erschüttert von Beben, dieses Gebäude voller Fahrstühle, in dem die Leute sich verirren. Es werde sich melden, wenn das Krankenhaus es für angebracht halte. Aber wer ist das Krankenhaus, denkt sie, während die Sprechstundenhilfe ihr mitteilt, sie sei nicht die einzige Kranke und die Warteliste lang. Sie ist niemand. Niemand. Das weiß sie bereits. Sie ist nicht mehr als elektrochemischer Krempel aus Millionen von Zellen, so nervös wie bei jedem im möglichen Endstadium. Und die Sprechstundenhilfe weist sie darauf hin, sie habe eben einen Blick in ihre Akte geworfen, und man werde die Blutproben wiederholen müssen. Ihre letzte Probe verfalle bald. Da explodieren ihre Zellen, gehen durch mit ihr, die für dieses Blut bezahlt hat, für die Nadel und die fünf Röhrchen, etikettiert mit ihrem Namen. Sie fordert eine Erklärung, im Wissen, dass das die falsche Forderung ist, dass allein das Wort sie in die Ecke der schwierigen Patienten katapultiert, die das neurologische Institut nicht duldet. Die Sprechstundenhilfe gibt den Hörer an die Chefsprechstundenhilfe weiter, und die, *ihre Synapse gehässig aufgebracht* wegen dieser Störung ihrer Routine, wiederholt ihr das Skript, das die andere heruntergebetet hat.

War man nicht mehr als Synapse, war man ganz Tier.

***

Sie hat ihren Vater kein weiteres Mal verraten müssen. Noch ein Donnerstag ist vergangen, noch ein Dienstag, noch ein Freitag, an dem sie sich das Krankenhaus schon von der Hölle aus verklagen sieht.

***

Die Mutter, die sich ein Jahrzehnt zurückversetzt, zu ihrem Krebs, wieder am Telefon: Ich habe keinerlei böse Vorahnung, nie habe ich dir erzählt, dass ich damals schreckliche Monate hatte, bevor man den Tumor bei mir gefunden hat. Sie stellt sie sich vor, *Herzklopfen Albträume Maden im Hirn*, während die Mutter fortfährt, sie habe nicht gewusst, woher diese nervösen Symptome gekommen seien und um wen sie sich drehten. Ich habe nicht gewusst, dass es mich treffen würde. Das sagt die Mutter und sagt nicht die Wahrheit: Schon immer hat sie unter Herzklopfen gelitten, hat sie allesamt in ihren zahlreichen Albträumen ermordet. Seltsam wäre, wenn die Mutter sie jetzt rettete.

Allen voran hat sie den Vater ermordet, der nach dem Gesetz der fortschreitenden Zeit zuerst drankommen sollte, aber sie hat die Reihenfolge auch durcheinandergebracht und den Tod ihrer Zwillinge geträumt. Hat sie unbeaufsichtigt in einer Wanne voll Wasser zurückgelassen oder unter brennender Sonne im Auto, hat sie vergessen, während sie zur Arbeit ging. Hat ihre beiden Körper in einem Sarg gesehen, die Köpfe jeweils am anderen Ende, die Füße am Mund des anderen.

***

Wenn die Zwillinge zu spät aus der Schule kamen, war es die Aufgabe der Schwester, die Krankenhäuser anzurufen, um sicherzugehen, dass sie nicht dort waren. Am Kühlschrank hing eine von der Mutter erstellte Liste mit den Nummern der Krankenstationen, Kliniken und des

Leichenschauhauses. Die Zwillinge hatten ihren Spaß daran, die Mutter durch ihr Trödeln auf die Probe zu stellen. Und die Schwester. Diese Zwillinge, die gar keine richtigen Geschwister von ihr waren, fielen in ihre Verantwortung. Die Mutter rief aus der Praxis an und fragte, ob sie schon zu Hause seien, und sie bejahte, auch wenn es nicht stimmte.

***

Elektrode, von der Tür aus ruft er nach ihr, Elektrische, Element oder einfach nur E, doch am häufigsten Elektron, die Schlüssel noch in der Hand. Wo bist du, ich sehe dich nicht? Ich habe kaum mehr Ladung, antwortet sie von einem mit Papieren übersäten Sessel, wo es bereits dunkel ist. Die ganze Forschungsarbeit. Alles, was sie mit dem eingeschlafenen Arm aufgeschrieben hat, ist unleserlich, verlorene Zeit. Alles, was dann kam, die lange Parenthese. Ich werde nie mehr fertig, sagt sie und lässt ihn die Resignation in ihrer Stimme spüren, und dann spricht sie, die Resignation verbergend, voll Sehnsucht und Erleichterung von den massiven Sonnen, die zu einem Punkt von unendlicher Schwerkraft verdichtet sterben, nahe Sterne auseinanderreißen und ihr Licht verschlingen. Diese Sterne, die vor ihren Augen fliehen, in kosmischen Kloaken versinken, in denen alles untergeht. Aber die Löcher verstreuen kleine Materieteilchen, antwortet er und zitiert sie, denn von ihr hat er das gelernt. Die Löcher sind nicht völlig schwarz.

Sie quält der Gedanke, dass auf dem Grund ihres schwarzen Lochs ihr Vater lebt.

***

Die Zeit zählt nicht, doch verstreicht, der Tag ist da. Sie durchquert Türen, begibt sich wieder ins Magnetfeld und streckt sich, wieder, auf der Resonanzliege aus, die in die Röhre fährt. Sie schließt die Augen, damit die Felder sie durchdringen, ohne sie zu berühren, öffnet sie und fragt sich abermals, wie die Decke im Raum nur so makellos sein kann, wenn alles andere verfällt, und sie erhebt sich aus ihrem Körper, zieht ihn an und geht nach Hause und schläft, träumt lebhaft und wacht so erschöpft auf, wie sie sich hingelegt hat, duscht lustlos, reiht *Wörter Sätze Fossilien anderer Zeitalter* aneinander und geht schwerfällig hinaus, steigt in dreckige U-Bahn-Wagen, die die Stadt durchqueren, rasch wie die Tage, ohne Sinn, ohne Ziel, einer nach dem anderen, eins nach dem anderen, nach dem anderen.

Und jetzt ruft die Assistentin von der Neurologie an, um ihr mitzuteilen, dass die Entzündung im Rückenmark zurückgegangen ist. Das erwartungsvolle Atmen der Assistentin füllt die Leere, die sie mit ihrem Schweigen gräbt. Das sind gute Nachrichten, nicht wahr? Die Frage klingt nach Flehen.

Und sie versteht nicht, warum ihr dieses Gespräch immer wieder in ihrer Muttersprache durch den Kopf geht. Das in einer anderen stattgefunden hat.

***

Am anderen Ende der Leitung betet der Vater seine Diagnosefragen herunter. Das Brennen ist verschwunden. Ja.

Das Kribbeln, ja. Das Taubheitsgefühl. Sie würde ihm lieber nicht widersprechen, aber obwohl die Antwort immer Ja ist, leidet ihre Hand weiterhin unter *Entladungen Stromschlägen schmerzenden Wespen* an den Fingerkuppen. Wenn sie warm duscht. Wenn sie abspült. Wenn sie die Füße eincremt, immer rau. Wenn sie zu viel redet oder laut lacht, wenn sie zurückweichend mit den Armen flattert, wenn sie auf die Tafel schreibt und Kreide an den Lippen hat. Wenn sie den Kopf beugt. Wenn sie ihn auf die Brust senkt: noch ein Stromschlag.

Deine Kabel liegen blank, Kleines, das ist alles, urteilt der Vater; bis sie wiederhergestellt sind, werden sie dir weiterhin Signale senden.

Ihr Nervensystem bewahrte sich noch die Erinnerung, *verirrt verquer verfehlt*, eines Schadens und durchlebte ihn noch einmal, das war eine Erklärung. Aber wenn es ein Gedächtnis kennt, denkt sie mit übertriebener Langsamkeit, denkt es im Präsens, vielleicht auch in anderen Zeiten, wenn mein Körper ein Gedächtnis kennt, dann kennt er auch Vergessen.

explosion
(monate vorher)

Ein paar Tage beurlaubt. Mit dem Verbot, aufzustehen und sich der geringsten Aufregung auszusetzen. Das hatte sie ihm am Abend zuvor noch einmal eingeschärft, doch er wagte es, die Tür einen Spalt zu öffnen und den Arm zum Boden zu strecken. Seine Hand umgriff die eingerollte Zeitung, von einem Gummi umklammert. Die Zeitung, die er in den Tagen seiner Genesung nicht lesen durfte. Die Tageszeitung, die er vor ihr verstecken würde.

Sanft schloss er die Tür, um sie nicht zu wecken, und verharrte reglos, wartete. Reglos. Mit dem Gefühl, dass sich etwas in der Luft verfangen hatte, dort draußen, irgendwo im Gebäude. Ein Säuseln. Ein Echo, wohl nicht mehr als eine auditive Halluzination. Amboss und Steigbügel vermittelten ihm bloß unmerkliche Hammerschläge in einem seiner Ohren. Er wusste, dieses Krachen existierte nur in seinem Innern. Er konnte seinem Trommelfell noch immer nicht trauen, doch er ahnte, dass es diesmal ein Laut war, der von außerhalb seines Körpers kam. Der rauschende Sonntag der Nachbarn. Ihr Schnarchen. Das Blubbern des Espressokochers in der Küche. Das war es nicht, weder Regen noch Kaffee noch eine verstopfte Nase. Es war ein *energisches schwingendes dringendes* Geräusch. Und er sah wieder hinaus, sein Gesicht gezeichnet von Verbrennungen, das Ohr verbunden, und wieder hörte er ein zitterndes e im Gang, ein gedehntes eeeee, das in Konsonanten überging. Ein latentes heeeeelp, anhaltend. Eine Stimme, die um Hilfe rief?

Sie würde nachher mit ihm schimpfen, weil er in T-Shirt und Unterhose die Schwelle überquert hatte, hinausgegangen war, auf der Suche nach einer vielleicht erfundenen Stimme hinter *Mauern Ohren asymmetrischem Schorf*. Weil er trotz verordneter Bettruhe allein die Treppen hinuntergegangen, einem Gang um Ecken gefolgt, wieder hochgegangen war, bis er vor der Tür der Wohnung stand, aus der dieses gedehnte Wort zu kommen schien.

* * *

Beschreibung eines aschgrauen Kopfs, vom Alter gebeugt. Er rührt sich kaum, als er hastige Schritte hört.

* * *

Das ist ein Altersheim, lautete ihr bissiger Kommentar, als er sie geweckt und ihr von dem gestürzten Alten erzählt hatte, der aus der Nase blutete. Von dem Arm, auf den Fliesen ausgestreckt, immer noch die Zeitung wie eine Fackel in der Hand. Wer weiß, wie lange er dort schon lag, im zugigen Flur hingefallen, sagte er, wollte ihren Vorwurf ersticken, dass er in seinem Zustand allein hinausgegangen war. Ein Glück, dass du ihn hast retten können, murmelte sie mit einer Grimasse, kniff die Augen zusammen, versprühte Empörung.

Doch er hatte ihren stillschweigenden Vorwurf bereits umschifft, ihn hatte das Bild das Alten verstört, den er auf einen Stuhl gehievt hatte, mit einem Glas Wasser. Er konnte nicht vergessen, dass er einen Notarzt für ihn hatte rufen wollen, doch der Alte darauf bestand, dass er das unterließ. Gehen Sie bitte, flehte er. Und er war gegangen, hatte jedoch in seinem Innern den Alten mitgenommen.

Dabei hatte er ihn gar nicht nach seinem Namen gefragt oder es nicht gewagt. Was nicht benannt wurde, lief Gefahr, zu verschwinden.

***

Einen gereizten Muskel oder Nerv, ein Zucken zwischen Auge und Wange sah sie in seinem Gesicht, als seine Chefin ihn bat, die Tage seiner Krankschreibung zu verkürzen und die Forschungen vor Ort zu übernehmen, obwohl sie wusste, dass er sich der Ausgrabungsstätte nicht nähern sollte, die ihn geradewegs in die Klinik geschickt hatte, die anderen auf den Friedhof. Der Psychiater hatte ihm verordnet, sich von diesem Graben fernzuhalten, von allen Gräben, für eine gewisse Zeit. Aber die Direktorin konnte sich nicht darum kümmern, und ihr Stellvertreter war er.

Ich muss ein paar Tage fort, wegen streng persönlicher Angelegenheiten. So begann die Mitteilung der Direktorin an ihr Team. Nur ihm gegenüber hatte sie auf diesen Euphemismus verzichtet und ihm anvertraut, dass sie morgens beim Aufwachen ihren Mann mit allzu offenen, flehenden Augen vorgefunden hatte. Weder schlafend noch wach.

Und springst du ein?, fragte sie laut. What would you do?, entgegnete er, zuckte mit den Schultern und ließ sein schallendes Türknallen folgen.

***

Sie begriffen, dass der Alte aus dem fünften Stock gestorben war, als unten am Eingang eine Anzeige seine Wohnung zum Verkauf anbot. Mit dick geäderten Händen öffnete ihnen die Maklerin die Tür, die Haut in ihrem Ausschnitt schlaff, aber nicht im kürzlich gelifteten Gesicht, das strahlte vor Creme und angemessenen Krediten. Sie wollte ihnen verheimlichen, was sie im Grunde bereits wussten, gab jedoch resigniert zu, dass manche in Hospizen warteten, *sitzend gefallen ohnmächtig japsend*, bis es sie erwischte, und andere ihr Leben lieber im Krankenhaus beendeten, von Unbekannten gepflegt. Nicht dieser alte Mann, der sich dafür entschieden hatte, allein in der eigenen Wohnung zu sterben. Zu dem Zweck hatte er die 45 Quadratmeter gekauft, die die Maklerin ihnen jetzt zeigte. Ebendiese Frau mit der faltigen, frisch gestärkten Haut hatte sie dem Verstorbenen verkauft, vor wenigen Monaten erst, sie könne ihnen einen Rabatt anbieten. Ob sie interessiert seien?

***

Er träumte, dass er den greisen Mann öffnete, seine Haut aufriss wie ein Tuch, mit beiden Händen, bevor er ihm das Brustbein brach und sich selbst dort drinnen fand, versengt. Andere Male fand er nur *Bürsten Nadeln Seilzüge* im Innern des Alten. Ein Schnurtelefon voll Kupfer. Ein Ohr. Ein blutiges Skalpell. Manchmal trug der Alte die Arbeitskleidung der toten Grabungshelfer. Manchmal war er selbst einer der Arbeiter oder eines der Gerippe im Graben, bevor die Explosion es zu Staub werden ließ.

Manchmal stöhnte er im Schlaf oder murmelte Wörter in einer Sprache, die sie nicht entschlüsseln konnte. Sie rüttelte ihn. Er wachte schwitzend auf, mit einem Stechen in der Brust, glaubte, er bekomme einen Herzinfarkt.

Das Herz war ein Muskel, der erschlaffen konnte.

Er warf ihr vor, ihm chirurgische Albträume in den Kopf gepflanzt zu haben. Du und deine Familie, Körper-Junkies, hörte sie ihn sagen, während er die Laken von sich warf und mit der Faust so hart gegen die Wand schlug, dass es sie schüttelte. Als würdest du nicht mit schlimmeren Körpern arbeiten, *geknebelt gebrochen in Säure aufgelöst explosiv*. Die verminten des letzten Grabens musste sie ihm nicht in Erinnerung rufen. Die Splitter jener Knochen, in sein Gesicht gegraben, das verstümmelte Ohr, das geplatzte Trommelfell, das Gesicht bespritzt von dem Blut der Arbeiter, die ihm als Schild gedient hatten. Ein Wunder, dass du lebst, schimpfte sie, die sich nur harmlosen verstorbenen Sternen widmete.

***

Immer war er jähzornig gewesen, aber die Explosion hatte ihn noch bitterer werden lassen.

***

Der Vater schätzte diesen Beruf gering, der weder diagnostizierte noch heilte, ja nicht einmal die Absicht hatte. Er war der Meinung, dieser junge Gerichtsmediziner greife nur ein, wenn es bereits zu spät sei, und nur, um Todesdaten mithilfe von C14 festzustellen. Anstatt ihn beim Namen zu nennen, fragte der Vater immer nach dem jungen Mann oder dem Historiker, dem mit den Knochen. Erst als er in die Notaufnahme kam, verdiente er sich den väterlichen Respekt. Der Vater fragte nach jeder einzelnen seiner Quetschungen und war überrascht, dass er sich nicht einen Knochen gebrochen hatte. Bestimmt dachte er, dass derselbe Vorfall seinen Erstgeborenen zu Staub zermahlen hätte.

Sie, die im Krankenhaus die leuchtende Projektion seines Skeletts bewundert hatte, konnte bestätigen, dass er übermäßig strahlte, aber ganz war.

***

Seine einzige Schwester lag im Sterben, wie alle, von Kindheit an, und wurde Jahr um Jahr älter, wie so viele, jeden April.

Während er krankgeschrieben war, rief sie ihn Tag für Tag an. Die Nummer seiner alleinstehenden Schwester flimmerte auf dem Display, das Telefon durchbohrte die Stille, doch da er das Klingeln selten hörte, nahm meist sie ab. Er warf seiner Schwester einen lautstarken Gruß zu, der das weite Land durchqueren sollte, das sie trennte. Hob die Stimme so sehr, dass sie die Druckwellen des Gesprächs spürte, sogar hinter geschlossener Tür.

Wie mochten sie sich bloß verstehen, dachte sie, wenn ihre Sätze sich nicht abwechselten, sondern überlagerten, indem sie die Dezibel erhöhten.

Du machst mich noch taub, sagte sie verärgert, den offenen Computer unter dem Arm.

Keine gute Idee, ihm gegenüber von Taubheit zu reden. Das Gehör hatte er verloren.

***

Der Heizkörper, der Dampf ansammelt und leise zischt, das ferne Pfeifen der Züge, die den nächtlichen Horizont der Gegenwart durchschneiden. Die Krankenwagen, das Gehupe, die trommelnden Motoren in der Nachbarschaft. Er wachte auf und wusste genau, wie spät es war, irrte sich höchstens um ein paar Minuten.

Er schlief so wenig. So kannst du nicht weitermachen, sagte sie, die sich von Kindheit an auf den Balkon gelegt und Sterne gezählt hatte, wenn sie nicht einschlafen konnte. Nimm etwas.

Er nahm nichts, denn selbst diese Entscheidung strengte zu sehr an.

***

Wirst du die Grabung übernehmen?, fragte sie. Du würdest das Gleiche tun, sagte er und kratzte an dem Schorf, riss ihn ab und legte ihn auf ihre ausgestreckte Hand.

***

Die Explosion steckt noch in seinem Ohr.

Drinnen stecken diese gestorbenen Arbeiter mit Meißeln, Pickeln, Spachteln, Kehrschaufeln und stehen gebliebenen Uhren am Handgelenk. Er sieht sie vor sich im Graben hocken, auch wenn er nur noch Staub sieht, Steine, Flügel zerrissener Bienen, Fleischfetzen im Rauch: ein Brand der Luft. Und flüchtige Funken fallen auf ihn, versengen, bespritzen ihm die Haut, versehren seine Kleidung. Ein Höllenlärm, Urin, Blut, die sich mit Lehm vermischen. Rennende Leute um ihn herum und Wolken, die so langsam vorbeiziehen, so still, dass er sich für tot oder gelähmt oder seinem Schicksal überlassen hält, und er schließt die Augen, bis ihn scharfer Schweiß umgibt und er daraus schließt, dass mehrere Hände ihn gepackt und in ein Taxi verfrachtet haben, das ihn eilig fortbringen wird.

Der Taxifahrer behält ihn über den Rückspiegel im Auge und spricht mit ihm, damit er nicht einschläft. Diesen Auftrag hat man ihm gegeben und dafür das Dreifache von dem bezahlt, was es kosten würde, einen unverletzten Mann ins Krankenhaus zu bringen. Da er nicht weiß, dass er ihn nicht hören kann, versucht der Taxifahrer seine Aufmerksamkeit zu erlangen, indem er ihm von einer seiner Unaufmerksamkeiten erzählt, die tödlich hätte enden können. Ich habe mir die doppelte Dosis Insulin gespritzt, denn, hören Sie, schlafen Sie nicht ein, jetzt kommt das Beste, ich habe mir eine Überdosis gespritzt, die mich völlig um den Verstand gebracht hat, ein Elektroschock im Kopf, nur durch ein Wunder bin ich nicht gestorben, hören Sie, jetzt schreit er, zum Glück saß ich nicht am Steuer, hören Sie, hören Sie, und er hält an einer Ampel und schüttelt ihn, denn er schließt bereits die Augen.

***

Die Krankenpfleger, die ihn aus dem Taxi zogen, gestikulierten mit *Fingern Ellbogen klappenden Kiefern*, sprachen zu ihm mit verzögerten Stimmen.

Die seltsame Stimme, die ihre war, als sie im Flug im Krankenhaus auftauchte.

***

Vom Otoskop erleuchtet, war das perforierte Trommelfell ein Planet nach einem Asteroideneinschlag.

***

Futuristisches Porträt auf der Intensivstation. Er war wach, bei Bewusstsein, bei Verstand, doch benommen. Die Explosion hätte ihn töten können, doch er lebt, lebt, schläfrig, die geschlossenen Lider bewegen sich in Zeitlupe, oder vielleicht bewegen sich die Augen darunter wie Würmer. Sie will ihm einen einzigen Kuss auf die Braue drücken, denn sein ganzes Gesicht besteht aus Brandwunden und verwinkelten Verbänden. Ein Gesicht in zwei Dimensionen. Ihr Mund überfliegt die raue Nasenspitze, aber da gibt es nun viele Nasen. Er ist jetzt fünf Körper, acht Alter, sechs geschwollene Augen, fünfzehn Paare aufgeplatzter Lippen.

Sie versucht ihm etwas zu sagen, will ihn aus dem komatösen Sausen seiner Atmung befreien. Er blinzelt so langsam, so bewusst, als schmerzten ihm die Augen. Positivum, nennt sie ihn flüsternd. Posi, wiederholt sie lauter. Positron, bist du da? Gib mir ein Zeichen. Sie sieht eine Zunge aus der Wunde kommen, die sein Mund ist, leckt einen ihrer Finger an und legt ihn an seine Lippen, damit er weiß, dass sie da ist. Und sie nähert sich ihm noch mehr und sagt voller Beklemmung, der Graben ist explodiert, alle anderen sind tot.

Er hatte versucht, ihre Worte zu entschlüsseln, aber in seinem Kopf dröhnte es, und von dem Satz hatte er nur den Schluss verstanden, den sie in seiner Sprache gesagt hatte, das über den *big bang*.

***

Sie kehrt in ihre gemeinsame Wohnung zurück, ohne die lebendige Nachbarschaft seines Körpers. Das leere Wohnzimmer. Die leeren Stühle. Der leere Kühlschrank. Die schmutzigen Teller. Das ungemachte Bett. Sie wirft sich auf die Laken und wählt eine Nummer der Vergangenheit, um es ihrem Vater zu erzählen, ihn zu konsultieren. Papa?, sagt sie und sagt es kaum, Papa, Papa, denn sie kann nur verstümmelte Wörter von sich geben, die sich im Ohr ihres Vaters verlieren.

***

Wörter, die von der Klippe seines Ohrs stürzen: Der HNO-Arzt hatte den Knochenexperten nicht gewarnt oder vielleicht doch, aber ihm war nicht bewusst gewesen, dass ein Pfeifen auftauchen könnte, wenn er allmählich das Gehör wiedererlangte. Der Alltagslärm dämpfte diesen kontinuierlichen Klangfaden, doch in der Ruhe des Abends schien er anzuschwellen. Das Pfeifen füllte ihn mit Schlaflosigkeit.

Manch einer verlor den Verstand bei diesem Pfeifen, das sich im Kopf einnistete. Manch einer brachte sich um, auf der Suche nach Stille.

***

Jetzt drehte sie diesen Ring am Finger, der keinerlei Bindung bedeutete. Drehte im Kopf diesen Kongress, auf dem sie ihn im Profil und von vorn gesehen und ihn sich *grau faltig krumm am Stock* vorgestellt hatte. Sie hatte mit ihm schrumpfen wollen. Jeden einzelnen ihrer Wirbel mit ihm verschleißen. Das empfunden zu haben, sorgte jetzt für ein Loch in ihrem Magen.

***

Sie rennen durch einen Flughafen, um nicht den Anschlussflug ins Land der Vergangenheit zu verpassen, in dem sie sich kennengelernt haben. Sie war Studentin gewesen, auf Urlaub in ihrer Stadt, er Gerichtsmediziner, eingeladen zu einem Vortrag über die Identifizierung von Knochen, die es zuhauf gab im Untergrund von Ländern wie ihrem, erschüttert von Jahren der Diktatur. Die Freundin, die zu all diesen Vorlesungen ging, als wäre es ihre Pflicht oder ihre Art zu trauern, hatte sie zu dem Vortrag in dem jüngst eröffneten Gedenkmuseum eingeladen, in dem er, das Haar noch tiefschwarz und dicht, mit allen Zähnen, Arroganz im Lachen, die Krawatte schlecht gebunden, von der eingefangenen Zeit im Radiokohlenstoff sprach und davon, dass jeder Knochologe das Labor verlassen und sich die Hände beim Graben schmutzig machen solle. Er bewegte seine beim Reden, an den Fingern kein Ring.

Dieses Land der Vergangenheit war übersät mit noch unentdeckten Gräben.

Die Stadt der Gegenwart fand gerade ihre eigenen Gräben. Aberhundert heimliche Friedhöfe voll anonymer Leichen, von denen alle wussten, wer sie gewesen waren.

Migranten, die Grenzen überquerten oder es versuchten, auf der Strecke blieben, erfroren oder geknebelt, erstickt in Lastwagen starben, in Zeitungen gewickelt, die das Todesdatum anzeigten, zerstückelte Frauen und verirrte Kinder in trockener Erde, die die Zersetzung und den Lauf der Zeit hemmte. Diese Leichen hatte er in den Außenbezirken der Gegenwart ausgegraben.

Er identifizierte Knochen, um der Gewalt ein Ende zu bereiten. Das hatte er ihr beim Kennenlernen gesagt. Sie hatte das für eine heroische Anstrengung gehalten.

***

Jetzt führt sie ihn zurück in die Vergangenheit ohne Krawatte, um ihn ihrer Familie vorzustellen. Sie zerrt an ihm, treibt ihn an, wir verpassen den Anschlussflug, aber er fällt immer weiter zurück, und als sie sich nach ihm umdreht, ist er verschwunden. Das Flugzeug hebt gleich ab, die letzte Stewardess will schon an Bord gehen, nur sie beide fehlen noch. Und diese rot gekleidete Frau mit rotem Hütchen, roten Schuhen, die über den Boden klacken, winkt ihr zu. Sie weiß nicht, was sagen, wie sie seine Verspätung entschuldigen soll. Nur sie steht da auf den weißen Fliesen des Terminals, bis er endlich auftaucht, ganz bleich. Es geht mir nicht gut, mir ist etwas übel, stammelt er, nachdem er sich die letzten sieben Minuten in der Toilette eingeschlossen hat. Sie schreit, die lassen uns am Boden zurück. Und er schlurft mit seinen Mokassins und schweren Beinen weiter, streckt seinen blauen Pass hin und taucht ein in die Gangway, hinter ihm die gereizte Stewardess. Kaum haben sie sich gesetzt und den Gurt angelegt, da merkt sie, dass er Schüttelfrost hat und das Fieber steigt. Er wirft sich ihre Decke über, die des Passagiers neben ihm, die zwei, drei, die eine andere rote Flugbegleiterin ihnen gibt. Die Stunden und Jahre dehnen sich, als wären sie nicht alle in die Vergangenheit unterwegs, sondern zum Mars. Und noch immer zittert er, aber nicht, weil die sechs Decken nichts taugten, sondern vor Dehydrierung. Keinen Schluck Wasser kann er bei sich behalten. Er gibt alles von sich, was er an dem Tag gegessen hat, will jedoch das Würggeräusch unterdrücken, das die Passagiere belästigt, die neben ihnen bereits essen.

It's just a little gastric unrest, murmelt er, vom Brechreiz geschüttelt.

Ihr Vater würde an *Dengue Malaria Gelbfieber Zecken Chikungunya-Träger* denken oder an noch Schlimmeres. Sie wusste nicht, was sie denken sollte.

***

Er war überzeugt, dass ihm die Kälte auf den Magen schlug, und schob die Schuld auf den Winter in der Stadt, auf ihren ewigen Schnee, das schlüpfrige Eis, verborgen auf den Gehwegen. Sie wusste, dass die Verkühlung nicht die Ursache seiner Magenverstimmung war, auch nicht für Erkältungen oder Harninfekte.

Von jeher waren ihm Zwiebeln nicht bekommen, und er hatte auf sie verzichtet, wie auch auf *Chilis Paprika Krause-Glucke-Pilze.* Und Hülsenfrüchte. Sardinen. Gurke. Es gab eine Kekssorte, die ihn sofort ins Bad rennen ließ, und er musste sie ausmustern. Aber an den langen Tagen in den Gräben aß er alles Gift, was man ihm vorsetzte. Die Arbeiter sollten ihn nicht für hochmütig halten, wenn sie Salami und rohe Zwiebeln aufs Brot packten und sich die Finger leckten. Sie liebte Knoblauch, der ihn krank machte.

Ständig krank. Der Bauch ständig gebläht. Wie er da im Flugzeug kotzte, hätte man meinen können, dass es bis zum Pylorus wehtat. Das hatten ihre Klassenkameradinnen immer gesagt und schallend gelacht, und sie lächelte und fragte sich, ob sie wohl wussten, ihre Klassenkameradinnen, wo sich dieser Schmerz wirklich befand.

***

Er befolgt die Diät des Hundes: nichts essen, bis er geheilt ist. Doch ihr Vater hatte diese Diät ausprobiert, und die Magensäure hatte ihn innerlich aufgefressen und ein Loch hinterlassen. Ihrem Knochenexperten war jedoch nicht beizubringen, dass die dünne Figur, die er allmählich bekam, gefährlich war. Er sagte, er verspüre keinen Hunger mehr. Sie aß für beide zusammen, gegen ihr eigenes Verschwinden.

Kiloweise *Fett Muskeln Nerven Koffein* verlieren, die Lust, das Bett zu verlassen. Das Lachen verlieren, das Echo seiner früheren Freude. Die Lust verlieren, mit ihr zusammen zu sein, mit ihr zu lachen, seit er in dem Feuer dieses Massengrabs fast sein Leben verloren hatte.

***

Er wird die Untersuchung dieses Grabens nicht aufgeben können, aus der inzwischen ein beispielloser politischer Skandal geworden ist. Nicht, solange seine Chefin nicht zurück ist. Von seinem Büro aus schickt er eine Nachricht, die er in sein altes Handy diktiert hat: *So bald wird sie nicht zurücksein, jetzt sagt sie, sie muss 34 Tage zu einem Kongress*. Bestürzt liest sie es und schreibt: *Was denn, 34?! Welcher Kongress dauert 34?*, aber sofort kommt eine neue Nachricht von ihm, *nein Komma ich sagte 3 Komma 4 Ausrufezeichen es sind 4 Tage Komma diese verwichste Schuhcreme*. Und noch eine folgt sofort: *Die verflixte Chefin Punkt dieses Handy ist taub Ausrufezeichen es kann nicht übersetzen was man ihm sagt Ausrufezeichen Ausrufeleichen*.

Du solltest die Grabung nicht übernehmen, rät sie beharrlich, nicht diese Grabung, nicht diese Toten, auch wenn deine Chefin nicht da ist. Er hebt ängstliche Augen, legt einen Finger an die Lippen und sieht zu den Mauern um sich herum. Mag sein, die Wände haben Ohren.

***

Spuren der geflickten Stellen in seinem Gesicht. Male des abgerissenen Schorfs an der Stirn, der eine Narbe hinterlassen hat. Er ist Haut und Knochen. Doch die Haut ist noch immer gebräunt von der Sonne, die erbarmungslos auf ihn herunterknallte und alles durchdrang, *Helm Arbeitskleidung Sonnencreme*, die grauen Millimeterhaare eines Anthropologen. Doch er hat tiefe Augenringe vom angestrengten Suchen nach den Komplizen dieses Massakers, das in seiner eigenen Stadt wiederholt hat, was in so vielen anderen passiert ist. Wer hatte die Nachforschungen behindert und einen Teil seines Teams ermordet? Wer hatte die Bienen durcheinandergebracht, die vor Ort Sprengstoff aufspüren sollten?, fragte er sich, ohne jeden Appetit.

Er hatte diese Operation geleitet. Hatte geglaubt, eine effiziente Suchtechnik eingeführt zu haben, so diskret wie ein Summen, denn die Bienen waren leichter zu transportieren als Hunde und sauberer als Mäuse und hatten einen ebenso feinen Geruchssinn. Sie besaßen keine Nase, aber Fühler, die auf winzigste Moleküle reagierten, auf unmerkliche Vibrationen, auf Schwankungen von Temperatur und Feuchtigkeit. Sie erkannten einander, da sie den Geruch der Waben mit sich trugen, in denen sie lebten.

Da die Bienen in der Lage waren, einen Mikrometer Pollen aufzuspüren und mit ihren haarigen, statisch aufgeladenen Beinen aufzusammeln, konnten sie auch andere Partikel in der Luft ausfindig machen. Man hatte sie abgerichtet, wie man Hunde und Mäuse abrichtet, indem man sie den Sprengstoffgeruch mit Zuckerwasser in Verbindung bringen ließ. Anstatt Speichel zu bilden, neigten sie ihr Körbchen hin, als holten sie Nektar aus einer Blume. Aber die Grabungsstätte war zu weitläufig und von Gärten umgeben, die sie vielleicht abgelenkt hatten. Sein Fehler.

***

Fehler 404 zeigte an, dass das Gesuchte nicht gefunden wurde oder nicht existierte. Die Bienen waren nicht auffindbar oder nicht verfügbar, doch existieren und nicht zur Hand zu sein, war Fehler 410.

***

Die Sache wurde brandheiß. Anonyme Drohbriefe wurden unter seiner Tür durchgeschoben. Er riskierte mehr als ein Ohr, konnte es ihr aber nicht sagen und sprach nicht mehr mit ihr.

Das Sprachzentrum befand sich in der linken Gehirnhälfte, aber die rechte war nicht etwa stumm, sie hatte etwas über die Angst zu sagen.

Der Magen füllte sich mit Säure, das war seine Art, sich auszudrücken.

***

Geh zum Arzt, sagte sie ihm und wusste, dass da die Mutter aus ihrem Mund sprach. Alles war bereits gesagt, doch sie musste es ihm wiederholen.

Damit sie ihn nicht das Gesicht verzerren sah, schickte sie ihm Textnachrichten. *Gehst du zum Arzt?* Sie diktierte diese Frage und wartete, bis ihr Handy die Wörter transkribiert hatte, doch sie vertraute dem Gerät allzu sehr oder war abgelenkt und schickte den Text ab, ohne die Transkription zu überprüfen. Und die war schlecht. *Gehst du ins Harz?* Sie wiederholte die Zeile, rundete Konsonanten und Vokale ab, aber es wurde noch schlimmer: *Wehst du apart.*

Doch er holte sich keinen Termin beim Arzt, immer kam er zu spät oder zu erschöpft nach Hause, sank dann im Sessel zusammen. Die Lider geschwollen vor Müdigkeit.

***

Das Kohlenstoffisotop C14 zerfällt langsam und hinterlässt Spuren, durch die man die Zeit in den Knochen lesen kann. Das erklärt er ihr, während er ihr dabei zusieht, wie sie eine *chupe de locos* löffelt und ein kohlensäurehaltiges Getränk trinkt. Als würde sie die radiometrischen Eigenschaften dieses Isotops nicht kennen. Als wüsste sie nicht, dass seine Atome sechs Protonen und acht Neutronen haben, aufgeladen mit Kernenergie, dazu die sechs Elektronen der Hülle. Als hätte sie noch nie gehört, dass ihr langsamer Zerfall es erlaubt, in jeglichem Material die Zeit zu messen, von der sie einst geträumt hatte, sie neu zu definieren.

***

Etymologisch gesehen war ein Atom unteilbar, aber in der Wissenschaft konnte ein Atom jederzeit bersten. Es musste explodieren, um etwas Neues zu schaffen.

Ein Kosmologe hatte früher vermutet, es müsse nach dem Big Bang noch weitere kleinere Explosionen gegeben haben, die unendlich viele Miniaturuniversen über den Raum verstreut hatten. Manche leer, manche randvoll mit Materie gefüllt, manche ewig, manche kurzlebig, manche, die sich allzu schnell ausdehnten und den physikalischen Gesetzen der Menschen widersprachen. Aber warum sollten sie so unterschiedlich sein, dachte sie, warum sollten bloß die Menschen das Glück haben, in einem Raum zu leben, der extra für sie entworfen worden war. Dieser Raum, dieser Planet, den die Menschen offenbar auf Teufel komm raus zerstören wollten.

Das Leben auf der Erde setzte sich zu 82 % aus Pflanzen, zu 13 % aus Bakterien zusammen, die restlichen 5 % teilten sich alle anderen. Von diesen anderen waren nur 0,01 % menschlich. Und doch zerstörten diese 0,01 % die übrigen Arten. Zerstörten sogar sich selbst.

***

Die Druckwelle der Explosion hatte über seinen ganzen Körper kleine Wunden verteilt, die ihn innerlich zerrissen.

***

Neigen Sie zu Nervosität? Der Arzt leierte die Liste seiner Fragen herunter und warf einen Seitenblick auf die von der Narbe durchfurchte Stirn, auf die noch verschrammten Wangen, das verstümmelte Ohr. Nervosität?, sagte der Patient. Nicht besonders.

Ich sehe, dass wir beide, sagt der Gastroenterologe, während er durch seine Brille die Akte liest und ihn über den Rahmen hinweg ansieht. Dass wir beide, wiederholt er und setzt ein überwältigendes Lächeln auf, bei dem die dicken Wangen von unten gegen die Lider drücken. Wir beide. Noch einmal fängt er an, der Doktor mit dem listigen Augenschnitt, denn er sucht noch immer nach dem Rest des Satzes unter den vielen, die er in seinem Hirnarchiv bewahrt. Ein Satz, der nicht abgedroschen klingt. Einer, der nicht so klingt, als hätte er ihn bei anderen Patienten benutzt. Und er stößt auf diesen: Wir beide, Sie und ich, wir studieren die Tiefen. Sie suchen unter der Erde nach Knochenresten und ich in den Körperhöhlungen nach Ursachenresten Ihres Unwohlseins. Es ist das Essen, vermutet der Knochenexperte. Es ist die Säure, das Geschwür, das jederzeit platzen kann, beharrt sie, die dort übersetzen soll, was der Gastroenterologe ihm zu sagen hat, doch er wirft ihr einen wütenden Blick zu, und sie schweigt. Die Arbeit ist beschwerlich geworden, sagt er, und sie unterbricht ihn erneut, seine Arbeit bringt ihn fast um. Jetzt quetscht er ihre Hand in der seinen, und sie unterdrückt ein Stöhnen. Er hustet. Der Arzt zieht die Brauen hoch, öffnet die geschlitzten Augen und blinzelt schnell, als dächte er, dass sich da etwas abspielt zwischen den beiden, er weiß nicht, was, findet keine Antwort. Aber vielleicht ist sein zwanghaftes Blinzeln nur ein nervöser Tick, der visuelle Beweis, dass er etwas verbirgt oder nur etwas zu sagen vermag, nachdem er sich den Verdauungsapparat von innen angesehen hat.

***

Phantombild. Lippen, die *Zähne Rachen Luftröhre Knochenmark* bedecken. Abgetrennt von der Epiglottis die Speiseröhre bis zum oberen Schließmuskel des Magens, die Einbuchtung des Magenmunds, die Incisura angularis und die untere Öffnung, die den Abfluss in die Enge von Zwölffingerdarm und Dickdarm reguliert, gefolgt vom letzten Schließmuskel, dem Anus.

***

Idee für ein Ende. Der junge Philosoph weigerte sich, in ihre finstersten Höhlen vorzudringen. Er sollte steif und fest glauben, dass sie ihn wegen seiner mangelnden Kühnheit verlassen hatte. Der Junge war nichts für dich, versicherte ihr die Mutter und freute sich, ohne zu wissen, über was.

Es gab noch andere, die nichts für sie waren, aber es gelang ihnen, den mütterlichen Radar zu umgehen.

Bevor sie sich kennenlernten, musste sie ihm die strengen Ausmusterungen der Mutter beichten. Und zwar bevor sie ihn ihr vorstellte. Sie hatten gerade den Zoll hinter sich gelassen, er war erschöpft vom Fieber, schwach vor Müdigkeit, wollte sich nach der Reise nur ins Bett legen. Das erzählst du mir jetzt?, und die Frage knisterte in der Luft, seine Brauen kräuselten sich vor Missfallen. Das war früher, sagte sie beklommen. Da war mein Leben anders, anders ihre Ängste, die einer Stellvertretermutter. Sie musste diese Mutter nicht verteidigen, die genetisch nicht ihre war, aber sie verteidigte sie, um dem Urteil zu entgehen, das er gewiss über sie beide fällte. Mit noch verzerrten Lippen ließ er sie schwören, dass sie niemals, nicht einmal tot und begraben, der Mutter verraten würde, was sein Defekt war.

Wahrheiten in schwarze Löcher fallen lassen.

***

Es ist ein Reflex: Er hebt die Hand, um ihre Wange zu streicheln, und sie weicht aus. Sie kann nicht anders, ihr Körper hat gelernt, einen bevorstehenden Schlag zu erkennen. Nie habe ich dir auch nur ein Haar gekrümmt, sagt er beleidigt, schreit sie an, als wäre er noch immer taub.

Schläge nicht, Schuhwürfe an die Wand, gleich neben ihrem Gesicht, wenn er den Kopf verliert. Nur wenn der Schuh in allzu großer Nähe landet, wirft sie ihn auf den Boden und schließt sich im Schlafzimmer ein.

Er hatte sich dem Identifizieren von Knochen zugewandt, um die Gewalt abzuschütteln. Ebendies, weit davon entfernt, sie zu ängstigen oder abzuschrecken, leuchtete ein paar Sekunden in ihrem Geist auf. Sie würde erst später begreifen, dass er die eigene Gewalt gemeint hatte.

***

Sie erzählte ihrer Abendklasse mit nur männlichen Schülern von der Gewalt der Galaxien, die einander ausschlachteten und kaum mehr als Ruinen hinterließen. Die Milchstraße hatte eine Zwillingsgalaxie gehabt, die ein überraschendes Ende fand, als sie von Andromeda verschlungen wurde. Von der vorigen Galaxie waren nur Krümel übrig geblieben, sagte sie und hatte die Aufmerksamkeit ihrer Schüler.

***

Zu Semesterende hatte sie ihr schüchterner Professor für Thermodynamik nach Hause gebracht und ihr unterwegs die Einläufe beschrieben, die er sich täglich verabreichte. Sie fragte sich noch immer, ob die Auskunft über seine Körperhygiene eine Methode gewesen war, sie anzumachen.

***

Hätte sie nur mit fünfzehn das Periodensystem gelernt, das im Klassenzimmer hing. Anstatt die chemischen Elemente mit einer Nadel in die hexagonalen Seiten ihres Bleistifts zu ritzen oder in das Kunststoffröhrchen ihres Kugelschreibers. Wenn sie nur nicht bei den Prüfungen abgeschrieben hätte. Aber wie hätte sie damals wissen können, dass jedes Element der Lösung einer quantenmechanischen Gleichung entsprach.

***

Wusstest du, dass das seitliche Loch in den Kugelschreibern zum Druckausgleich dient? Wusstest du, dass es ein Loch in der Plastikkappe gibt, damit man nicht erstickt, wenn man sie verschluckt? Er sieht sie entsetzt an.

***

Sie vermutete, dass er lieber nichts darüber hörte, deshalb rief sie ihren Vater an und erzählte ihm von der Kamera in Drageegröße, die bald schon all diese Untersuchungen ersetzen würde, die auf -okopie endeten. Der Artikel verriet nicht, ob die Kamera, nachdem sie ihre Reise durch die Därme beendet hatte, wiederbenutzt wurde.

Und sie erzählte ihrem Vater von einem außergewöhnlichen Asteroiden, der nicht nur den Urstoff des Universums enthielt, sondern auch ganz und gar *Kohle Raben Schwarz* war, voller Aminosäuren. Und woher weiß man, dass er aus Kohle ist, fragte der Vater, und sie antwortete, man habe den Asteroiden einer Spektroskopie unterzogen.

***

Beide lesen sie die Anweisungen durch und räumen Zweifel darüber aus, wie man sich auf diese doppelte Untersuchung vorzubereiten hat, die der Spezialist für Körperhohlräume bei ihm vornehmen wird. Unten *colonoscopy.*

Oben *endoscopy*. Beide begreifen, dass es nicht *copy* von Kopie ist, sondern *scopy*, Sichtbarmachen.

Und sie fragt sich, ob sein *Defekt Fluch Schimpf Schuh* bei der Untersuchung sichtbar wird, ob er sich offenbaren oder für immer im Geheimen bleiben wird.

Die Informationen, die am Gefäß der weißlichen Arznei kleben, besagen, die Entleerung sei weder ein kurzer noch leichter Prozess, der Darm werde jedoch, befolge man sie bis ins Kleinste, für die Untersuchung makellos rein. Klingt nach Klempnerarbeit, bemerkt sie mit gemeinem Lächeln. Nach Archäologie, antwortet er, während er gewissenhaft seine Brille putzt.

***

Seine Vorbereitung besteht darin, sich an quälende Eingriffe der Vergangenheit zu erinnern.

Daran, als sie ihn auf eine Pritsche gebunden und mit sechs Händen seinen Kopf festgehalten hatten, während der Chirurg eine lange Anästhesienadel durch die Löcher seiner spitzen Nase einführte. Als sein Körper sich wie unter einem Stromschlag aufgebäumt hatte. Seine Lippen zu einer Grimasse verzogen. Sein verzerrtes Gesicht. Als er seitliche Tränen über die behandschuhten Finger derer vergossen hatte, die ihn festhielten. Das Wegschneiden der Wulst, die dort drinnen gewachsen war. Der Geruch nach versengtem Fleisch.

Schlimmer war die Operation des Leistenbruchs gewesen: mit frisch genähter Wunde fünf Stockwerke zu Fuß hinaufgehen und auf dem Bett zusammensinken. Der Säbelstich, wenn er sich auf die Toilette setzte und presste. Hohe Punktzahl auf der Skala des extremen Schmerzes.

Doch weitaus schlimmer war das Gratisziehen der vier Weisheitszähne gewesen, die noch im Zahnfleisch versunken waren. Man hatte ihm angeboten, an einer Doppelblindstudie teilzunehmen: einmal Schmerzmittel, einmal Placebo. 50 % Wahrscheinlichkeit, es heil zu überstehen. Er hatte keine Wahl, er konnte den Eingriff mit Schmerzmitteln nicht bezahlen und willigte ein, dass man ihm die Zähne entfernte, jedes Mal mit leichtem Krachen, die Watte am Zahnfleisch. Und sie beobachteten alles, ohne zu wissen, dass er das Placebo erwischt hatte, denn er hatte sich mit einer Unterschrift verpflichtet, den Schmerz ein wenig auszuhalten. Und er war sich nicht sicher, wie viel ein wenig war, aber er war ein Mann von Wort.

Wiederhole hundertmal das Wort Schmerz.

Wiederhole hundertmal: erdulden ohne ein Wort.

17 ist der Mittelwert des Schmerzes aller Eingriffe, die sein Lebenslauf verzeichnet. Wenn er in diese Foltersäle zurückkehren müsste, würde er auf der Angstskala 64 angeben.

***

Er hatte den Zahnarzt gewechselt, der Durchhalten von ihm verlangte, just a little bit more, damit er ihm keine Spritze geben musste. Mit weit aufgerissenem Mund und einem summenden Apparat darin war er wehrlos. Seitdem putzte er sich eifrig die Zähne, bis das Zahnfleisch blutete, rammte sich die Zahnseide in die Zwischenräume, als beginge er Harakiri. Von jetzt an, dachte er, würde er für niemanden mehr den Mund öffnen müssen.

Den nächsten Zahnarzt empfiehlt sie ihm, und es ist weniger eine Empfehlung als eine Versicherung, dass es dort Betäubungsspritzen gibt, ohne dass er sie extra verlangen muss. Dieser Zahnarzt sieht sich nun den vergrößerten Backenzahn auf dem Bildschirm an. Etwas gefällt mir nicht, sagt der Spezialist und vergleicht die entzündete Wurzel mit einer nicht entzündeten. Mit einem winzigen Metallhämmerchen klopft er gegen jeden einzelnen Backenzahn und fragt, ob er einen Unterschied spüre. Er spürt keinen. Er weiß es nicht. Antwortet nicht.

Derselbe Zahnarzt hatte ihr auf dem Bildschirm den infizierten Nerv ihres Zahns gezeigt sowie eine um 90 Grad gebogene Wurzel, die schwer zugänglich zu sein schien, selbst mit feinstem Gerät und Kung-Fu-Verrenkungen. So etwas habe er noch nie gesehen, rief er hinter seinem Knebel aus. Eine solche anatomische Abweichung. Sie könne weiterleben, weitersterben, und er meinte die krumme Wurzel, aber auch die Eigentümerin des Zahns, nämlich sie. Lebend, doch sterbend. Und er bat um Erlaubnis, die Fotos bei einem Zahnkongress benutzen zu dürfen. Er pumpte sie mit Betäubungsmitteln voll, und während ihr Zahnfleisch an Gefühl verlor, wollte der Zahnarzt wissen, was der vorige Zahnarzt mit dieser gewundenen Wurzel angestellt habe, die weiterlebte. Er hat Arsen benutzt, um den Nerv zu töten, stammelte sie und spürte, wie ihre Zunge anschwoll und ihre Stimme pelzig wurde. Arsen? Der Zahnarzt der Gegenwart kannte diese alte Praxis nicht. Und wie ist es dir mit dem Arsen ergangen? Sie beschrieb einen Kiefer, den peitschende Stromschläge durchquerten.

Allein der Gedanke, dass die Zwillinge im Zahnarztstuhl schliefen, schnarchten, mit offenem Mund lachten. Sie waren immun gegen das Geräusch der Apparate und die Qual, die sie angeblich verursachten.

***

Sie zweifelte nicht an den Worten ihrer Kollegin, der Mathematiklehrerin, als die ihr in der Pause erzählte, wie viele Zahnärzte sie hatte bezahlen müssen, um ihre Zahnschmerzen loszuwerden. Das Röntgenbild zeigte nichts Auffälliges, und drei Zahnärzte hintereinander sagten ihr, der pochende Schmerz sei vorübergehend. Wenn das Bild keinen Schmerz zeige, dann existiere er nicht. Sie presse die Zähne zu sehr aufeinander, die Kauflächen seien abgeschliffen. Man gab ihr Muskelrelaxanzien, die sie daran hinderten, ihren Klagen Ausdruck zu geben. Sie schmierten ihr eine widerliche Paste in den Mund, um einen Abdruck ihres Gebisses zu machen, eine Beißschiene, die ihr auch keine Erleichterung verschaffte. Der vierte Zahnarzt schickte sie zum Psychiater, doch ihre Kollegin ließ nicht locker: Sie hatte etwas, was weder psychosomatisch noch psychisch war und ihr das Zahnfleisch zerfraß. Überwältigt von der extremen Realität ihres Schmerzes, verlangte sie vom x-ten Zahnarzt, er solle ihr den Zahn ziehen. Der ließ sich mühelos entfernen: Seine Wurzeln waren verfault, verfault ein Stück Kiefer, das mit dem Backenzahn in den Müll wanderte.

Hatte die Mutter oder der Vater gesagt, man müsse erst alle physischen Ursachen ausschließen, bevor man andere annehmen dürfe? Hatte die Mutter sie gewarnt, dass die Ärzte dem Schmerz von Frauen misstrauten? Dass viele starben, weil ein Arzt sie nach Hause geschickt hatte, ohne sie zu behandeln? Und wer von beiden hatte ihr versichert, dass es in jedem Wartezimmer einen hohen Prozentsatz gesunder Menschen gebe, die darauf bestanden, krank zu sein? Sie konnten mit ihrem Gejammer die Ärzte zermürben, die sie nicht mehr ignorieren durften, weil die Patienten sie inzwischen verklagen konnten.

***

Geschichte der Hypochondrie. Im Altertum wurde damit der Bereich unter *(hypo)* dem Brustknorpel *(chondros)* bezeichnet, eine Verdauungsstörung von *Leber Milz nervöser Gallenblase*. Jahrhunderte meinte Hypochondrie eine ausgeprägte melancholische Erkrankung, die mit einer Beeinträchtigung der Verdauung und Magenverstimmungen einherging, die schwer zu lokalisieren waren.

Ihr Vater war es gewesen, der ihr gesagt hatte, dass die Studierten ständig jammerten, die armen Leute dagegen mehr aushielten, weit mehr, oder vielleicht spürten sie weniger. Er hatte auch gesagt, die beste Medizin sei Ablenkung, doch die könne tödlich sein, wenn man jegliches Symptom leugne. Denn der Schmerz sei das Bewusstsein, am Leben zu sein. Man müsse ein bisschen tot oder ein bisschen stumpf sein, damit der Körper zur Ruhe komme.

***

Herausfinden, ob er die Zähne behalten hatte, die seinem Zahnfleisch im Laufe des Lebens abhandengekommen waren. Er antwortet mit einem fragenden Blick. Er behielt nur die Zähne der Leichen, die er identifizieren musste. Doch sie hatte alle ihre ausgefallenen oder gezogenen gesammelt, all die kariösen Backenzähne, um zu sehen, was weiterhin mit ihnen geschah, und ihre Zahnabdrücke, die der Kieferorthopäde in der Klinik gemacht hatte, in der ihr die Mutter das schiefe Lächeln hatte zurechtrücken wollen, das sich niemals begradigt hatte. Der Kieferorthopäde steckte ihr die behandschuhten Finger in den Mund, schob die Apparate hinein, zog die Schrauben am Kiefer an, doch sie hatte das Gefühl, dass dieser Metalldraht sich weiter in ihre Knochen bohrte und schließlich um ihr Rückgrat wand.

Tagelang konnte sie nicht kauen.

***

Jetzt sah sie zu, wie das Essen auf seinem Teller kalt wurde. Seine Gabel, die im Reis wühlte, den er nicht zum Mund führte. Woran denkst du, Posi, fragte sie, und es war nett gemeint. Bist du im Graben? Er legte das Besteck auf den Tisch. I've got a gut feeling I can't get rid of, antwortete er und zündete sich eine Zigarette an, sein einziges Nahrungsmittel. Die intuitive Intelligenz seines Magens sagte ihm, dass die Regierung die extremistischen Organisationen schützte, die in den Fall der Massengräber verwickelt waren.

Mich erschreckt dein *gut feeling*, und mich erschrecken dein Sodbrennen, deine Blähungen, aber noch mehr erschrecken mich diese Leute, fuhr sie fort, als sie sah, dass die Farbe aus seinem Gesicht wich. Er schloss die Augen und schwieg. Du riskierst deine Haut. Diese unerschütterliche Gewissheit kam nun aus ihren Eingeweiden.

***

Die Psychiatrie hatte verstanden, dass der Körper ein alternatives Nervensystem besaß: Die chemischen Substanzen, mit denen man gestörte Gehirne richtete, wirkten sich nachteilig auf den Verdauungsapparat aus. Der Gastroenterologe, der ihn von innen sehen wollte, hatte ihnen erklärt, der Bauch habe sein eigenes Gehirn; mühsam hob er die Lider, und sie sahen, wie sich seine stechenden Augen öffneten, während er sagte, das Gehirn der Eingeweide habe so viele Neurorezeptoren und Neurotransmitter wie das Gehirn im Kopf.

***

Eine abgelegene Hütte in strahlender Einsamkeit, mit violettem See und Falken, die in der strotzenden Abendluft fliegen. Es wird dunkel, der laue Atem der Sterne wiegt sie. Ihr Kopf ruht auf seinem haarigen Bauch, und sie betrachtet die feindseligen Lichter am Firmament, die aus einer archaischen Zeit stammen. Und da sie ihn wach wähnt, nicht schlafend, zeigt sie ihm von der schwankenden Schaukel aus einen sehr hellen Stern, den man früher für einen einzigen hielt. Ein Doppelstern, sagt sie, Alpha Centauri, eigentlich drei Sterne, da ist noch ein ganz winziger, so nah, dass man ihn mit bloßem Auge nicht erkennt. Der wäre ein tolles Dissertationsthema, findest du nicht? Doch er hört ihr nicht zu, richtet sich auf und hält sich den

Kopf mit beiden Händen, als brüllte ihm jemand in die Ohren. Ist das Pfeifen wieder da? Er schüttelt den Kopf, nein, nein, das Pfeifen ist ständig da, ganz sacht, das hier ist ein heftiger Schmerz, im Kopf, und er lässt das Kinn auf die Brust sinken, das Haar sticht durch seine Finger. Soll ich dir etwas holen?, fragt sie, hat sich aufgesetzt, ist ganz wach, denkt, dass sein Blutdruck gestiegen ist, und überlegt, welche Medikamente sie in ihrer Reiseapotheke im Rucksack hat. Sie denkt zurück an den Pfad ohne *Mond Hilfe keckernde Kröten*, und ihr fällt ein, dass der Handyempfang oft aussetzt in dieser verlassenen Gegend, in der sie ausruhen wollten von ermordeten Arbeitern und Mördern, von feiernden Nachbarn an jedem Freitag.

Dieses Endlich-allein könnte ein Ende ganz allein werden, denkt sie und versucht, nicht so viel zu denken, unentwegt, aber auch wenn sie den Kopf ausschaltet, da sind ihre Gedärme, *neurasthenische neurotische Eingeweide*.

Ihr Geist ruhte nie. Kein Geist tat das je.

***

Noch schlimmer war es, an diesen Onkel zu denken, den sie nicht kennengelernt hatte; der hatte seine Frau geweckt und über unerträglichen Kopfschmerz geklagt, war aufgestanden, um sich ein Schmerzmittel zu holen, kam aber nicht mehr so weit.

Doch ein heftiger Kopfschmerz war nicht immer ein Aneurysma, sagte sie sich.

Wiederhole hundertmal: nicht immer, nicht immer.

***

Anstatt ständig an Unheil zu denken, warum konzentrierst du dich nicht auf deine Doktorarbeit?

Was hast du den ganzen Tag über gemacht? Das war noch so eine seiner bissigen Fragen. Sie wusste, dass er wusste, dass sie sich mit anderen Gedanken ablenkte. Sie stellte sich taub.

***

Wilde Kopfschmerzen, an die sich alle gewöhnt hatten. So häufig kam es vor, dass der Lebenspartner ihres Freundes wegen plötzlicher Migräne den Abend im Club absagte, und dann gingen sie allein, sie und dieser Freund, der damals noch als Schauspieler arbeitete. Keiner hatte geahnt, dass der Lebenspartner einen Hirnschlag bekommen würde, man ihm den Schädel aufbohren, das Blut absaugen musste, das gegen die Schädelkapsel drückte. Dass man ihn wenig später auf dem schmierigen Boden seiner Wohnung finden würde. Er hat zu viele Medikamente genommen, erzählte nachher der Schauspielerfreund, der inzwischen an der Theaterkasse arbeitete. Sie waren damals nicht mehr zusammen gewesen, sahen sich aber ab und an, wie alte Geschwister.

Als er von dessen Tod erfuhr, erlitt der Vater des ehemaligen Lebenspartners einen ähnlichen Schlaganfall. Beide waren Männer mit dünnen Adern und Bluthochdruck, und für sie waren Panikattacken besonders gefährlich, sagte ihr Vater, als wäre Traurigkeit eine Funktion der Organe.

***

Im Altertum dachte man, die Traurigkeit rühre von einer verhängnisvollen Konstellation der Sterne.

***

Er träumte wieder von dem alten Nachbarn, seit Wochen schon begraben oder vielleicht eingeäschert. Er schob den Grabstein beiseite, sah den Mund, aufgerissen zu einem stummen Schrei, und schlüpfte dort hinein, in seinen Schrei, glitt durch die Speiseröhre in den Magen voller Säure, doch in diesen trüben Gewässern fand er, blindlings tastend, das Ausgangsloch nicht und stieß gegen Knochen, die er als seine eigenen erkannte. Vom anderen Ende des Bettlakens aus hatte sie, schläfrig, den flüchtigen Eindruck, er stammele eine Reihe klanglich ähnlicher Wörter, *sorry Sünde Schlünde*, und sie dachte, dass er von ihr träumte.

***

Ihr Vater erzählte oft die Geschichte, als er in seinen Dreißigern gewesen und ein Arbeiter ins Krankenhaus gekommen war. Und sich beklagte. Mir tut der Denkknochen weh, Doktor, sagte der Arbeiter und nahm die Mütze ab und zeigte auf die Schläfe.

Die Knochenkenntnisse des Vaters waren begrenzt, auch wenn er unbedingt mit ihrem Knochenexperten Knochen erörtern wollte. Er hatte sich darauf versteift, ihm zu widersprechen. Ihm Lektionen über das Studium der Gerichtsmedizin zu erteilen. Aber Sie sind kein Knochenexperte, warf der eines Tages ein, war diese Geringschätzung leid. Von lebendigen Knochen weiß ich weit mehr als du, entgegnete der Vater und sah, wie er empört vom Tisch aufstand. Auch sie stand auf und ließ ihn allein, den Vater, der mit den Fingernägeln auf die Tischdecke trommelte.

Ich bin deinen Vater leid, das hat sich aufgeschaukelt, sagte er ihr, ich ertrage seinen Hochmut nicht. Das ist wie mit dieser Allergie, die mit jedem Mal stärker bei mir wird. Du redest wie mein Vater, bemerkte sie lächelnd, und er lächelte resigniert. Dein Vater ist eben ansteckend.

***

Du hast geschrien, sagte sie, als sie ihn eines Nachts wach rüttelte. Er öffnete die Augen wie ein Blinder und schüttelte ihre Hände ab, die noch auf seinen Schultern lagen, sprang aus dem Bett und starrte sie voll Schrecken an. Ich habe dich erwürgt, sagte er, und er rieb seine Hände am Laken.

***

Der Termin der Doppeluntersuchung rückte näher. Sie stellte sich vor, was sie ihm zwischen Lippen und Beine stecken würden. Stellte sich seinen Körper vor, musste am Ende jedoch an den jungen Kerl denken, den sie nie hatte lieben können.

Intimes Porträt einer tiefen Nacht. Sie kündigte dem jungen Kerl ihren Fortgang an, obwohl sie nicht wusste, wohin. Sie konnte nur das Zimmer verlassen, das sie teilten, auf den Morgen warten und gehen. Sie schlüpfte in das kleine Nebenzimmer, und während sie das Kleid auszog und über eine Stuhllehne hängte, brach er die Tür auf und versetzte ihr einen Stoß, der ihr den Atem nahm. Sie sah, wie er seinen Gürtel öffnete, und wandte das Gesicht ab, um nicht diesen Körper sehen zu müssen, über ihr, aufrecht, wie er auf der Matratze über sie herfiel. So wollte er sie davon abbringen. Der Kerl entlud seinen Zorn auf sie, beschimpfte, biss sie, spuckte ihr in die Augen. Der Ansturm ließ nicht nach, und sie wusste, die Schläge würden härter werden, und das wurden sie, aber sie spürte, dass sie nichts mehr spürte, sich von sich selbst löste und ganz zu ausgestrecktem Arm und tastender Hand wurde, die auf einem Nachttisch, einer Kiste oder auf dem Boden *Stock Dildo trockenen Malerpinsel* fand. Von einer Kraft besessen, seit Jahrhunderten antrainiert, holte sie aus und rammte ihm diesen Stecken hinten rein. Sie stieß so lange zu, bis sie spürte, dass das, was sie in der Hand hielt, im Innern verschwunden war. Ihre Finger vom Enddarm stranguliert.

Dieser Gegenstand, der eine Gabel oder ein Kaffeelöffel gewesen sein konnte, ein Messer, unter dem Fenster vergessen.

Denn schon vor dieser Nacht war ein anderer Kerl über sie hergefallen. In einer Biegung der Vergangenheit. In ihrem Land. In einer mondlosen Morgendämmerung kam sie gerade von einer Party, stöckelte langsam über das unebene Pflaster. Die Füße taten ihr weh, sie stützte sich an eine Mauer, zog die Schuhe aus und fragte sich, wo sie ihren Wagen geparkt hatte. Sie rieb sich den Knöchel, als ein Unbekannter aus dem Nichts auftauchte und sie gegen die Kletterpflanzen drückte, ohne ein Wort, ohne eine Drohung, und ihr erregt ins Ohr atmete, als wäre er noch erschrockener als sie, obwohl es nicht Angst war, was er empfand. Er packte sie am Nacken, presste ihr Gesicht gegen die *Mauer geplatzte Schnecken warmer Schleim.* An ihren Schenkeln vervielfältigten sich raue Finger, die ihre Unterwäsche zerrissen und wie schlüpfrige Würmer in sie eindrangen, die ihr die Nase zuhielten, damit sie den Mund öffnete. Finger fuhren zwischen ihre Kiefer, *offen trocken voller Lippen*, verstöpselten den Schrei mit ihrem eigenen Slip, während der Unbekannte ihr von hinten seinen Körper einpasste.

***

Wenn sie einen Löffel gefunden hätte. Eine scharfe Schere. Ein Messer, um diese Erinnerung zu ermorden. Aber es gab Augenblicke, die kein Instrument zerstören konnte.

Es gab auch keine Instrumente, die den Zorn ihres älteren Bruders zerstören konnten.

***

Zuflucht suchen in Clubs voller Männer, die nur andere Männer *suchen küssen züchtigen*.

In der Morgendämmerung, müde vom Tanzen, fährt ihr Schauspielerfreund sie in seinem kleinen roten Flitzer nach Hause. Sie durchqueren die Stadt. Sein Lebenspartner vorn auf dem Beifahrersitz, und hinten lehnt sie sich an die Schulter der Freundin, die gerade ihr Medizinstudium abgeschlossen hat. Sie rasen über eine Kreuzung voller Glassplitter. Drei Autos, eben zusammengestoßen, nun auf dem Gehweg. Halt an, halt an, kreischt die Freundin, die Notfallärztin. Der Wagen bremst, und die beiden rennen zum Unfallort zurück.

Im Wagen zurück bleiben die beiden anderen, diese Männer ohne Frauen.

Rotlicht, das die Straße blinkend erhellt.

Und sie hören ein Brüllen. Der Mann im Lieferwagen schreit wegen seines Knöchels, aber die Notfallfreundin geht weiter. Schmerz hat keine Priorität, sagt sie atemlos, Schmerz ist Leben, ist Bewusstsein und mögliche Genesung. Ein alter Mann rappelt sich auf und schwankt, die Freundin befiehlt ihm im Vorbeigehen, er solle sich aufs Pflaster legen. Die Ecke füllt sich allmählich mit ungekämmten Nachbarn, vom Lärm geweckt, und sie selbst, wacher als alle anderen, hilft der Freundin, indem sie ihnen mit ungeahnter Autorität befiehlt, den Gehweg zu räumen, sie sollen einen Krankenwagen rufen, Taschenlampen für die Ärztin bringen, die hier übernommen hat. Und die Männer sollen die Verletzten herausholen, die noch in diesen Ziehharmonikawagen stecken. Halten Sie den Kopf gut fest, der Hals darf sich nicht biegen, das zerbrechliche Rückgrat.

Die Regel besagt: zu denen gehen, die am Boden liegen. Ihre Lebenszeichen überprüfen, zusammengefasst in zwei, drei Wörtern. Wach. Bewusst. Orientiert. Denn zwei offene Augen sind nie eine Garantie. Und die Atmung hat kaum Bedeutung. Welchen Tag haben wir. Welches Jahr. Welchen Monat. Wie heißt der Präsident. Wenn sie richtig antworten, muss man sie postwendend sich selbst überlassen und die suchen, die nicht antworten können, die, die in Gefahr, noch zu retten sind.

All jene sich selbst überlassen, die noch klagen können, und die Verunglückten ohne Aussicht, die unrettbaren Fälle.

Das Mädchen war vom Blech eingeklemmt worden, man musste sie aus dem Metall ziehen, ohne das Rückgrat zu verletzen, das bereits gebrochen war. Sie auf das Pflaster betten, die Hose öffnen. Ihre neurologischen Funktionen überprüfen.

In ihren geweiteten Pupillen glänzten das ferne rote Licht und das nahe, übermächtige weiße der Taschenlampe, die die Freundin anschaltete, um zu sehen, ob die Pupillen reagierten. Sie rammte ihr einen Fingerknöchel zwischen die Brüste und drehte ihn, um ihr Schmerz zuzufügen. Denn ein lebendiger Verwundeter, auch wenn er nicht bei Bewusstsein ist, wird versuchen, sich diesem stechenden Schmerz zu entziehen. Bei dem Mädchen zuckten kaum die Ellbogen, und anstatt sich reflexartig zu schützen, drehte es die Arme nach außen wie eine Aufziehpuppe.

Und der Kopf hing am Körper wie an einer Feder, in ewiger Bewegung.

Dieses Schnauben *heiser guttural dissonant*, dieses Keuchen aus engen Kiemen. Pharynx, aber nein, der lebendige Atem kam vom Larynx, sollte ihre Freundin sagen, Lichtjahre von jener wolkenlosen Nacht entfernt. In jener Nacht befand die Freundin, dass dem Mädchen nicht mehr zu helfen war. Tot?, fragte sie bestürzt, aber sie atmet doch noch. Sie atmet unregelmäßig, verbesserte sie die Freundin, dieses Röcheln bedeutet Hirntod.

Der Vater, der ihr Dozent in innerer Medizin gewesen war, bestätigte die Diagnose der Freundin.

***

Die Freundin hatte sie gebeten, bei ihr zu übernachten. Ihre Mitbewohner waren an den Strand gefahren, und sie hatte Angst, allein nach Hause zu kommen, allein den Schlüssel ins Schloss zu stecken und die Wand nach dem Lichtschalter abzutasten. Nie hatte sie die Furcht vor der Dunkelheit im Schrank überwunden, wo ihre Großmutter sie versteckte, wenn die Polizei nach ihren Eltern suchen kam. Dort drinnen konnte sie die Männer nicht sehen, die immer das Gleiche wiederholten, wo sind sie, wo hast du sie, als hätte die Großmutter sie verschluckt und als fragte sie sich nicht das Gleiche, als wollte sie ihnen nicht die gleiche Frage stellen, mach den Mund auf, alte Hexe, wir schneiden dir die Zunge ab, als Komplizin, und sie schüttelten die Großmutter, traten nach ihr, bis sie das Bewusstsein verlor.

***

Er schluckte die Hälfte der Darmspülung, die sofort ihre Klempnerarbeit verrichtete. Beide litten unter der Exkrementsalve. Er entleerte sich, sie blickte ins Leere und versuchte, an etwas anderes zu denken.

***

Obwohl es bereits hell wurde, als die anderen sie bei ihrer Wohnung absetzten, konnten sie nicht schlafen. Sie hatten sich mit einem Kamillentee ins Bett gelegt, um das Unglück des toten Mädchens zu verdrängen. Da hörten sie Schritte auf dem Dach. Jemand ging über ihren Köpfen, mehr als einer. Und der Balkon war lang und schmal, die Fensterriegel verrostet. Die Freundin holte ein Fleischermesser aus der Küchenschublade, und sie, die die Schritte ebenso fürchtete wie die metallische Schneide, rief die Polizei. Ein Bulle kam mit spöttischer Miene und machte sich lustig, na, Señoritas, wie viele Gläschen gekippt? Still, befahl sie, als spräche sie zu einem frechen Kind. Hören Sie. Da waren wieder die schweren Schritte auf dem Dach. Der Bulle rief Verstärkung, die sofort kam, und zu mehreren stiegen sie hinauf, fanden niemanden und lächelten. Und wieder verlangte sie von ihnen – sie beide noch immer im Nachthemd –, leise zu sein und im folgenden Schweigen gemeinsam auf die knirschenden Schritte jener Körper zu lauschen, die nicht da waren.

***

Ein Körper ist immer an einem bestimmten Ort, sagt der Knochenexperte und zieht die Brauen zusammen.

Das stimmte nicht. Ein Körper kann sich in Luft auflösen, denkt sie und hasst all die Professoren, die ihre Nachrichten nicht mehr beantwortet haben, in denen sie um Hilfe bei ihrer Doktorarbeit bat. Einer nach dem anderen hatten sie sich verflüchtigt.

***

Es ist kein Staatsgeheimnis mehr, dass es die Leichen jüngst eingetroffener Immigranten sind, und es bleiben nicht die einzigen: Noch mehr tauchen auf beim Ausheben von

Fundamenten und in einem Graben am Flussufer, während *Knüppel Hakenkreuze Messer Transparente* den Tod der Immigranten fordern. Scheiße, sagt er, von Krämpfen geschüttelt, it's happening before our eyes! Breaking news! Und obwohl er bereits die Hälfte der Flüssigkeit eingenommen hatte und ständig auf die Toilette lief, beschloss er, die Untersuchung zu verschieben. Er konnte nicht den ganzen nächsten Tag fehlen, wenn seine Chefin fort war.

***

Er öffnete eine Weinflasche und schenkte zwei Gläser ein. Er bat sie, sich zu setzen, er wolle ihr etwas sagen. Sie kämmte sich mit den Fingern, strich die Brauen nach oben, setzte sich und wusste nicht, wie ihn ansehen, denn sie fürchtete, dass er ihr wehtun würde. Ich bin ganz Ohr, sagte sie, ohne es zu wagen, nach dem Glas zu greifen. Warum gehen wir nicht?, sagte er. Wohin?, fragte sie und begriff, was er vorschlug, sie sollten gemeinsam ins Land der Vergangenheit gehen, und wieder fragte sie, um dort zu leben? Wohl kaum, um dort zu sterben, gab er zurück und lächelte unwirsch. Dieses Land hier ist fertig und wird uns noch fertig machen. Sie sah ihn erstaunt an: Ich habe keinerlei Zukunft in meinem Land der Vergangenheit.

Aber auch das stimmte nicht.

Es stimmte nur, dass sie zu zweifeln begann.

***

Er fuhr in die Hauptstadt, und sie blieb zu Hause und arbeitete mehr für ihren Unterricht als für die Doktorarbeit. Sie verlor immer noch ihre Zeit, die *humane onirische kosmische*, fragte sich aber, um sich ihrer Aufgabe zu entziehen, wer sich astralen Abstraktionen widmen könne angesichts all der entsetzlichen Nachrichten rundum. Alle Opfer waren Immigranten gewesen, wie sie selbst.

***

Sie war allein in der Wohnung, mit ihrem Manuskript beschäftigt, als es an der Tür klingelte. Es war ein Gerichtsmediziner des Teams, der im Viertel lebte. Sie kannte seine Stimme nicht und hielt ihn für betrunken, doch er verlangte ein Schmerzmittel, das stärkste, das sie in ihrer Hausapotheke habe. Er erwähnte ihr Arzneischränkchen, und sie begriff, dass ihr Knochenexperte im engsten Kreis davon erzählt haben musste. Was hatte er ihnen wohl sonst noch gesagt? Ohne ihn zu kennen, ließ sie ihn heraufkommen, erwartete den Gerichtsmediziner auf der Schwelle, und er stellte sich mit unverständlichem Vor- und Nachnamen vor. Komm rein, sagte sie, als sie sah, dass er sich mit einer Hand den bärtigen Kiefer hielt. Der Zahnarzt hatte ihm einen Backenzahn gefüllt und einen anderen gespalten, doch der Gerichtsmediziner hatte es erst gemerkt, als die Betäubung nachließ, und die Zahnarztpraxis hatte nun geschlossen. Der Schmerz war unbeschreiblich. Er bekam den Mund nicht auf. Sie rief die Mutter an und fragte, ob sie ein besonders wirksames Schmerzmittel in die Hausapotheke gesteckt habe. Aber selbstverständlich, sagte die Mutter begeistert. Eine Ampulle Metamizol, ein Gramm, das müsse sie dem Gerichtsmediziner spritzen. Doch diese Spritze sei nicht wie die, die sie gelernt habe, sich selbst unter die Haut zu spritzen. Sie müsse sie ihm in den Glutealmuskel rammen. Dieses Wort verwendete die Mutter und sie dann dem Gerichtsmediziner gegenüber, der auf dem Bett seines Chefs lag. Er solle Hose und Unterhose herunterziehen, und er gehorchte, überließ sich ihren ungeschickten Händen, während sie die Spritze aufzog und dagegen schnippte, um die Luftbläschen zu entfernen. Sie gab ihm einen Klaps, damit er locker ließ und die *hypnotischen Hammer Gabel Nadel* nicht so schmerzten, denn das hatte die Mutter, immer noch am Telefon, empfohlen. Die Mutter leitete sie an, die Pobacke in Quadranten zu teilen und in den äußeren oben zu stechen, dabei das Hüftbein zu meiden, und wenn die Nadel doch darauf treffe, zurückzuziehen. Das war absurd, sie konnte den Knochen unmöglich treffen, sollte der Vater später sagen, denn der Gerichtsmedizinerhintern war rund, haarig und erwachsen, und der Knochen lag tief versunken unter dem Muskel. Doch das wusste sie nicht, fürchtete, sein Skelett zu treffen, und wagte es nicht, die Spritze mit Schwung zu führen. Sie legte die Nadel an und drückte langsam, tut es sehr weh?, er stieß ein Stöhnen aus, das schwer zu interpretieren war, 10 oder 12?, fragte sie im Wissen, dass der Gerichtsmediziner diese Frage nicht verstand, nicht würde antworten können, sag, wenn ich aufhören soll, wenn es zu wehtut, aber sie hatte nicht die Absicht, aufzuhören, drückte fester, bis die Spritze die Haut durchdrang, die Nadel verschwand und sie ihm das Analgetikum verabreichte.

Das Wort Analgetikum hundertmal hintereinander, und der Gerichtsmediziner zog sich die Hosen hoch, so zerknittert, als hätte er die Nacht über in ihnen geschlafen.

Ihr Knochenexperte kehrte von seinem letzten Abendessen mit den Kongressteilnehmern der Hauptstadt zurück, als der bärtige Gerichtsmediziner bereits gegangen war und seinem Chef Grüße ausgerichtet hatte. Der Knochenexperte wollte diesen politischen Posten nicht, den er nicht loswurde, diesen Stellvertreterposten, bei dem man den Kopf senken und einverstanden sein oder die Konsequenzen tragen musste, die er bereits trug, dünn wie ein Stilett. Ein Lid zuckte. Der Klangfaden in seinem Ohr machte ihn wahnsinnig. Sein Magen war voller Säure nach einer extrem angespannten Sitzung, und ihm gefiel gar nicht, was sie ihm im Glauben erzählte, er würde es lustig finden. Du kommst noch ins Gefängnis, sagte er schneidend, bespritzte sie mit Speichel. Wenn mein Gerichtsmediziner allergisch gewesen wäre, gegen was auch immer du ihm gespritzt hast, stell dir vor, und er stirbt dir hier, an Ort und Stelle. Auf meinem Teppich. Auf meinem Bett, sagst du? Auf meinem eigenen Bett? In meiner Wohnung, meinem Haus, meinem Eigentum, dem einzigen, was ich habe, seine Stimme war ätzend geworden, verbrannte sie. Er warf Kissen auf den Boden, kickte sie weit weg, bewarf damit unbarmherzig die Wände. Er hob einen Schuh hoch, der wild in seiner Hand hin und her schnellte, während er sie wie geistesgestört anstarrte, doch er beherrschte sich, warf ihn auf den Boden und verschwand mit lautem Türknallen im Schlafzimmer.

Er öffnete wieder, trat in den Gang und sperrte sich in der Küche ein. Wie ein Selbstmörder trank er in einem Zug die ganze Flüssigkeit, die noch in dem Fläschchen war.

***

Ihr wäre es lieber gewesen, er hätte sie geschlagen. Ein Schlag näherte seinen Körper ihrem an, führte zu einer

Berührung, setzte dem Schweigen ein Ende, in dem sie feststeckten. Seine glühende Faust in ihrem Gesicht schien ihr der Distanz vorzuziehen.

***

Sie fordern ihn auf, sich auf die Seite zu legen, öffnen hinten seinen Kittel, fragen, ob es ihm etwas ausmache, wenn ein paar Medizinstudenten zusähen. Da muss er an sein heikles Leben als Doktorand denken, sein Praktikantendasein vor dem gegenwärtigen Leben, und er flüstert, fast schon eingeschlafen, nein, es mache ihm nichts aus, denn er ist noch zu dem Gedanken fähig, wenn sie nur seinen Hintern sehen, werden sie ihn von vorn nicht wiedererkennen.

***

Mit geschlossenen Augen ergibt er sich der Inspektion eines neutralen Auges.

***

Und während sie draußen im Wartezimmer bleibt, entstöpselt sie ihr Gefäß mit Erinnerungen, und der Geruch von Aspirin schlägt ihr entgegen, das Bild der grünen Schachteln, die der Vater an Verwandte und Patienten verteilte. Gratisproben, die man ihm schenkte, weil er in einem Spot dafür warb. Der Erstgeborene sagte, er wolle den Vater nicht dabei sehen, wie er sich für die optimale Blutzirkulation in die Bresche werfe und für Gebärende, die verbluteten. Sie hatte ihren Vater nie für das Geschehene verantwortlich gemacht. Zu der Uhrzeit, zu der das

Land sich der Telenovela widmete, setzte sie sich aufs Sofa und wartete ungeduldig auf die Werbung. In der Pause würde der Vater in makellosem Kittel erscheinen. Mit Stethoskop um den Hals. Gel im Haar und mit einem Schnurrbärtchen, das er sich später abrasieren sollte.

Aus der Erinnerung riss sie die Krankenschwester, die in einer weißen Burka an ihr vorbeiging. Sie war ganz Augen, dunkel umrandet, riesig, überwältigend, die ihr Vater nicht als forschend oder einschüchternd bezeichnet hätte, sondern als die Augen einer Frau, die unter einer Überfunktion der Schilddrüse litt. Die Tochter fächelte sich im Wartezimmer mit einer Zeitschrift Luft zu, bis er am Ende des Gangs auftauchte und schwankend näher kam, noch etwas benommen, doch bereits angekleidet, und sich neben sie setzte, ihr eine Hand aufs Knie legte und ihr zuwarf: Wie geht's dem Elektron? Voll aufgeladen, und du, Posi? Er lächelte traurig, und da wusste sie, dass man da drinnen wohl nicht mehr als zu viele unruhige Gase und gefährliche Säure gesehen hatte, die sich hoffentlich mit Medikamenten mildern ließ.

Hinter ihm kam der indiskrete Arzt für sein Inneres, nun ohne Handschuhe, nach Lavendel riechend. Das Gesicht strahlte über dem Papierstapel, den er zwischen sie legte, während er Platz nahm. Es waren die Aufnahmen der inneren Hohlräume. Der Darmkanal samt After, umgeben vom doppelten Muskelring, die gerillte Verdickung des Enddarms. Sie hatte darauf bestanden, dass ein Arzt ihn sah, und nun war sie es, die ihn in einer Reihe von Farbbildern sah, die *weichen rosigen schimmernden Winkel*, in denen ihre Augen sich verloren. Die Gewissheit war übermächtig, dass sie ihn gerade wirklich erkannte. Die

Stelle, an der die Luft eindrang, die er atmete, und aus der schwingend jedes Wort hervorkam und wo seine Schreie sich formten. Der Arzt lenkte sie ab, indem er ihnen *Drüsen Hämorrhoiden Gewürznelken* zeigte, die der Sitz des sympathischen, somatischen und parasympathischen Nervensystems waren. Und des antipathischen, dachte sie, doch dieses Adjektiv war nicht auf den Arzt gemünzt, denn der Spezialist war die Liebenswürdigkeit in Person, während sein Patient nicht mehr die Person war, die sie gekannt hatte. Sie dachte an den Hass, an die Explosion, an die Angst, an das Rätsel der Gerippe und des Lebens, das ihnen vorangegangen war, das dachte sie, und vielleicht dachte er das Gleiche, dass sich mit der Zeit vielleicht alles wieder einrenkte, aber vielleicht auch nicht, denn da draußen in der Nacht hingen immer noch die dummen Sterne und besprengten das Universum mit Calcium.

milchstraße
(vergangenheit – imperfekt)

Es war eine Familie mit Krebsgeschichte oder zumindest eine gewesen. Viele waren bereits gestorben, und die anderen versuchten zu vergessen, woran.

Zum Beispiel vergessen, dass der Krebs sich still und leise im Gewebe entspinnt. Drinnen. Diskret. Drum herum. Dass die bösartigen Zellen sich unmerklich auf ihrer Umlaufbahn an Bord des Bluts bewegen und manchmal das Blut selbst sind. Und dass der Schmerz nicht immer warnt oder nicht immer rechtzeitig.

Als sie an der schweren Autotür zog, spürte sie ein Ziehen seitlich in der Brust. Sie fuhr mit der Hand unter Mantel, Jacke, Bluse, unter den BH, tastete sich mit den Fingern ab und wusste, da war etwas. Verwurzelt. Dicht. Letal? Sie hatte bereits viele harte, schmerzende Knoten gefunden, die nie etwas gewesen waren. Sie stieg ins Auto und dachte, dass sie eben für den Röntgenarzt im Krankenhaus posiert hatte und ihr Porträt im Gegenlicht sauber gewesen war. Aber sie wusste, dass eine alte Brust mit dichtem Gewebe wie ihre einem dicken Tuch glich, das die Strahlen nicht immer durchdringen konnten.

***

Die Mutter rief sie aus der Vergangenheit an und tischte ihr alle Nachrichten mit einem Mal auf. Ein Tumor poche in ihrer Brust wie ein kleines Herz. Der Tumor, den man ihr entfernen werde. Die Biopsie der Lymphknoten. Die Dosierungen der Chemo, die noch festzulegen seien, die Bestrahlungssitzungen. Ihr Mund werde sich mit wunden Stellen füllen. Der Leukozytenwert werde selbstverständlich sinken. Und das sagte sie, als spräche sie von dem Patienten eines anderen Arztes oder einer toten Schwägerin, von den *Tanten Nichten Feindinnen der Freundinnen*, für die sie keinerlei Mitleid übrig hatte.

Selbstverständlich würde ihr das Haar ausfallen, vom Kopf bis zu den Zehen, Brauen eingeschlossen. Sie würde kahler sein als ein Ei, bekräftigte die Mutter, die vor allem Angst hatte, nur nicht vor direkten Worten. Sie würde eine Perücke brauchen oder vielleicht ein Tuch benutzen.

Und das Wort Tuch öffnete der Tochter ein Türchen, durch das eine Frau mit aufgemalten Brauen, umzirkelten Lippen blickte, diese dürre Frau, die durch die morastigen Straßen ihrer Erinnerung spazierte, um den Kopf einen zerfetzten Lappen gewickelt.

Manchmal erschütterten die Wörter ihre Vergangenheit.

Manchmal waren es Beschwörungsformeln, die sie wiederholte, vielleicht zeigten sie ja Wirkung. Abrakadabra war von den Gnostikern ursprünglich als Schutzschild gegen den Krebs gedacht gewesen.

***

Sie machte einen Gang durch das Zentrum ihrer Stadt, dieses Touristengewimmel, das sich langsam durch die Straßen schob, dieses Lärmen von *Stimmen Fingern Überwachungskameras*, steile Wolkenkratzer, durchbohrt von pulsierendem Neon, und sie ging in die Universitätsbibliothek, die sich in kilometerlangen Tunneln unter der Erde erstreckte, bis sie die Gänge PS169, PR605, PQ8098, RA644 fand, wo Sensoren das Kunstlicht über den Regalen anschalteten. Noch nie war sie in diesem Bereich gewesen, denn nie hatte sie Berichte von Frauen mit Krebs gesucht, die sie nun lesen wollte. Es waren aberhundert Bücher, Todestagebücher, Endstadiumsromane, Zeugnisse von Kindern, die gerade erst ihre Mütter beerdigt hatten und, noch bevor der Leichnam erkaltet war, in der Erinnerung ein letztes Elend aufwärmen wollten.

Eine Woge von Licht blendete sie, als sie wieder an die Oberfläche gelangte, einen Stapel Bücher in den Armen balancierend.

In diesen Büchern stieß sie auf Schubladen mit Gegenständen, hundert Jahre alt, Fotoalben von Müttern mit Krebs, auf schamloses Schnüffeln in intimen Briefen, die für kein fremdes Auge bestimmt gewesen waren, auf das Atmen eines Dufts, der in der Kleidung noch lebendig war. All das, was keine Verwendung mehr fand. Ausgetrocknete Schminkkästchen. Stumpfe Rasierklingen. Zottelige Bürsten. Mottenzerfressene Kleidung, die in den Müll wandern würde, wo sie hingehörte. Wo sie sich auflösen würde, anstatt einbalsamiert in der Ewigkeit einer Truhe zu ruhen.

***

Es gebe keinen Platz, um etwas aufzuheben, *nichts rein gar nichts nicht mal böse Zungen*, entschuldigte sich die Mutter, als das Zwillingsmädchen sie gefragt hatte, was sie mit den Röntgenbildern der Großmutter gemacht habe.

Die Schwester sollte dem verärgerten Zwillingsmädchen erklären, dass die Mutter mit den Röntgenbildern ihrer leiblichen Mutter, vom Vater in einer Schublade in großen weißen Umschlägen aufbewahrt, ebenso verfahren war. Sie hatte die Knochenbilder auf eine Müllkippe geworfen, zusammen mit all den anderen Schwarz-Weiß-Fotos, aber das mit der Müllkippe sagte sie ihr nicht, denn das war reine Spekulation, sie konnte nicht beweisen, dass die Mutter auf diese Weise die Fotos ihrer genetischen Mutter hatte verschwinden lassen, zusammen mit all dem Spielzeug ihrer Kindheit, das sie an sie hätte erinnern können.

Die genetische Mutter durch das Vergessen vernichten. Ihr Gesicht nicht gesehen zu haben, hatte sie am Ende ganz ausgelöscht.

***

In einem Secondhand-Buchladen hatte sie den Roman über diese krebskranke Frau gefunden, wahnhaft und devot wie ihre Mutter, die auf den Röntgenbildern, die am Spiegel kleben, in den Flecken ihrer Brust die Heilige Jungfrau erkannte, die das Wunder tun würde, sie zu heilen. Doch die Erscheinung der Jungfrau war nur ein Trugbild gewesen.

***

Die Mutter musste sich vergewissern, dass die Tochter bereit war, für ein paar Tage oder zwei Wochen in die Vergangenheit zurückzukehren. Um deinem Papa Gesellschaft zu leisten, sagte sie, wie immer in leicht künstlichem Ton, und schob den Vater vor, obwohl hinter ihm die Mutter steckte und sie erwartete wie die verlorene Tochter, die sie nie hatte sein können.

Komm zurück in dein Land. Solche Provokationen ließ sie gewöhnlich einfließen, die Mutter. Sie entgegnete, auch das hier ist mein Land, momentan. Oder sie sagte, ich bin nie weggegangen. Doch die Mutter fuhr unerschütterlich fort, hier würden wir einen jungen Mann für dich finden, und begriff nicht, die Mutter, dass sie nur unpassende Männer kennengelernt hatte und sich auf kein Wagnis mehr einlassen wollte. Sie konnte sich nicht einmal vorstellen, dass es einen ohne Fäuste in den Taschen gab, einen, der keine Schmerzen verursachte, und sie war dort nicht auf der Suche nach einem Mann. Ihre einzige Mission war es, einen bewohnbaren Planeten zu finden und eine These für ihre Doktorarbeit aufstellen zu können, doch auf keinem Planeten hatte man bisher flüssiges Wasser, organische Stoffe, Energiequellen gefunden, nichts weiter als das beschäftigte sie, und das sagte sie ihr, doch die Mutter hörte nicht hin. Die Mutter bestand darauf, dass sie in die Vergangenheit zurückkehrte, wo sie den passenden jungen Mann finden würde. Die Tochter legte den Hörer auf den Tisch, ließ sie reden, hielt ihn sich nur ab und an wieder ans Ohr und äußerte ein Aha, ja, mag sein, auf gut Glück, und die Mutter ahnte, dass sie ihr nicht mehr folgte, und sprach immer lauter ins Telefon. Denn wie solle sie auch den richtigen Mann finden bei diesen komischen Freundinnen, die sie da habe, die sich immer um sie scharten und verhinderten, dass sie sich umblicke, zerstreue, ein wenig zurechtmache, Freundinnen, die sie erdrückten auf diesen gemeinsamen Fotos, ihr mit ihren Umarmungen den Atem abschnürten, diese Gesichter mit den schwarzen Augenringen, immer um sie herum, neben oder über ihr, sie blendend mit dem Kunstlicht der Büros. Immer lernten sie gemeinsam, lösten Gleichungen oder misstrauten ihren eigenen Hypothesen, äßen zu wenig, weil das Studieren ein Hungerleben sei, rauchten zu viel, immer gemeinsam, tranken Kaffee, bis sie Magengeschwüre bekämen, machten die Nächte durch, schliefen dann *gemeinsam durcheinander feuchtes Frösteln* auf Matratzen voller Wanzen, sagte kaum hörbar die Mutter und kräuselte ein wenig die Nase, kniff die Augen zusammen, all diese Freundinnen von ihr, ihre ewigen Hosen, gestutzten Zotteln, die jeden abschreckten mit ihren Hypothesen, die zu untermauern sie eine Ewigkeit kosten würde. Die Mutter billigte auch nicht ihre Kommilitonen, von denen es sehr viel mehr gab als von den Kommilitoninnen, auch wenn sich die Reihen allmählich lichteten, allesamt ledig, allesamt verschwitzt, verdreckt, schlecht rasiert, wie Mönche an den Gott des Bildschirms gefesselt und mit wachsenden Mortadellabäuchen. Eine Sekte der Lernbegierigen, die gewiss Sehschärfe und Zähne verlören. Das sagte die Mutter und lachte ungeniert über ihre Phantasien, denn sie hatte keinen dieser Mönche der Physik kennengelernt, schon gar nicht die Jüngerinnen der Wissenschaft, diese Mädchen mit den gestutzten Brauen, die ihrer Zukunft entgegenstrebten.

Die Tochter dagegen blieb zurück, verirrt in der Stratosphäre.

In ihrer Stammbar teilten ihr die Kommilitoninnen mit, was für ein Gerücht über sie im Umlauf war. Sie habe sich in die Physik eingeschlichen. Habe sie angelogen, es stimme nicht, dass sie die gesamte Arbeit der letzten Jahre verloren habe, ihr sündteurer Computer durch eine Virusreplikation verseucht worden sei, die kostspielige Reparatur nichts genutzt habe, der Rechner immer noch Fehler 404 *bitte neu starten* melde oder 403 *forbidden*. Das seien nur plumpe Ausreden, sie lachten lauthals über sie, die mit dem Weinglas in der Hand erstarrt war und begriff, dass sie seit Monaten hinter ihrem Rücken über sie redeten und ihr jetzt persönlich ins Gesicht sagten, mit unverhohlener Herablassung, ihr einziger Fehler sei, geglaubt zu haben, sie besitze einen Hauch von Talent für die exakten Wissenschaften. Sie sei nur gut im Spekulieren, sagte die, der sie sich am nächsten gefühlt hatte, denn, fügte die Verräterin hinzu, denn die Ideen, die aus ihrem Mund kämen, seien tatsächlich unerhört. Die Argumentation. Die Formulierung. Zum Lachen, sagte sie verächtlich. Und die Übrigen nickten, hoben ihre Gläser, stießen auf ihre Gesundheit an, bevor sie sie allesamt zurückließen, restlos entmutigt, und zu ihren kometenhaften Karrieren aufbrachen.

Von da an würde sie nicht mehr in der Universität auftauchen, würde den vermeintlichen Freundinnen keine Grüße mehr schicken, auch den Freunden nicht, denen war ebenso wenig zu trauen. Sie würde die Illusion am Leben erhalten, ihren Doktor zu machen, doch diese Flamme wurde immer schwächer. Ein Professor nach dem anderen entschuldigte sich, er könne ihre Dissertation nicht betreuen. Fehler 410, dachte sie: Professor nicht verfügbar.

***

Ganz ungeplant, *Vögel im Kopf die Beine hinauf*, sollte sie den Mann ihrer Zukunft in der Stadt der Vergangenheit finden. Sie hatte ihn von Weitem gesehen, durch ihre speckige Brille, da war er, auf dem Podium, in Jeans, weißem Hemd ohne Manschettenknöpfe und ohne Sakko, veranstaltete ein Spektakel mit seinen Händen, vollführte Volten in seiner Sprache, bei der Vorlesung im Gedenkmuseum. Sie hatte den Arm gehoben und am Ende eine Frage gestellt. Hatte versucht, seine Aufmerksamkeit zu erregen, hatte sehen wollen, ob er lächelte und wie er mit einer Frau sprach, die keine Expertin auf seinem Gebiet war. Denn sie fragte sich, was für eine Art junger Mann er war.

Ein Mann mit offenem Geist, ein Buch unter dem Arm.

***

Dieser Mann der Zukunft war noch nicht am Horizont erschienen, und sie hielt weiterhin den Hörer an ihr Ohr, an die Stimme der Mutter, die fortfuhr, als spräche sie zu sich selbst, mit den schlimmsten Absichten, *Staub atmend Bienenkönigin*, Liebes, hör gut zu, hier könntest du jemanden kennenlernen, etwas aufbauen, an einer einzigen Schule unterrichten, mit einem einzigen, anständigen Vertrag, und nicht in all den Wald-und-Wiesen-Schulen. Und die Tochter verbesserte sie, Schulen, bloß Schulen, weder im Wald noch auf der Wiese, öffentliche Schulen, ohne Verachtung. Die Mutter ließ sich nicht unterbrechen, bring endlich zu Ende, was du da tust, dieses Was-weiß-ich, an dem du schreibst, wie lange willst du noch dafür brauchen?

Sie brauchte lange, bis sie begriff, dass die Mutter dem Knochenexperten vorwarf, sie von der Familie fernzuhalten, von ihrem Land. Die Mutter glaubte, dass er sie daran hinderte, die Doktorarbeit zu beenden, sie zurückhielt.

***

Sie sei äußerst begabt, ihre Tochter, bemerkte die Mutter, strotzend vor Verachtung gegenüber diesen robusten, skeptischen Sekretärinnen in ihrem Krankenhaus, die sich vorstellten, dass die Tochter der Frau Doktor ein esoterisches Buch schrieb. Bewohnbare Planeten und dann noch schwarze Löcher, das klang weniger nach Wissenschaft als nach Fiktion. Eine der Sekretärinnen flüsterte hinter dem Rücken der Mutter, dieses Buch sei bestimmt für die Katz. Aber Katzen lesen nicht, sagte die jüngst eingestellte Sekretärin stirnrunzelnd.

Sich sträubende, buckelnde Kater, die ihre lustlosen Katzen bestiegen. Dieses Bild kam ihr in den Sinn, denn allmählich kam sie sich so vor: Katze und Kater zugleich.

Und bei der Mahnung, sie habe immer noch nicht mit dem Schreiben angefangen, mit ihrem Buch der *Quanten Schwerkraft Thermodynamik was auch immer*, sträubten sich ihr die Haare, ihr Rücken bildete einen Buckel in vervielfältigten Wirbeln, die rosige, fleischige Kehle verbrannte, die Hornhaut trocknete aus.

***

Ich habe dir doch gesagt, Mama, wie oft schon, Mama, eine Doktorarbeit braucht Zeit. Und sie müsse sie in der Stadt der Gegenwart schreiben, weil in ihrem vergangenen Land das, was sie studiere, keine Zukunft habe.

Zukunft, Zukunft, was weißt du schon, murrte die Mutter und blickte empört auf einen ihrer Handteller.

Wie sollen wir keine Zukunft haben?, zischte der Erstgeborene und sah sie schräg von der Seite an, eines Abends. Unter den kargen Himmeln des Nordens schießen immer mehr Observatorien aus dem Boden, Sternenteleskope, fuhr dieser Bruder fort, der sich nur an den Himmel erinnerte, wenn es regnete und seine Knochen krachten und bebten. Da wird nur die Vergangenheit des Kosmos gesammelt, nicht mehr als *Daten Entropie zu identifizierende Objekte*, sagte sie und stand vom Tisch auf, war es leid, Erklärungen abzugeben, die nicht einmal sie selbst ganz verstand.

Nur ein einziges Mal hatte sie sich aufgerafft, die ödesten Hügel, die verlassensten Berge zu erklimmen, wo der Himmel durchscheinend war und das Licht so makellos, dass die Sterne sich früher zu zeigen oder die ewige Nacht des Observatoriums niemals verlassen zu haben schienen. Sie hatte es gewagt, sich aus der Nähe zu besehen, was sie aus so großer Ferne vermutet hatte. Diese teleskopische Betrachtung hatte ihr Schwindel verursacht, einen Brechreiz, und sie war wieder gegangen, ohne jemandem zu sagen, dass sie nicht hatte hinsehen können. Nicht einmal ihrem Vater.

***

Diese Observatorien, die die Nacht vergewaltigen.

Diese Observatorien auf der Erde würden bald in der Vergangenheit zurückbleiben. Die Zukunft war bei den

Satelliten, die ins All geschossen wurden und dort *Größe Entfernung parallaktische Verschiebung* der Gestirne bestimmten. Die Satelliten würden die anatomischen Daten der Milchstraße als Binärcode von 1 und 0 sammeln, und Computer würden sie in eine Sternenkarte übersetzen.

Der Erstgeborene bemerkte den raschen Lidschlag seiner Schwester und verzog den Mund.

* * *

Sie rief ihren Vater an, damit sie persönlich von ihm hörte, wie die Prognose lautete. Der Vater, noch grauer als sonst, noch stoischer und weniger überzeugend, sagte, Hindernisse müsse man überwinden bei diesem Sackhüpfen, das das Leben sei.

Der Vater erwähnte die Möglichkeit des Todes nicht. Nur die Mutter. Daran dürfe man nicht denken, widersprach der Vater, und die Mutter gab zurück, an den müsse man gar nicht denken, der Tod sorge selbst dafür, sie allesamt zu denken. Aber manchmal tauschten sie die Rollen, und der Vater nannte den Tod beim Namen, während die Mutter fürs Überleben eintrat.

* * *

Ein mentaler Mechanismus verhinderte, dass man sich den Moment des eigenen Todes vorstellte, denn wenn diese Vorstellung möglich war, würde die Angst vor dem Moment, die *Wehrlosigkeit Verwaistheit flaches Enzephalogramm*, die Beklemmung das Ende beschleunigen.

Die Mutter der Mutter hatte immer Angst vor dem Tod gehabt, sie dann aber irgendwo verloren. Sie konnte ihnen nicht sagen, wo.

***

Der befreundete Chirurg, von dem der Vater sich den Blinddarm hatte entfernen lassen, hatte zuvor einen unheilbar Kranken operiert. Er hatte ihn aufgeschnitten. Die Ränder auseinandergezogen. Gesehen, dass der Krebs gestreut hatte. Anstatt ihn auszuweiden, zu entleeren, hatte er ihn vorsichtig wieder zugenäht, gewartet, bis der Patient aus der Narkose erwachte, und ihn mit den schmerzlichen Monaten vertraut gemacht, die ihm noch blieben. Er hatte ihn mit gesenktem Kopf das Krankenhaus verlassen sehen. Jahre später, das Ende der Geschichte erzählte nun der Vater, hatte der Chirurg den Patienten wiedergetroffen, den er damals für tot erklärt hatte. Hallo, Doktor, rief der Tote im Fahrstuhl, erinnern Sie sich an mich?

Spontanremission nannte man das. Es kann passieren, dass sich das Immunsystem aktiviert und der bösen Zellen annimmt. Aber das sind extrem seltene Fälle, sagte die Mutter.

***

Wie oft sollte die Tochter dem Knochenexperten diese Geschichte erzählen, die er lieber nicht gehört hätte?

***

Warten: Das diktiert sie ihrem Handy, um zu sehen, in was sich das Warten in der anderen Sprache verwandelt. *Fountain. Rotten.*

Wie viele Tage wurde zu *refill a tiger* und *please feel the target*. Alles hing davon ab, wie sie es ihrem Gerät vorsagte.

Wie viele Tage konnten sie warten, bis sie jemanden gefunden hatte, der im Unterricht für sie einsprang? Sie hatte bereits alle ihre freien Tage verbraucht, und für diese Beurlaubung musste sie ein betretenes Gesicht aufsetzen und erklären, dass Notfälle in einer alternativen Zeitdimension existierten.

***

Don't panic, sagte sie ihren Schülern am letzten Tag, bevor sie sich eine Woche freinahm, um zur Mutter zu reisen und bei dem Eingriff an ihrer Seite zu sein. Keine Angst, wiederholte sie, unser schwarzes Loch ist, im Gegensatz zu anderen weiter entfernten, gerade recht schläfrig, quiescent, sagte sie, ihr alle und ich, wir werden tot sein, bevor es aufwacht und uns verschlingt.

***

Ihr fiel auf, dass die Hausfassade einen Anstrich gebrauchen konnte. Im Vordergarten standen Bäume, die seit Langem niemand beschnitten hatte, der Rasen gilbte vor sich hin, übersät von hungrigen Vögeln, die an den Graswurzeln pickten. Und die Mutter, die die Tür öffnet, gleicht nicht mehr der, die sie kannte. Es ist eine andere, wieder eine andere Mutter in einem langen weißen Nachthemd. Sie ist die hinfällige Zweitbesetzung ihrer selbst, *abgeblättertes dürres graues Gespenst*. Sie weiß, sie kann sie verlieren, ein weiteres Mal für immer verlieren. Sie klammert sich an ihren Körper und lässt nicht los.

Fass mal an, sagt ihr die Mutter und windet sich aus ihrer Umarmung. Spürst du das?

Das, was da in der Mutter wohnte und auch die Mutter war.

Das, was einmal auch in ihr selbst keimen konnte.

Lange Zeit später und immer noch mit dem Gedanken, dass dieser Tumor sie jeden Moment selbst betreffen konnte, bat sie ihn, ihre Brüste zu berühren. Sie fest zu packen, zu kneten, seine Finger in sie zu drücken. Spürst du etwas? Er hielt inne, blickte angewidert auf den nackten Oberkörper, den er eben geküsst hatte: So kann ich nicht.

Sie sah ihn an, als wüsste sie, dass er ihr wehtun würde und es ihr nichts ausmachte.

Es war nur eine Frage der Zeit, dass der erste Schlag kam, der jedoch nicht kommen wollte.

* * *

Beeilt euch, murrte die Mutter, denn die beiden Halbgeschwister trödelten auf dem Weg zur Praxis des Spezialisten für Brustrekonstruktion. Müssen wir dir aussuchen helfen?, fragte das Zwillingsmädchen, den Schal um den

Hals gewickelt wie bei einem Plüschkaninchen, und musterte aus dem Augenwinkel die Brüste der Mutter. Die Ältere drückte den Ellbogen der Schwester, um sie abzulenken, denn sie starrte auf diese mütterlichen Brüste, die der Spezialist jetzt mit einem Maßband ausmaß und dann wog. Als Werbung für seine Kunst präsentierte der Chirurg ihnen auf einem Tablett Silikonprothesen in allen Größen. Sie könne darauf zurückgreifen, falls es zu einer vollständigen Entfernung komme.

Darf ich filmen?, fragte das Zwillingsmädchen, das der Chirurg gerade beim Aufnehmen erwischt hatte.

Es seien so perfekte, so vollkommene Brüste, seufzte sie, die Bilder bereits in der Kamera gespeichert. Brüste, die sie später ihrem Zwillingsbruder zeigen würde. Glaubst du, ich sollte mir meine verkleinern lassen?, sollte sie ihn fragen, und der Bruder würde sie mit dem Blick abtasten und sagen, ihre Brüste seien die hübschesten. Von den drei Frauen, die er kannte, hatte die Zwillingsschwester den größten Busen, besonders anfällig für das Ziehen der Schwerkraft.

***

Hypothese über eine kranke Brust. Wie viel wiegt eine Brust? Ein Kilo, ein halbes oder mehr? War die eine Brust immer schwerer und störrischer als die andere? Und wie viel wog ihr Tumor? Woraus mochte er bestehen? Aus dem gleichen Stoff, selbstverständlich. Fett, Haut, Drüsen, eine jede mit ihrem eigenen Namen. Warzenhöfe. Brustwarzen. Milchgänge. Identische Zellen, die ihre Anstrengung vervielfältigen, sie zu zerstören.

***

Porträt einer Frau, der man eine Brustwarze mit Sarkom entfernt. Ist eine verstümmelte Brust noch eine Brust? Ist eine Frau ohne Brüste noch eine Frau? Die alte Frau, die die Mutter ist, fühlt sich jetzt als halbe Frau, doch die Tochter hat *Menschen Affen Meeressäuger* mit Brüsten und ohne gesehen, und sie kamen ihr immer noch als das vor, was sie waren.

Sie sah sich auf dem Computer Aktbilder von Frauen an, die sich dafür entschieden hatten, nach der Brustamputation flach zu bleiben. Eine hatte sich Blumen auf die Narben tätowieren lassen, eine andere ließ eine Krawatte über ihrer Nacktheit baumeln und trug einen koketten Schnurrbart. Ihre Körper stilisiert für Hochglanzmagazine, dachte sie und speicherte den Artikel, den sie ihrer Mutter vorenthalten würde.

***

Und da fanden sie sich wieder vereint in einem Krankenhauszimmer, warteten, dass man den Körper der Mutter holte. Die Zwillinge waren gleichzeitig eingetroffen, ohne es sich vorgenommen zu haben, zogen simultan eine Zigarettenschachtel hervor, zündeten sich gegenseitig ihre Zigaretten an, während der Erstgeborene das Fenster öffnete. Er kämmte sich mit den Fingern und gab den Blick auf seine gekrümmte Nase frei, diesen Knorpel, der bei ihm immer weiterwuchs. Er las fürchterliche Witze von seinem Handy ab, wagte nicht, sie aus dem Gedächtnis zu erzählen, denn auf das Gedächtnis konnte man nicht zählen. Seine Witze, dann das Wiehern der Zwillinge. Dieses doppelte, gellende Auflachen steckte sie an; nicht die Witze, sondern das entsetzte Lachen.

Am Bettende verabschiedeten sie sich von der Mutter, die Hand der Tochter klappte dabei nach vorn, der Erstgeborene ließ die Knöchel knacken; der Zwillingsbruder zeigte das Siegeszeichen, während sein abweichendes Double die Kamera scharf stellte und auf Aufnahme drückte. Doch die Mutter verschwand bereits hinter einer Mauer von Krankenpflegern, noch blasser als die Kranke. Schon wurden die Hebel betätigt. Sie senkten das Kopfende, klappten das Geländer nach oben, rollten das Bett durch den breiten Gang, die Fahrstuhltüren schlossen sich und ließen im Trommelfell der Geschwister ein Schwingen zurück, alle vier sprachlos, versunken in eisiger Verwaisung.

Gegenseitig riefen sie sich die unheilvollen Anekdoten der Kindheit in Erinnerung. Die Zwillinge, die später einmal Drehbuchschreiber, er, und Regisseurin, sie, werden wollten, hatten diese Szenen für einen künftigen Film gesammelt, in dem eine Mutter versucht, ihre Kinder umzubringen.

Die Señora versicherte, die Mutter habe sie umbringen wollen, als sie klein gewesen waren. Sie gab ihnen erdige Kartoffelschalen zu essen, ohne dass der Vater davon erfuhr. Und steckte die Zwillinge zu den stinkenden Kindern im Viertel, damit sie ihr Ungeziefer aufschnappten. Das erzählte die Señora und rieb sich die Nase, schnäuzte sich in ein Taschentuch, ließ zwei kurze Nieser los, doch das Zwillingsmädchen kannte die Druckwelle des Hasses, der die Señora aufrecht hielt, diese alte Frau, die das Zwillingsmädchen vergötterte, so viel Hass sie auch für die Mutter empfand, für das Haus mit all den kalten Fensterfronten, durch die der Staub drang, dieses Haus voller Winkel, das die Mutter für sie alle ausgesucht hatte. Doch das Zwillingsmädchen trug es ihrer Mutter nicht nach, dass sie sie gezwungen hatte, den Mund aufzusperren, die sabberige Zunge herauszustrecken und den Zwillingsbruder und die anderen Kinder in der Nachbarschaft zu küssen. Sie lachte schallend, wenn sie daran dachte, mit dem ganzen Gesicht, die Wangen in Falten, denn sie wusste, dass all das stimmte, was die Señora erzählte, außer dass die Mutter sie tot sehen wollte. Der Zwillingsbruder gab der Zwillingsschwester recht, nur beiläufig, und warf ein wissendes Auge auf die ältere Halbschwester, die den jüngeren Geschwistern ihre Überlegenheit übel nahm. Und der Erstgeborene sprühte Bosheit, als er ihnen in Erinnerung rief, dass die Mutter sie tatsächlich fast umgebracht hätte, ein Mal. Das stimmt!, sprudelten die Zwillinge im Chor, während ihnen der Erstgeborene, die Handteller gegen die Wand gedrückt, um die Waden zu strecken, die experimentelle Therapie beschrieb, der die Mutter sie unterzogen hatte. Sie wollte ihre Allergie heilen, ob sie sich erinnerten?, und er bog sein Bein nach hinten, um den Oberschenkel zu dehnen. Die Zwillinge sahen die Vergangenheit wie einen Film in ewiger Gegenwart an sich vorüberziehen: Da waren die Wochen, in denen die Mutter ihnen *Staub Gras Morgenländische Platanen lebende Kakerlaken* inokuliert hatte, Frühlingsinjektionen bei Passatwinden. Jeden Donnerstag erhöhte sie die Dosis, um ihre Widerstandskräfte zu stärken. Und das Zwillingsmädchen bedankte sich für die Spritze, stellte sich auf die Rollschuhe, schloss die Riemen um die Turnschuhe und verschwand straßabwärts auf vier Rädern, kam jedoch bald zurück, rollschuh- und atemlos, die Haut gerötet und mit Quaddeln, die sie sich wie wild kratzte. Sie traf auf den Zwillingsbruder, der gegen das Ersticken ankämpfte *blau violett erbrochene Sternschnuppen* auf dem Ehebett, während die Mutter neben ihm eine Spritze aufzog und sie ihnen verabreichte, ihm zuerst, dann ihr, eine Ampulle mit Kortikoiden. Die der Vater immer in einer Schachtel im Kleiderschrank aufbewahrte, für den Notfall.

Was in einer bestimmten Dosis heilt, kann in einer anderen töten, stellte die Mutter zerknirscht fest. Das war das Ende der Spritzen, doch die Mutter gab nicht auf.

Sie holte eine rosa Pille aus der Dose in ihrem Nachttisch. Der Zwillingsjunge, die Augen allergisch glänzend, ließ zu, dass die Mutter sie ihm auf die dicke, raue Zunge legte, und schloss den Mund, und während die Pille die Schwelle des Zäpfchens passierte und den Rachen hinabglitt, bemerkte die Zwillingsschwester, eine rosa Pille zwischen den Fingern, Mama, woher weißt du, dass das nicht deine Hormone für die Menopause sind? Die Mutter riss sie ihr geschwind aus der Hand und las die winzigen Buchstaben auf der Tablette. Der Zwillingsbruder sah bestürzt drein, steckte sich rasch zwei Finger in die Speiseröhre und holte würgend die Pille hervor, glitschig von Speichel. Alle drei starrten darauf: Es waren die Hormone gegen den mütterlichen Krebs.

Seiner Herkunft nach hatte das Wort Pharmakon widersprüchliche Bedeutungen. *Heilmittel Gift Sündenbock.* Doch zwischen diesen Bedeutungen bestand eine geheime Verwandtschaft: Der den Göttern geopferte Bock sollte Unheil beseitigen, das Gift konnte der Gemeinschaft als Mittel zum Zweck oder als Trost dienen.

***

Schützte Aspirin nicht gegen Brustkrebs? Es war seltsam, dass er der Mutter kein Aspirin gegeben hatte, doch der Vater würde seiner zweiten Frau nicht die Tabletten verschreiben, die womöglich den Tod seiner ersten verursacht hatten.

Die Medizin, die dich retten kann, kann dich auch töten.

***

Wer von beiden älter sei, bemesse sich nicht nach der geheimen Reihenfolge, in der sie befruchtet oder auf die Welt gebracht worden seien, sondern nach der Gleichung der Räume, in denen sie gelebt hätten, sagte die Schwester den Zwillingen, zog eine Braue hoch und ließ sie sphinxhaft oben. Auf der beschneiten Bergspitze der Kordillere vergehe die Zeit schneller als am Meer, sagte sie, und noch schneller als in den Tiefen der Erde, drei Mikrosekunden pro Kilometer und Jahr, fuhr sie fort, kehrte ihre mathematische Überlegenheit hervor und fügte hinzu, die Zeit dehne sich im Gravitationszentrum. Aber wir haben immer in derselben Stadt gelebt und alles gemeinsam getan, warf der Zwillingsbruder ein. Wir waren nicht mal zum Skifahren in den Bergen, bekräftigte die Zwillingsschwester und reckte die Zunge, damit das Vanilleeis nicht tropfte.

Die Zwillingsschwester leckte sich genüsslich die Lippen, wenn sie die bösen Berechnungen ihrer älteren Schwester zunichtemachen konnte. Der Zwillingsbruder dagegen würgte bei dem Geruch von Vanille und Milch, da er an seine Mandeln denken musste. Er erinnerte sich nicht mehr, wie er in den OP geschoben worden war oder dass er Blut und Galle gespuckt hatte, sondern nur, dass er tagelang nichts hatte essen dürfen als dieses widerliche Eis.

Im Altertum hatte man behauptet, in den Mandeln setzten sich die Erinnerungen ab, und nicht geahnt, dass die Ärzte der Zukunft diesen Teil des Lymphsystem als nutzlos entfernen würden.

***

Diese Zwillinge waren ihre, nur ihre, gehörten niemandem sonst. Die Tochter dagegen gehörte ihr nur zur Hälfte, denn sie machte sie sich mit dem Vater streitig, und den ältesten Sohn fasste sie nicht einmal an, den überließ sie, schroff, wie er war, lieber ihrem alten Mann.

Sie mussten eine friedliche Kindheit gehabt haben, die Zwillinge, als bloße Zuschauer fremder Dramen. Sie hatten einander, um sich vor den älteren Geschwistern zu schützen.

Denn die Schwester sagte ihnen oft, sie seien adoptiert, und die Zwillinge, die gar nicht wussten, was Adoption war, heulten Rotz und Wasser.

Denn der Erstgeborene sagte ihnen, nachdem sie begriffen hatten, dass sie nicht adoptiert waren, sie seien geklont. Damals hatten die Zwillinge bereits das Weinen aufgegeben.

Denn der Vater hatte sie gewarnt, wenn sie sich nicht kahl scheren ließen, werde ihr Gehirn in Flammen aufgehen.

Das verzieh ihm die Mutter nie, doch der Vater lachte schallend, wenn er sich daran erinnerte, wie sie sich gegenseitig die Köpfe schoren, bis sie wie Föten aussahen. Die Zwillinge schüttelten sich vor Lachen, als sie sich an diese Szene erinnerten.

***

Dagegen erinnerten sich die Zwillinge nicht, dass die Schwester ihnen die Haarlocken so nah an der Kopfhaut abschnitt, dass Blut hervortrat, und die Mutter begriff nicht, woher diese Wunden kamen, dieses Zwillingsweinen.

Die Mutter dachte, sie rissen sich gegenseitig Haarbüschel aus.

***

Und noch etwas, flüsterte die Mutter und senkte die Stimme, bis sie unhörbar wurde. Was denn?, fragte die Tochter und blies ihr über die Augen, damit sie nicht weinte. Ich glaube, dein Papa hat noch eine Familie. Noch eine Familie, dachte sie und betrachtete die Mutter mit *Schrecken Grauen Synapsenzittern*, noch eine Familie?, sie spürte, wie ihr das Blut in der Brust gerann, der Blutdruck in den Keller schoss, ihr Vater hatte doch nicht nur eine, sondern schon zwei Familien, die Kinder der ersten Mutter und die Zwillinge der zweiten, ob es noch mehr Familien gab, mehr Frauen ihres Vaters, mehr Töchter, ihre Schwestern?, fragte sie sich und dachte, wenn jemand Bescheid wusste, dann die Señora, aber vielleicht war die Señora diese andere Frau, eine geheime Mutter. Noch eine

Familie? Das glaube ich, bekräftigte die Mutter und senkte ihre Stimme so sehr, dass die Tochter sich zu ihrem Mund beugen musste, und diese Frau muss ausgesprochen kostspielig sein, flüsterte sie, muss viele Kinder haben, fuhr sie fort und trocknete sich die Augen mit dem Jackenärmel, putzte sich die Nase. Bist du sicher? Sie nahm der Mutter die Hände vom Gesicht, um ihr in die Augen zu blicken. Ich habe ihn um Geld für die Silikonbrust gebeten, und er hat gesagt, er habe keinen Peso auf der Bank, rein gar nichts, auch keine Rente, aber wie kann er gar nichts haben, wenn er sein ganzes Leben lang geschuftet hat wie ein Hund? Was hat er mit all dem Geld getan, das euch deine Mama hinterlassen hat? Die Mutter blickte sie fest an, und die Tochter wusste nicht, ob in ihren Augen Mitleid oder Anklage lag, doch ihr Blut geriet in Aufruhr, ihr Gesicht wurde rot, und da schürzte die Mutter die Lippen und versenkte einen harten Finger über ihrem Brustbein: Du weißt etwas.

***

Die älteste Tochter war so dünn. Der Vater zwang sie, Käse zu essen. Diese Extraportion Fett würde sie gesünder aussehen lassen, und um sie zu überzeugen, gebrauchte der Vater das Wort Skorbut, das sie eben gelernt hatte. Diese fürchterliche Krankheit, die die schlecht ernährten Matrosen befiel. Doch der Käse enthielt Dreckszeug, gegen das sie nicht immun war und das sie ernsthaft krank machte, bis der Vater seine Aufpäppelungsstrategie aufgab.

Der Vater schenkte ihr einen Stoffhund, den sie Gastroenteritis nannte.

Der Erstgeborene entführte das Stofftier und ließ es verschwinden.

Die Mutter fand es im Garten begraben, als sie ein Loch für die Petunien grub, Jahre später. Gastroenteritis war völlig zerfressen.

Die Tochter packte ihn ein und schenkte ihn den Zwillingen zum Geburtstag.

Die Zwillinge bewahrten den Plüschkadaver auf und benutzten ihn Jahre später in einem Kurzfilm über den Vater.

***

Jemand hatte ihr gesagt, Ärztekinder gäben nicht viel auf Krankheiten, und Ärzteeltern schenkten ihnen ebenfalls zu wenig Aufmerksamkeit. Sie hatte über Erschöpfung geklagt, doch *niemand keine Menschenseele keine fleischfressende Pflanze* hatte darauf geachtet. Sie klagte über Müdigkeit, der Kopf tue ihr weh, und ein Kollege war es, der ihre Blässe bemerkte. Ob sie anämisch sei? Die Analyse ergab Werte, die auf dem Papier in Höhen und Tiefen schnellten. Du hattest einen Virus, verkündete der Vater am Telefon, als er den Bericht sah, den sie ihm geschickt hatte, und beglückwünschte sie, weil sie das Pfeiffersche Drüsenfieber aufrecht überstanden hatte.

Ich fühle mich nicht gut, hatte das Zwillingsmädchen sehr viel früher einmal gesagt. Geht vorbei, prophezeite der Zwillingsbruder. Doch das Mädchen sagte wieder, es fühle sich ganz anders als sonst. Und abermals verschwand ihre Klage in den Ritzen des Tischgesprächs und blieb dort stecken, bis die Mutter sah, dass das abgemagerte Mädchen mit hängenden Schultern im Stuhl versank und sich verzweifelt Gesicht und Hals kratzte. Du reißt dir noch das Gesicht auf, sagte die Mutter, hielt ihre Hand fest und blickte ihr tief in die Augen. Komm, stell dich neben deinen Bruder. Doch das Zwillingsmädchen stand nicht auf, der Bruder kam stattdessen zu ihr, mit seinen strotzenden Backen, und die Mutter sah, dass das Mädchen gelblich geworden war. Es war dreizehn und hatte eine akute Hepatitis.

Doch diese Hepatitis schrumpfte in ihrer Erinnerung immer mehr zusammen. Von jener Woche ist ihr nur noch die Gewissheit eines komatösen Schlafs geblieben und einer intensiven Genesungszeit mit Filmen.

Krank vor Verlassensein schlüpfte der Zwillingsbruder zu seiner vom Fieber benommenen Schwester ins Bett. Krank vor Langeweile schaltete er den Fernseher ein, inzwischen schon in Farbe, und suchte nach Filmklassikern, die beide mit tiefen, leeren Augen verfolgten, bereit, vom Kino berührt zu werden. Und da die Schwester nur langsam genas und die Filme sich allmählich wiederholten, ging der Bruder zur Videothek und holte mehr Filme, seltsamere, zumindest kam es der Schwester so vor, die ihnen immer mehr echte Aufmerksamkeit schenkte, je besser es ihr ging. Während dieser Tage, in diesem Bett, beschlossen sie, später einmal ihre eigenen Filme zu drehen, mit einer ausrangierten Kamera, die irgendwo herumlag.

***

Die appetitlose Zwillingsschwester verlor im Bett mehrere Kilo. Ihre Mutter ergriff diesen Gewichtsverlust beim

Schopf und warnte sie, wenn sie wie vorher weiteresse, könne sie einen heftigen Rückfall erleiden. Das Zwillingsmädchen nahm weiterhin ab, damit sie nicht wieder krank wurde, und war nur noch Haut und Knochen, als der Vater, der sich ihre Diät nicht erklären konnte, ihr eröffnete, dass sie immun gegen das Virus war. Nie mehr werde sie an Hepatitis erkranken.

***

Bevor die Narkose erfunden worden war, die man gerade der Mutter verabreichte, mussten die Ärzte physische und geistige Kraft besitzen, um Patienten zu operieren, die sich vor Schmerzen wanden. Aber alle vier waren sie der Ansicht, dass die Mutter keine benötigte, denn es war ein alter Witz unter ihnen, dass die Mutter mit voller Kraft lief, bis ihr Motor ausging, dass sie nur zwei Einstellungen besaß. *On*, sagte das Zwillingsmädchen. *Off*, sagte ihr Bruder, und sie öffneten die Augen, als sie *on* sagte, und schlossen sie, als ihr Bruder *off* herausposaunte. Sie krümmten sich vor Lachen, mit Schluckauf.

Das kalte Echo ihres Lachens.

***

Ob es stimmte, dass die ältere Schwester die zarte Lidhaut der Mutter hinaufschob, um sich zu vergewissern, dass sie noch da war? Ob sie Angst gehabt hatte, sie nicht mehr vorzufinden oder eine andere Person da drinnen? Der Chirurg öffnete mit seinem Skalpell jetzt eine andere Haut, schnitt durchs Gewebe, auf der Suche nach was? Einem Asteroiden, einer Gemeinheit ihres Mannes, einem verbrannten Brot, der übermäßigen Sonneneinstrahlung im Sommer, ihrer Abneigung gegen den Erstgeborenen? Wo endeten die Ärgernisse der Mutter und begann ihr Tumor? Diese Fragen stellte sie sich, während sie das gellende Lachen ihrer Geschwister hörte, die sich keinerlei Fragen zu stellen schienen.

***

Im Zentrum der Milchstraße gab es ein riesiges Loch. Die Brust einer antiken Göttin hatte ringsum ihre Milch vergossen.

***

Hypothese über eine verstümmelte Brust. Man könne nicht vorhersagen, ob sie ganz entfernt werden würde oder nur die Drüsen und Ganglien, ob der Sentinel-Lymphknoten schon befallen war, ob man die Brustwarze würde retten können. Das Mikroskop würde sein unerbittliches Urteil fällen, während die Brust auf dem Tisch wartete, *offen dunkelviolett zuckend.* Der Chirurg mit seinen behandschuhten Händen hätte das letzte Wort, cut.

Die Tochter quälte die Frage, wo das landen würde, was sie als das Ihre empfand, auch wenn es das nicht war. Sie wollte, dass man ihr die vollständige Brust aushändigte und den rechtmäßigen Erben nichts davon sagte. Sie würde sie tiefgekühlt in einem Gefäß aufbewahren, ein Etikett war nicht nötig.

Eines Tages wird diese Brust das Einzige sein, was ihr von der Vorstellung einer Mutter bleibt: das Vergessen von einem Paar Lippen, die nie an dieser Brustwarze gesaugt hatten. Denn sie hatte den Körper nicht von außen streicheln können, in dem sie gewohnt hatte, als sie ein Haufen sich reproduzierender Zellen gewesen war.

***

Als die Mutter die Abteilung Geburtshilfe durchlief, hatte sie die Geburt eines Mädchens miterlebt, das so früh, so halbfertig, so *still zusammengerollt zyanotisch das Gesicht*, auf die Welt gekommen war, dass man es für tot erklärte. Damals, sagte die Mutter, wusste man noch nichts von Hormonen, die Lungen flicken oder noch geteilte Herzen verbinden. Man warf es in den Müll. Zieht nicht so ein Gesicht, rief die Mutter schrill, als sie das Entsetzen in den Augen der Zwillinge las. Sie hatten zu kauen aufgehört, das Besteck in der Luft, und stellten sich diesen neugeborenen Leichnam vor, zwischen Orangenschalen, ausgepressten Teebeuteln und Brathähnchenhaut. Natürlich war es kein Nahrungsmüll, sondern sanitärer Abfall. Blutige Wundverbände. Nabelschnüre. Plazentas, violett wie Quallen. Ein Glück, antwortete der Zwillingsjunge ironisch, und das Zwillingsmädchen lachte auf, verstummte aber sogleich. Klingt nicht sehr sanitär, dieser Abfall, bemerkte der Erstgeborene und schloss sich den Jüngeren an, worauf die Mutter entgegnete, lasst ihr mich zu Ende erzählen?

Das tot geborene Mädchen brach in ein hilfloses Weinen aus, und man musste es aus seinem improvisierten Friedhof befreien.

***

Nach mehreren Versuchen wurde die sommersprossige Nachbarin gegenüber schwanger, drei Eier, die auf einer Glasplatte befruchtet worden waren. Bei einem der Embryos setzte die Zellteilung aus, und er wurde für tot erklärt, die anderen beiden kamen zu früh auf die Welt. Der Junge wog 800 Gramm, das Mädchen die Hälfte, es war nur halb ausgebildet.

Das Mädchen wird überleben, der Junge nicht, prophezeite die Mutter, als ihr die Tochter von der Frühgeburt erzählte. Mädchen sind überlebensfähiger, weil wir Frauen genetisch zum Durchhalten befähigt und aufs Überleben programmiert sind. Unsere Aufgabe ist es, Gene über den Planeten zu verteilen, die Art zu erhalten. Die Mutter fand immer einen Weg, eine Botschaft in eine andere zu verpacken, die Frauen retteten die Menschheit, während die Männer es übernahmen, sie zu vernichten, dachte die Tochter, entschlossen, ihr gleich von dem Mädchen zu schreiben, das tatsächlich überlebt hatte.

Der Junge war an einem Gehirnschlag gestorben, unerwartet für alle außer der Mutter, die es vorhergesagt hatte.

***

Die frühgeborene Tochter hatte keine Kraft zum Saugen, und die Nachbarin pumpte die Milch ab, um sie ihr in einem Fläschchen zu geben. Damit war sie gerade beschäftigt, als ihre Gäste klingelten. Sie öffnete die Tür, erfreut sie zu sehen, ihnen von dem Drama der Brutkästen und von der Freude zu erzählen, dass ihre Tochter wuchs, ernährt vom Körper der Mutter. Triumphierend zeigte sie ihnen das Fläschchen mit ihrer Milch und schob das T-Shirt hoch, da war die nackte Brust, bedeckt mit Sommersprossen, der faltige Warzenhof, ein paar feine Röhrchen, die in der Haut steckten, eine Tüte frisch gemolkener Milch am Schlüsselbein befestigt. Sie blickte zu ihrem Knochenexperten, der auf die mechanische Brust der strahlenden Nachbarin blickte. Sie sah ihn erbleichen.

Mach das nie wieder mit mir, Elektrode, sagte er ihr nachher. Er dachte wohl, dieses makabre Schauspiel war von ihr geplant gewesen.

***

Ihr Vater war jahrelang gesäugt worden, denn immer wieder kamen Geschwister auf die Welt, mit denen er sich am mütterlichen Busen abwechselte; er stellte sich hinten an und wartete, bis die anderen fertig waren. Der Erstgeborene war in den Genuss der Milch einer kurzlebigen Mutter gekommen und die Zwillinge in den einer langlebigen. Doch die Schwester hatte nur die Brustrituale der Jüngeren miterlebt, voller Abneigung, voller Groll. Jeder von ihnen saugte an einer gedehnten Warze, schläfrig hingen beide an der Brust, die sie jedoch mit Händen gepackt hielten, damit sie ihnen nicht entglitt. Satt machten sie dann ihr Bäuerchen, auf dieser *warmen durchscheinenden rundherum streifigen* Haut.

Die Milch meiner Mama war die beste, sagte der Erstgeborene, als wäre er das einzige Kind der Verstorbenen gewesen. Sie war süß, sagte er ihr. Und wartete dann, wie sie reagierte, doch sie reagierte nicht, hasste ihn nur schweigend, im Wissen, dass auf eine Antwort ein Schlag folgen würde. Süß. Sie war süß. Eine Wunde brach in ihrem Magen auf und lähmte sie, ja sie konnte sich nicht einmal die Steine vorstellen, die sie doch nicht auf ihn werfen würde. Erst spät sollte sie begreifen, dass sich ihr Bruder unmöglich an die Muttermilch erinnern konnte. Süß. Sauer. Ihren Geschmack.

Aber was wusste sie schon, wenn ihr verwaister Mund nur die Fläschchen kennengelernt hatte, die ihr die Señora gab. Sie hatte schon Zähne bekommen, als der Vater wieder heiratete und die neue Mutter begann, die Zwillinge zu säugen.

Diese Geschwister aus Fleisch und Knorpeln, diese zappelnden Kinder, die zu jeder Zeit nach der Brust verlangten. Diese Babys, die sie zum Weinen brachte.

***

Durch ihr verschwommenes Gedächtnis treibt die Erinnerung an die Schwestern aus dem roten Haus an der Ecke, das man »der Schrei« nannte. Dieses Haus, das in einen Schornstein auslief, rauchend in der Winterkälte der Vergangenheit inmitten der Diktatur. Nie sprachen sie von ihrem Vater, den sie nur im Fernsehen sahen, wo er in ein riesiges Mikrofon sang. Dieser Vater, der das Land verlassen und an einer Zirrhose sterben würde. Die Schwestern und die Nachbarn sollten von seinem Tod aus der Zeitung erfahren. Aber da waren sie, die beiden, kamen gemeinsam zu ihr ins Haus, nahmen bereitwillig im Wohnzimmer Platz, nun das Wartezimmer, traten nacheinander in den verdunkelten Raum und legten die Kleidungsstücke ab, die das Symptom verdeckten, das sie gerade erfunden hatten, für diesen Nachmittag, damit sie behandelt wurden.

Die Socke über dem gebrochenen Knöchel. Das Halstuch für die Halsschmerzen. Die aufgeknöpfte Bluse, die den Asthmaanfall bloßlegte. Sie war immer die Ärztin, und die Schwestern aus dem roten Haus waren immer die Patienten, die sich von ihren geschickten Händen berühren ließen.

Der Erstgeborene beobachtete sie durch einen Spalt zwischen den Vorhängen. Er sah, wie die Nachbarin sich die Schulbluse auszog. Er sah, wie seine Schwester ihre schrumpeligen Finger wie ein Stethoskop über den Rücken der Nachbarin gleiten ließ und wie sie mit denselben fünf Fingerkuppen das Herz der Kranken abhorchte, die im Liegen zu husten vorgab. Dann horchte ihr Ohr, die Wange auf den Nabel gepresst. Dann linderten die Lippen an der Brustwarze diesen Husten in der Brust.

Sie ist nicht deine Mutter. Es gibt keine andere Mama. Der Erstgeborene bellte sie an, das Gesicht rot angelaufen, fletschte die Zähne. Hast du vergessen, dass du sie umgebracht hast?

Hast du das vergessen?

Das würde sie nie vergessen, auch wenn sie sich nicht daran erinnern konnte.

***

Die Schwestern kamen nicht mehr, als ihre Brüste zu wachsen begannen. In der Schule hatte man ihnen gesagt, dass fremde Hände dort nichts zu suchen hätten.

***

Die Mutter musste wegen der Gefahr eines Abgangs im Bett liegen, als die Schule anrief und fragte, ob es Familienprobleme gebe. Familienprobleme, wiederholte die Mutter verwirrt und empört, wie könne die Lehrerin es wagen, so einen gemeinen Vorwurf in die Welt zu setzen? Die Grundschullehrerin räusperte sich, während sie überlegte, wie sie sich am besten entschuldigte, und ihr erklärte, dass ihre Tochter im Unterricht abgelenkt sei, trübsinnig und blässlich. Sie habe ihr Pausenbrot nicht angerührt, nicht ihren Saft, und habe sich in der Pause allein in die Ecke gesetzt, mit einem Buch, das sie gar nicht aufgeschlagen habe. Sie habe nicht einmal gelächelt, als die Lehrerin ihr ein Silbersternchen ins Heft geklebt habe, eines dieser Sternchen, das die Tochter sammele, weil sie einmal Astronautin werden wolle. Eine Falte habe sich ihr zwischen die Brauen gegraben, der Tochter, sie habe die Schultasche hinter sich hergeschleift. Ob die Eltern sich vielleicht scheiden ließen?

Der Vater setzte sich mit der Tochter an den Tisch, ein Biologielehrbuch vor sich; er zeigte ihr die Abbildungen einer strotzenden Eizelle, umgeben von mickrigen Spermien, gewellt und hellblau, eines blauer als die anderen, mit langem Kopf wie ein Komet, das sich an die Spitze setzte und seinen Weg in die Eizelle bahnte. Nirgendwo *Pollen fleischige Blumen Frühlinge* in Sicht. Auf der nächsten Seite war ein Embryo zu sehen, und der Vater erklärte ihr, dass die Zellen sich geschwind teilten, bis sie zu *Föten Babys Pechvögeln* würden, und erzählte ihr auch, dass die Zwillinge zwei unterschiedliche Embryos waren, also doppelt so viele Zellen, wie die Mutter tolerieren konnte. Deshalb sei ihr so übel. Deshalb liege sie im Bett. Denn jeder Organismus versuche, ihm unbekannte Zellen abzustoßen, und bei ihr seien es viele Zellen. Er sagte nicht, zerstören, sagte nicht, eliminieren, doch abstoßen war auch ein Verb dieser Art, und der Vater konnte es in seiner Erklärung nicht unterschlagen, denn das wäre Lüge gewesen. Wegen dieser hyperaktiven Zellen übergebe sich die Mutter sogar im Taxi und habe verfrühte, falsche Wehen, blute ein wenig in ihren Slip, aber das werde nur ein paar Tage dauern, sagte er, ganz wenige, betonte er, als er sah, dass sie kaum zuhörte, sondern dieses zweiköpfige Ungeheuer anstarrte, die Lippen in gerader Linie aufeinandergepresst. Doch sie hörte zu und begriff, dass der Körper der Mutter am Ende diese Fremdkörper zu den ihren machen würde.

Fehler 401. Der Befehl zur Zellvermehrung sorgte sowohl für Krebs wie für Kinder. Verwirrte Zellen, die ein Verbot missachteten.

***

Ein Amalgam aus *Kernenergie Küssen auf den Mund*, die Zwillinge zogen einander an, stießen sich nicht ab. Eine übernatürliche Kraft hielt sie zusammen, und wenn jemand es schaffte, sie zu trennen, schrien sie, bis sie blau anliefen.

***

So sehr die Frau mit den Zwillingen im Leib zugenommen hatte, so schnell hatte sie das Gewicht beim Säugen verloren. Trotz Avocado-Brot, Calcium und Eisen, literweise mit Vitaminen angereicherter Milch, Netzen voller Orangen, Bohnen-Nudel-Eintöpfen, mit Zucker bestäubten Maistaschen.

Sie fand nie mehr zu den früheren Kilo zurück, die sie gehasst hatte. Die Zwillinge haben den Schwangerschaftsbauch aus mir herausgepresst und mit ihm vier Kleidergrößen, prahlte die Mutter vor ihren Freundinnen, während sie ihren Tee pur trank, dazu Wasserbiskuit aß und die anderen riesige Lúcuma-Torten verschlingen sah, mit fettglänzenden Lippen.

***

Dort, in einem hell erleuchteten Saal, befand sich gerade das wenige an Mutter, was ihnen geblieben war, weit aufgerissen, und hier, hinter geschlossenen Türen, waren ihre Kinder und die einer anderen. Und da ihnen die Sonne ins Gesicht schien, zogen sie die Vorhänge zu und saßen im Halbdunkel. Der Schwester fiel auf, dass die Zwillinge, die an der Wand lehnten und über einen Film stritten, der gerade angelaufen war, inzwischen Asymmetrien aufwiesen: das Mädchen rund, der Junge eckig. Der hochgeschossene Erstgeborene war in den Bildschirm versunken, verfolgte die Nachrichten über die polemische Reise der olympischen Fackel um die Welt, während sie, eine gepunktete Linie in der familiären Geometrie, sich die Abwesenheit des Vaters zu erklären versuchte. Alle möglichen Onkel und Tanten kamen, Freunde, die inzwischen verwitwete Cousine und ihre fünf Töchter. Mit Fantas und fettigen Pizzas, Teigtaschen mit scharfem Pebre-Dip und anderen Produkten, die im Krankenhaus verboten waren. Mit Anekdoten, die die Zeit beschleunigten. Schwer von Parfüm kamen und gingen und kamen sie.

Sie umarmte diese nahe Cousine, die sie Jahre zuvor aus den Wellen gerettet hatte, sprach ihr wegen des Mannes ihr Beileid aus. Die Cousine nickte ungerührt, hatte seinen Tod akzeptiert, und die Erinnerung an ihn löste sich bereits auf. Nicht los wurde sie den Gedanken, dass ihr Mann, als er gegen den stehenden Lastwagen auf der Landstraße geprallt war, im Frühnebel, im Rausch, der in seinen Adern zirkulierte, womöglich noch bei Bewusstsein gewesen war, ein paar Minuten noch beschwipst, lebendig, lebendig, im Wissen, dass er sterben würde.

Der Anruf hatte sie aus dem Schlaf gerissen, aus *überseeischen Strömen Waschbären am Seitenstreifen*. Die Stimme des Militärpolizisten, der sie von dem Unfall unterrichtete.

Im gleichen Alter war die Mutter der verwitweten Cousine Witwe geworden.

Sie erinnerte sich nicht, als kleines Mädchen im Haus dieser Tante gewesen zu sein, ein Mädchen, das mit den Rollschuhen in der Hand ins Wohnzimmer tritt, die Cousine hinter ihr, ein Mädchen, das ihren Onkel sagen hört, er leide seit Tagen unter sporadischer Kolitis und seit Jahrzehnten unter permanenten Schulden, für die die Tante gebürgt habe.

Sie waren ruiniert, hielten sich jedoch mithilfe der Familie über Wasser.

Die Cousine verbrachte die Ferien mit ihnen, die Wochenenden, vor allem mit dem Erstgeborenen, Geburtstage, Feiern, eine Beerdigung nach der anderen.

Jahrhunderte später, eine Zigarette zwischen gichtigen Fingern, die Füße steif von Gelenkrheumatismus, kämpfte die Mutter der verwitweten Cousine mit ihren siebzig Jahren und einer unmöglichen Arbeit und würde ihr erzählen, dass der Tod des Schwiegersohns sie mehr geschmerzt habe als der ihrer Schwester und mehr, sehr viel mehr als der ihres eigenen Mannes. Sie hatte durch ihre einzige Tochter die Gewissheit eines Bankrotts auf Lebenszeit wiedererlebt, von dem sie sich nie hatte erholen können. Als wäre das nicht genug gewesen, wiederholten sich die Schulden nun bei ihrer Tochter und ihren fünf Enkelinnen.

***

Aus dem Fahrstuhl kam eine Frau im Rollstuhl, von einem muskulösen jungen Mann geschoben, in dem sie den Sportlehrer wiedererkannte, der jahrelang mit dem Erstgeborenen für den Marathon trainiert hatte. Er glich aufs Haar dem Mann, der sich von ihr hatte küssen lassen, ohne es ihrem Bruder zu erzählen. Er schielte auf einem Auge, doch er war es. Hallo. Hallo. Sie küssten sich auf die Wange, überrascht, sich dort zu treffen, umarmten sich, als hätten sie nie aufgehört, sich zu lieben. Der Mann wusste, dass sie nicht mehr im Land lebte, doch sie wusste mehr, hatte immer Bescheid wissen wollen. Und so wusste sie, dass seine Freundin beim gemeinsamen Joggen durch den Park einen Infarkt bekommen hatte. Und sie wusste, dass er später einen Infarkt in dem Auge erlitten hatte, das ihm jetzt so unkoordiniert im Gesicht saß, obwohl er weder rauchte noch trank, und dass er weiter für den Marathon trainierte, den der Erstgeborene aufgegeben hatte. Sie hörte ihn fragen, was sie hier im Krankenhaus tue, und hörte ihn sagen, seiner Mutter habe man ein Stück Dickdarm entfernt.

Der Krebs der Mütter hatte sie wieder zusammengebracht.

***

Sie wollte wissen, ob die Mutter ihres Knochenexperten Krebs gehabt habe, doch seine Mutter war immer eine gesunde Frau gewesen. Das kann nicht sein, entgegnete sie zornig, an etwas muss sie doch gestorben sein.

***

Er hatte nicht über das Lymphsystem gestreut, versicherte der Onkologe und schenkte ihnen das einzige Lächeln in seinem Repertoire. Man könne das Wort Metastase ebenso schnell verwerfen, wie er mittels *Scheren Nadeln groben Nähten* diesen Karkinos mit dem harten Panzer, diesen weichen Onkos verworfen habe. Das sagte nicht der Chirurg, sondern der Vater, der durch die Tür kam, sich die OP-Maske abnahm und ihnen die operativen Details erklärte, die Etymologie des Übels.

Als würde er Licht in die wirre Begrifflichkeit medizinischer Traktate werfen, präsentierte ihnen der Vater die Theorie aus dem Altertum: Man hatte geglaubt, Krebs entstehe durch ein Ungleichgewicht der Säfte, die nicht mehr zirkulierten, sondern sich im Körper kristallisierten und darin ihre *Zehen Zangen Netze Wurzeln* versenkten.

***

Ein Wissenschaftler hatte versucht zu beweisen, dass Krebs nicht ansteckend sei, indem er Straßenhunden herausoperierte Tumore zu essen gab. Den Kötern lief der Speichel im Mund zusammen, sie jaulten auf in Erwartung dieses menschlichen Krebses, der ihre einzige Nahrung war. Der triefende Speichel ihrer Schnauzen. Wenn man ihnen Krebszellen injizierte, würden sie dann Krebs bekommen oder durch ihre Hundeimmunität geschützt sein? Das war die nächste Frage des Wissenschaftlers.

***

In den Müll wanderte das zerstückelte Krebstier und die vollständige mütterliche Brust.

Die Lage des Tumors hatte es nicht zugelassen, die Brust zu erhalten, doch wie sollte man diesen Verlust benennen? Amputation erinnerte an die Behandlung eines verwundeten Soldaten. Verstümmelung an einen von Feinden Gefolterten. Die Mutter war verstümmelt worden, und nun warteten sie, dass die lebendige Wunde zu einer toten Narbe wurde.

***

Noch unter den Nachwirkungen der Narkose fasste sie sich an die Brust, und als sie nur dicke Gaze spürte, schrie sie auf, die Krankenschwestern hätten ihr die Brust gestohlen.

***

Geschichte einer reisenden Brust. Die Silikonbrust, die der Vater in den Jahren der Diktatur ins Land geschmuggelt hatte. Diese Brust war zu groß für die Tante des Kollegen gewesen, der den Vater während eines Fachseminars beherbergt hatte. Jemand könne sie vielleicht dort gebrauchen, im Land der Vergangenheit, vermutete der ausländische Kollege und überreichte sie ihm in einer quadratischen Schachtel, in einem Koffer, der beim Zoll geöffnet wurde. Was er da mit sich führe, fragte ein Beamter und eskortierte ihn in einen kleinen Raum, ihren Vater, als Perversen.

Man konfiszierte sie beim Zoll, Verdacht auf Pornographieimport oder noch Schlimmeres.

Der Zwillingsjunge wollte diese Szene in sein Drehbuch aufnehmen, mit dem er noch nicht begonnen hatte. Der Film über die mörderische Mutter, den das Zwillingsmädchen in der Zukunft drehen würde.

***

Die Mutter ist wach, macht sich mit ihrer Wunde vertraut. Was habe ich nur getan, dass mir das passieren musste, sagt sie, während die ältere Tochter aufblickt, das hier, sagt die Mutter, als müsste sie es erklären, mir alles abnehmen, ob das eine Strafe ist?, fragt sie sich, ihre Stimme belegt von Zweifel. Im Handrücken eine Nadel, das regelmäßig tropfende Serum. Du hast so viel getan, seufzt die Tochter, ohne den Blick von den Gravitationswellen zu wenden, die sie gerade auf dem Bildschirm berechnet. Aber nicht alles war schlimm, fügt sie hinzu, schließt den Computer und blickt auf den Fuß, der unter der Decke hervorsieht. Ein Zehennagel wächst in die Mutter hinein.

Selbstverständlich war es keine göttliche Strafe, dachte sie und benutzte das lapidare Selbstverständlich der Mutter und den trockenen Tonfall des Vaters. Die Leute starben wie Fliegen am Krebs. Mit jedem Jahrzehnt verdoppelte sich die Anzahl der Kranken, und das kam, da war sie sich sicher, von der erhöhten Strahlung in der Atmosphäre.

***

Eine Bibel auf dem Nachttisch der Mutter. Ohne zu fragen, hatte die Tochter sie mit in ihr Zimmer genommen und aufgeschlagen: Der verstaubte Geruch rief Erinnerungen herbei, die nicht die ihren sein konnten, doch in ihrem Kopf wie eigene auftauchten. Spät am Winterabend war die Mutter gekommen, um das Licht bei ihr auszuschalten, und als sie sie hinter dem Umschlag der vermissten Bibel sah, hatte sie sich gefreut, dass die Tochter darin las. Die ganze Bibel war ein medizinischer Traktat.

Aus ihren Seiten erfuhr sie von der Absonderung der Kranken, die unter diesen Geschwülsten litten, *tief weißlich rau*, der Lepra. Und sie las das Wort Pest und das Wort Fluch. Und sie las, dass die Nacktheit zwischen nahen Verwandten verboten sei, und doch hatte sie die Zwillinge nackicht gesehen und mit einem Handtuch abgetrocknet. Sünde. Sie hatte die Cousine auf den Mund geküsst, damit sie ihre Keime aufschnappte, und auch ihre Freundin in den verzweifelten Zeiten. Sie hatte nackt mit ihrem Vater geduscht. Und ihr Vater hatte mit dieser entfernten Cousine gesündigt, sie geheiratet und seine ersten beiden Kinder mit ihr gezeugt. Diese Mutter, die sie geboren hatte, war somit zugleich ihre verfluchenswerte Tante, und der reuelose Vater würde mit Blitzen gepeitscht werden, aber wann, wann gepeitscht, fragte sie sich, wann würde Jehova sie windelweich schlagen, wann würde er sie alle mit seinem Schwefel versengen?

***

Und was hatte es wohl zu bedeuten, dass am Anfang nur das Wort war und das Wort zu Fleisch wurde? Sie legte den medizinischen Traktat der Mutter unters Bett und gab ihn nie wieder zurück.

***

Übelkeit und Erbrechen wecken eine Befürchtung. Sie machte die Urinprobe, doch entgegen ihrer Angst zeigte sich nur ein Strich: negativ. In der Nacht träumte sie, sie trete in einen Fahrstuhl voller Leute, die rosa Pompons schwenkten, sobald sie den Mund aufmachte. Sobald sie den Kopf bewegte. Sie wusste, wie man nur in Träumen weiß, dass diese Pompons ihre Schwangerschaft anzeigten. Sie ging wieder zur Apotheke und auf die Toilette, urinierte auf das Stäbchen, das in zwei roten Strichlinien positiv ergab.

Ein Arzt, der kleiner war als sie, bestätigte das Resultat, indem er ihr einen blassen Embryo auf dem Bildschirm zeigte. Er war *Samenkorn Bohne ferner Planet*, im Dunkel treibend, umgeben von weißem Gestrüpp. An den Rand ihrer Gebärmutter geschmiegt sah sie ihn und wollte sich die Augen ausreißen. Das Gesicht ausreißen. Ausreißen.

***

Im Altertum waren manche überzeugt gewesen, die Gebärmutter sei ein wanderndes Organ, dessen unvorhersehbare Umlaufbahnen unerträgliche Schmerzen und Wahnsinnsanfälle bewirkten. Sie verstanden jedoch nicht, warum eine Gebärmutter sich während der Schwangerschaft an einem bestimmten Ort niederließ.

* * *

Den Arzt des *verirrten Asteroiden Samenkorns* hatte sie schon von fern gesehen, als er ihre Freundin unter gleichen Umständen begleitet hatte. Der Arzt wechselte jedes Jahr die Praxis. Zog um, immer häufiger, denn seine Tätigkeit war verboten.

Es war ein Herbst mit chronischem Regen. Es schüttete aus Kübeln, und die Freundin kam nicht. Die Krankenschwestern löschten die Lichter, bis keines mehr leuchtete, nicht einmal das im überschwemmten Garten, in den sie sie hinausstießen. Dort solle sie warten, im Dunkeln, während die mürrischen Krankenschwestern zu ihrem Leben zurückkehrten.

Es regnete wie in der Bibel, dachte sie und verwarf sofort diesen mütterlichen Gedanken.

* * *

Ihr Vater löschte immer die Lichter im Haus, um keinen Strom zu verschwenden. So viel gelbliches Licht sei nicht nötig, so viel weißes Licht, das den Tagesrhythmus der Spezies durcheinanderbringe. 70 % der Säugetiere führten eine rein nächtliche Existenz. Doch sie war keines dieser

Säugetiere, nicht in dieser schwarzen, nassen Nacht, in der sie wartete, dass ihre Freundin sie abholte.

***

Porträt eines Photons, das unteilbare Lichtteilchen. Wie berechnete man wohl die Photonen in der bestirnten Milchstraße, dachte sie, aber man sah keinen einzigen Stern an diesem Himmel voller Wasser.

***

Die Freundin nahm ihre Hand und führte sie durch Straßen, die so dicht mit Blättern bedeckt waren, dass man die überlaufenden Gullys nicht mehr sah. Sie öffnete einen Schirm, den der Wind gleich umschlug, zerbrach, in die Nacht fortriss, und die Freundin verfluchte das Unwetter, das ihr den Schirm geraubt hatte. Sie öffnete die Tür, klappte die andere in sich zusammen und steckte sie ins Auto, in ihre Wohnung, in ihre trockenen Kleider, in ihr eigenes Bett. Sie injizierte ihr Antibiotika, man wisse ja nicht, unter welchen Bedingungen dieser Arzt operiere. Legte sich neben sie. Streichelte ihr Ohr, bis die andere einschlief.

Seither hatte sie nicht mehr an diesen bitteren Unwetterabend gedacht.

***

Der Körper lügt nicht, aber vielleicht stimmte das nicht. Was nicht log, war das Bild. Doch auch das war nicht wahr: Der Krebs der Mutter, nicht aufgespürt von den Strahlen, war der schlagende Beweis. Und die Chemotherapie durchdrang sie, weil diese Zellen fruchtbar, fleißig und unsichtbar waren und nach dem Organ suchten, in dem sie sich vervielfachen konnten.

Zurück im Land der Gegenwart ruft sie die Mutter nach jeder Chemositzung an. Die durchgiftete Mutter erinnert sich nicht an diese Anrufe oder erinnert sich nicht an das, was sie der Tochter gesagt hat. Sie wiederholt jedes Mal dieselbe Geschichte.

Sie erzählt ihr, jedes Mal, unter ihrem Brustbein stecke ein Schlauch, damit all das Gift, das man ihr noch verabreichen werde, nicht die Adern an den Armen zum Platzen bringe.

Wenn mir jemand sagt, er bekommt eine Chemotherapie, empfinde ich gewaltige Traurigkeit, sagt die Mutter, jedes Mal.

***

Jeder kann vergessen und sich dann wieder erinnern, aber die Tochter besitzt ein Gedächtnis, das alles gleich löscht: Fehler 410.

***

Und sie hört nicht auf zu fragen, woran genau sie da schreibt. Ich weiß, es ist kein Roman, sagt die Mutter zögernd, von Verwirrung gepackt. Nein, es ist kein Roman, ich bin keine Schriftstellerin, bestätigt die Tochter ungeduldig, es ist eine Dissertation. Eine Dissertation, wiederholt die Mutter. Es gibt keine Handlung, fährt die Tochter fort, nur Löcher, und ich weiß nicht, wann ich fertig werde, denn ich habe noch nicht angefangen. Ich wähle gerade erst das Thema, und ihre Stimme schwankte verlegen in der Leitung. Vielleicht wird es ein Kapitel über Strahlung geben, und sie weiß, dass sie lügt, doch sie betont: radioaktive, vielleicht klingt dieses Wort im benebelten Gehirn der Mutter nach und bleibt hängen. Ich weiß nicht, ob ich das lesen will, entgegnet sie und versinkt wieder in ihrer chemischen Siesta. Jedes Mal.

***

Der Erstgeborene war damals bereits ausgezogen, doch die anderen drei erinnerten sich an die Rattenplage, der nur die Mutter beigekommen war. Die Mutter, die in ihren Laborjahren mit kleinen Ratten gearbeitet hatte, so weiß, dass es in den Augen schmerzte. Sie steckte sie sich in die Tasche und ließ sie zu ihrer Schulter hinaufklettern, und die Großmutter fiel fast in Ohnmacht, wenn sie die roten Rattenaugen sah, die Schnauze, die aus der Tasche der Tochter lugte.

Diese Ratten waren das Rohmaterial aller Laborexperimente, denn ihre Gene stimmten zu 90 % mit den menschlichen überein. Und es gab so viele davon, niemand kannte die genaue Zahl. Manche schätzten, dass es auf der Welt durchschnittlich vier Ratten pro Kopf gab, doch die schwarze Legende der Stadt besagte: acht, neun Ratten pro Einwohner. Gewiss war nur, ein Weibchen konnte bis zu zweitausend Junge pro Jahr gebären.

Ihr Haus der Vergangenheit hatte Ratten in sagenhaften Mengen beherbergt.

Aberhundert kurze Beinchen, die den Dachboden in Höchstgeschwindigkeit durchquerten: Sie brachten alle um den Schlaf. Wie waren sie auszurotten, diese Frage stellten sich die drei beim Frühstück, bevor sie mit Augenringen in die Schule gingen. Wenn sie eine im Klo fanden und sie hinunterspülten, verschwand die Ratte in den Rohrleitungen und schwamm wieder zurück. Wenn sie eine vom Dach kickten, zerplatzte sie nicht. Und ein beliebiges Gift würde auch nicht helfen, sagte die Mutter und schob ein Stückchen Brot von einer Backe in die andere. Die sind listig, sagte sie beim Schlucken, sie schicken die Schwächste, Älteste und Hinfälligste, die soll vorkosten, was ich ihnen hinlege, dann warten sie ein paar Tage, um zu sehen, ob ihr Bote überlebt. Wenn ja, dann stürzen sich die anderen auf die Reste.

Der Gestank nach verfaulten Eiern kündete von einem Nagetier, für die anderen geopfert, die entsetzt durch die Küchenritzen verschwanden und Dreck und Schrecken hinterließen.

Die Mutter fand schließlich einen Rattentöter mit Spätzündung, der sie zu täuschen vermochte; eine Zeit lang ließ das frenetische Hin und Her von *Schwänzen Klauen schnellen Vierfüßlern* auf dem Dachboden nach, und der Gestank nahm zu.

In den Gassen ihres Landes, in Stadien und Häusern – nicht bei ihnen oder bei jemandem, den sie kannte – herrschte eine andere übel riechende Luft. Die Freundin, die in den Jahren der Vergangenheit wie sie ein knielanges blaues Schulkleid und eine zerschlissene Krawatte trug und mit ihr am selben Holzpult saß, hatte ihr von menschlichen

Kadavern erzählt, die auf den Gehwegen zurückgelassen wurden und die niemand aufzuheben wagte.

Man hatte sie als Ratten abgestempelt, diese Toten.

Doch lebendige Ratten steckte man den gefangenen Frauen in *Schoß Vagina Schreie*, bevor man sie ermordete.

***

Ein unfehlbares, da unwiderstehliches Gift. Eines mit sexueller Anziehungskraft, verkündete die Mutter, ohne ins Detail zu gehen. Sie stieg die Leiter hinauf, öffnete die Dachbodenluke, schob graue Kügelchen hinein und wusch dann mit Seife und reichlich Wasser den Geruch von den Händen, der die Ratten erregte, die bis zum Morgengrauen umherliefen, besessen von einem orgastischen Tod.

Die Ratten oben erlagen der Mutter unten und hinterließen dafür diesen entsetzlichen Geruch. Was für ein Gestank, rief die Señora aus, als sie mit einem Zwilling an jeder Hand ins Haus kam und sie losließ, um sich die Nase zuzuhalten. Nein, nein, sagte die Mutter, als sie sah, wie die beiden Kleinen sich am Arm nahmen und hinten im Haus verschwanden. Es riecht nach gar nichts, sagte sie. Sie rauchte, die Mutter, um einen Geruch mit dem anderen zu überdecken, verteilte die Asche der dritten Zigarette und einen Rauch, den die Señora verfluchte. Es kann nicht stinken, versicherte sie, denn der Witz bei dem Gift ist, dass es sie mumifiziert, murmelte sie mit einer Stimme, die nicht ihre zu sein schien, sondern die des Rauchs, der sie umgab. Es trocknet sie aus, zu nichts als Haut und Knochen.

Nekrose war das Wort, das dieses perfekte Ende beschrieb. Nicht übel, so zu sterben, murmelte der Vater. Niemand wird sie aufessen wollen. Wir dagegen sind Fraß der Würmer.

Der Vater hatte bestimmt, man solle ihn einäschern, wenn seine graue Substanz schwarz werde. Dann bleibe er im Haus, seine Gegenwart zu Staub in einer Urne geworden, und vielleicht könne die Tochter die väterliche Asche sieben und Fragmente seiner Fingernägel retten.

***

Die versengende Strahlentherapie füllte ihr den Mund mit wunden Stellen und verbrannte ihr die Haut. So lange war es noch nicht her, dass man Sünderinnen auf dem Scheiterhaufen verkohlen ließ, um ihre Seelen zu retten, und nun setzte man sie der Strahlentherapie aus, um ihren Körper zu retten. Der strahlende Scheiterhaufen verbrannte sie weiterhin bei lebendigem Leib oder sorgte für einen langsamen Tod, der sich erst Jahrzehnte später zeigen würde.

***

Das Haar fällt ihr mit einem Mal aus, in der Dusche, ein faseriges Wasser verstopft den Abfluss, wirbelt um den Shampooschaum und die Tränen der Mutter.

Die Señora hört ihr Jammern und geht ins Badezimmer, ohne anzuklopfen, hat Mitleid mit der schluchzenden Chefin, die ihre abgestoßenen Haare betrachtet. Entsetzt. Untröstlich. Sogar ihrer Brauen entblößt, und triefend klammert sich die Mutter an die Señora, die sie nie akzeptiert hat, und streichelt ihr den Haarschopf, *dick fest verwurzelt schwarz blaue Nacht*, wie der, den sie eben verloren hat.

Sie hatte schon bei ihnen gearbeitet, bevor die Mutter aufgetaucht war, und hielt fest an ihrer schwankenden Loyalität, als besäße die Mutter eine Anziehungskraft, der sich die Señora, trotz ihrer Wut, nicht entziehen konnte.

Die Señora hatte dieses tiefschwarze Haar aufgesammelt und in den Müll geworfen. Und es wieder herausgeholt, abgewaschen und getrocknet, denn die Tochter, die sie sonst nie anrief, hatte angerufen und sie darum gebeten. Es wird zu stinken anfangen, betonte die Señora, die nicht begreifen konnte, was sie damit wollte, sie, die nicht einmal die Tochter der Mutter war. Oder willst du es für eine Perücke verkaufen? Darauf wollte die Tochter nicht antworten, denn sie wusste, was die Señora wie üblich mit ihrer verschnupften Stimme sagen würde. Schmutzfink.

Sie bat sie, es in Zeitungspapier gewickelt aufzubewahren, bis sie in die Vergangenheit zurückkehre, und fügte mit dünner Stimme hinzu, ich bitte dich, frag nicht weiter.

***

Der Zwillingsjunge hatte erzählt, er habe sie einmal am Telefon mit aufgesetzter oder übergestülpter Perücke über dem nachwachsenden Haar gesehen, ein wenig schief, etwas stimmte nicht, und er musterte sie weiter, bis die nasale Stimme ihm sagte, dass es die Señora war, als krebskranke Mutter verkleidet, die mit dem Spiegel flirtete.

***

Deine Tanten, die gestorben sind, bevor sie alt wurden, die hatten eine dichte Körperbehaarung und sind ihr mit einer Kerze zu Leibe gerückt. Sie fuhren mit einer langen Flamme über die Haut, ganz rasch, um sich nicht zu verbrennen, die Haare kräuselten sich, die Asche fiel zu Boden. Dann sammelte die Nichte sie zusammen mit dem getrockneten Wachs auf, für künftige Experimente.

Ihre Klassenkameradinnen epilierten sich mit Wachs. Unter den Achseln oder zwischen den Beinen rasierte man sich besser nicht, denn dann wuchs das Haar noch fester und länger nach. Um das zu überprüfen, verabschiedete sie sich von ihren Wimpern. Sie beschnitt sie immer wieder mit der Schere und tat sie alle in ein Gefäß, sah sie sich eingehend an, fast ein Nichts. Sie hatte nicht damit gerechnet, dass ihr wegen der fehlenden Wimpern Staub ins Auge kommen würde. Dass Stummel am Lidrand zurückblieben und jedes Mal, wenn sie sich die Augen rieb, über die Hornhaut kratzten.

Sie wuchsen nach, noch länger. Und sie sollte sich nachts beim Studieren schwere Lider holen. Denn für sie war die Nacht nur eine elektrische Erweiterung des Tages. Sie hatte die Nacht zu ihrer Angelegenheit gemacht.

***

Sie weiß nicht mehr, wie alt sie damals gewesen war, als sie sich von der Mutter entfernt und in einem Kaufhaus verirrt hatte, voller *Frauen Jacken Schals Spindeln*. Sie sah sie in der Ferne, von hinten, lief zu ihr und nahm sie bei der

Hand, hielt sich fest an ihren lauen Fingern, spürte ihre langen Fingernägel, ihren Ring. Hintergrundmusik. Ihr großer blauer Wollmantel und ihre Frisur, steif gesprayt. All dieses rabenschwarze Haar drehte sich um und zeigte ihr das befremdete Gesicht einer Frau, die nicht ihre Mutter war. Was für ein seltsames kleines Mädchen, dachte die Unbekannte, als sie ihr nachsah, wie sie sich in der Menge verlor.

***

Die Formulare, die sie in den Praxen des Landes der Gegenwart ausfüllte, wiesen sie auf Lebenszeit als Mitglied eines krebsanfälligen Geschlechts aus. Heftiger Krebs des Dickdarms, der Bauspeicheldrüsen, Melanome in ihrem Stammbaum.

Die Patentante, schwanger mit dem eigenen Tod, bekam die Hose nicht zugeknöpft. Versunken in ihre Zigarette, stieß sie den Rauch mit einem letzten Rest Husten aus, betrachtete ihren Blähbauch und rief, sie geht nicht zu, und dabei bin ich spindeldürr. Die eingefallenen Brüste der Patentante, die klapprigen Rippen, die verwüsteten Wangen und dieser trügerische Schwangerenbauch. Sie hatte eine günstige Diagnose erhalten, doch die Patentante lächelte, neigte den Kopf zur Seite und kniff die Augen zusammen, als wollte sie sie auf jeden Einzelnen scharf stellen und alle wissen lassen, dass sie begriff, sie würde sterben.

Man hatte sie erbarmungslos belogen.

Eine deiner Brüste schaut hervor, hatte sie zu ihrer Patentante gesagt. Sie schliefen im selben Zimmer, und die

Patentochter hatte von ihrem Bett aus gesehen, dass ihr das Babydoll verrutscht war. Auf der Brust richtete sich steil ein Nippel auf, winzig wie eine Warze. Ist bloß Haut, runzlige Haut und ein paar wilde Haare, bemerkte die Patentante und zwinkerte ihr zu, bevor sie die Augen wieder ihrem Buch zuwandte.

Die Patentante las im Bett, rauchte im Bett, stieß den Rauch durch die Nase aus und ließ die Asche auf den Boden fallen. Die Patentante, die als kleines Mädchen die Palme vor der Schule in Brand gesetzt hatte, um zu sehen, wie sie loderte, wie schnell die Flamme sich um die Rinde herum emporwand. Die Patentante, die sich mit einer brennenden Kerze über die Beine fuhr. Der brenzlige Geruch tränkte die Luft um die Patentante, die verlangte, am Tag ihres Todes eingeäschert zu werden.

***

Und ihre andere Tante hatte mehr Jahre gelebt, als vorhergesagt, indem sie sich Behandlungen unterzog, die am Ende den reproduktiven Eifer der Zellen doch nicht hatten eindämmen können.

Der Vater, der seine große Schwester untersuchte, frühzeitig gealtert. Sie lag bewusstlos da, angeschlossen an ein Beatmungsgerät, das ihren Tod hinausschob. Erstarrter Speichel in den Mundwinkeln. Der Kopf nach vorn gekippt zu den auf der Bettdecke abgelegten Händen, als wäre sie betend eingeschlafen. Der Vater schob den Kopf zurück, bewegte ihn auf die eine, auf die andere Seite. Öffnete die Lider und leuchtete mit einem Lämpchen in die Pupillen, die sich noch zusammenzogen. Er griff mit den Fingerkuppen an die Innenseite ihres Handgelenks und zählte auf seiner Armbanduhr die Sekunden, bevor er den Arm mit dem entflohenen Puls fallen ließ.

Der ewige Hausarzt: ein General, versteinert durch die stetigen Verluste seiner Truppe. Und obwohl er kein Herz mehr hatte, hielten dessen Schläge ihn am Leben. Diese 300 Gramm Muskel reichten aus, sie alle sterben zu sehen.

Warum schaltet man die Apparate nicht ab?, fragte die Tochter und hasste das künstliche Leben, das diese Maschine gab, die für ihre Tante atmete. Das leise Zischen der Brust war ihre einzige Bewegung. Und dieses Herz, das auf sein Pochen bestand, oft den Bruchteil einer Sekunde zögerte, einen Schlag aussetzte, und dann kam doch noch einer. Diese Schläge waren das Einzige, was sie vom endgültigen Tod trennte, aber das Sterben war so schwer. Man müsse der Tante etwas anderes verabreichen als das regelmäßige Tropfen des Morphiums, ihr helfen. Diese Entscheidung kann ich nicht treffen, murmelte der Vater. Es ist illegal in diesem Land, beim Sterben zu assistieren, auch wenn es dir nicht gefällt. Sie zuckte mit den Schultern und dachte, dass ihre Tante bereits tot war.

Wem gehörte dieser Körper, der nicht mehr ihre Tante war? Ihrem Ehemann, der in zermürbender Traurigkeit versank und an einer plötzlichen Krebserkrankung starb, kaum ein paar Monate nach seiner Frau.

***

Sie fragt sich, mit welcher Wahrscheinlichkeit eine heimliche Zelle wieder in einem anderen mütterlichen Organ zum Vorschein kommen wird.

***

Die Mutter wird ihr erzählen, wie es ist, eine Perücke auszusuchen, die ihrem Haar gleicht, mit der Perücke zu Bett zu gehen, mit ihr zu duschen, wie es der Vater auf Reisen mit den getragenen Hemden tat. Er wäscht sie am Leib, seift sie ein, als wäre es die eigene Haut.

Sie hat das Gefühl für die künftige Zeit verloren, in der sie einen Schrank öffnen und auf die Perücke der Mutter stoßen wird, auf einem weißen Styroporkopf ohne Gesicht. Die Zeit, in der sie das mütterliche Gesicht eingehend studieren wird, die Hälften dieses Gesichts, umrahmt von ihrem schwarzen Haar, getragen von ihrem winzigen Körper. Sie wird sich in dem offenen und in dem schwerlidrigen Auge der Mutter betrachten, in dem Lächeln dieser Mutter, die auf dem verblichenen Foto ihr jetziges Alter hat, und sie wird denken, dass sie zwar nicht ihre Tochter ist, aber die gleiche Asymmetrie aufweist.

sternenstaub

(zwischen den zeiten)

Er war *groß dürr zerbrechlich*. Zerbrechlich wie die Mutter, die er verloren hatte.

So oft war er zerbrochen. Als wäre er nicht schon gebrochen gewesen. Zertrümmert.

So viele Knochen hatte er sich gebrochen, dass die anderen nicht mehr mitzählen konnten oder das Zählen einfach aufgegeben hatten. Saltos auf Rollschuhen, Fahrradunfälle. Der Kopfsprung ins Meer, dessen Flut sich bereits zurückgezogen hatte. Knochenrisse beim langen Training für die Marathons, die der Erstgeborene jedes Jahr lief, trotz der schmerzenden Knochen.

Weil er einen Hügel hinabgerollt war. Weil er sich das Schlüsselbein zersplittert hatte.

* * *

Knochenporträt. Lebendes Gewebe bestehend aus *Calcium Kreide Phosphat Sternenstaub*, Gestalt geworden auf den Röntgenbildern. Dieses gräuliche Gewebe verhärtet sich mit den Jahren, stirbt immer mehr ab, wird zerbrechlich wie eine Eierschale, darinnen das Eiweiß des Marks.

***

Die Batterie war leer. Das Auto des Vaters war ein altes, schweres, lautes Modell, und sein Sohn war leicht und leise. Und sie war schwach und schob doch nach Kräften an der Seite des Vaters, während der Erstgeborene sich ans offene Fenster auf der Fahrerseite stellte und das Lenkrad bediente. Die Auffahrt wurde zwischen den Bäumen enger, dort war ein Gefälle im Kies, der halbwüchsige Bruder konnte nicht gegensteuern: Der Wagen, der bereits an Fahrt aufgenommen hatte, kam von seinem Weg ab und auf ihn zu. Auf den Hüftknochen. Das Knirschen des Beckens, als das Auto seinen Körper gegen den Stamm drückte und der Bruder zu Boden ging.

Der letzte entdeckte Knochen war der, der die beiden Beckenhälften verband. Es war der unbenannte Knochen: *Os innominatum*. Der Vater erinnerte sich nicht, dass ihm jemand den Ursprung dieses Namens erklärt hätte, der sich selbst verneinte, konnte ihr nur sagen, dass er aufs Altertum zurückging. Nach *Os ilium ischii acetabulum sacrum* war ihnen wohl die Puste ausgegangen, denn Scham- und Steißbein blieben unbezeichnet. Der Vater fuhr mit dem Finger über den Anatomieatlas und zeigte ihr den exakten Sitz dieses Nachkömmlings, den der Erstgeborene sich gebrochen hatte.

In diesem Knochen: *Nägel Nieten Implantate.*

***

Wenn man alles zusammengezählt hätte, wäre klar geworden, dass es unabhängig von *Kollisionen Zusammenstößen*

Stürzen von schwankenden Leitern eine erdrückende Anzahl war. Die Mutter trennte die Brüche von den Unfällen, die sie hervorgerufen hatten, um den Sachverhalt zu untersuchen. Ein linkes Handgelenk, am rechten Arm Speiche und Elle. Ein offener Bruch des Ellbogens, den man mit Schrauben füllen musste. Eine Rippe, die ihm ein Kumpel beim Training eingedrückt hatte, als er ihn mit einem Ruck von seinen Rückenschmerzen befreien wollte, wonach er wochenlang kaum atmen konnte. Und das Schlüsselbein beim Stürzen. Ein Knöchel, der zertrümmerte Finger, den sich der Erstgeborene in der Tür eingeklemmt und nicht einmal verbunden hatte. Die vier Mittelfußknochen am Spann. Das Fersenbein. Der Nagel in der Hüfte. Monatelang in einem Bett dahinvegetiert, mit eingegipstem Oberkörper. Zweimal denselben Meniskus gebrochen.

Und selbstverständlich die Schneidezähne, vermerkte die Mutter, ebenfalls aus Knochen. Ausgeschlagen, als er vor seiner eigenen Bosheit davongelaufen war und einen Blick zurückgeworfen hatte. Er hatte dem Stoß entfliehen wollen, den er seiner Schwester versetzt hatte, dem Schneidezahn, den sie dabei samt Wurzel verlor, hatte sich am Ende jedoch selbst den gleichen Schneidezahn und den daneben ausgebrochen. Er hatte sich nicht mit den Händen abfangen können. Gott straft nicht mit dem Stock, sagte die Mutter, als sie ihn eingeholt hatte. Er lag auf dem Boden, blutete heftig aus dem Mund, wandte jedoch den Kopf und warf ihr ein zahnloses Lächeln zu. Sein Rabenblick flog zur Schulter der Stiefmutter, dann zur Schwester, die hinter ihr herkam und sich mit beiden Händen den Mund zuhielt. Der Groll, mit dem er damals die beiden anfunkelte.

Er hat seine Strafe weg, sagte sich die Mutter. Sie war erleichtert, dass sie ihn nicht ohrfeigen musste.

Die Schwester legte sich den Zahn auf den Handteller. Betrachtete ihn befremdet: So oft hatte sie ihn im Spiegel gesehen, als Schneidezahn in ihrem Mund, verankert im Zahnfleisch, doch auf ihrer Hand wirkte er fremd. Sie spuckte noch etwas Blut und steckte die Fingerspitze in die Lücke.

Unter all den schiefen Zähnen der Schwester sollte der falsche der einzig gerade im Kiefer sein. Ihr bester Zahn, der nicht ihr eigener war.

***

Sie hatte ihren Schneidezahn in einem Schächtelchen aufbewahrt, das später bei einem Umzug verloren gegangen war. Oder vielleicht hatte die Mutter Schächtelchen und Zähne verschwinden lassen wie so viele andere Erinnerungen.

***

Der berühmte Pathologe eines eisigen Landes im Norden hatte erkannt, dass Knochen nicht nur wuchsen, sondern sich auch dehnen ließen. Der Pathologe zersägte *Oberschenkelknochen Schienbeine Hochgefühle* und achtete darauf, keine Nerven zu zertrennen, zerteilte sie Millimeter für Millimeter, spannte sie in ein Metallgestell eigener Konstruktion. Mittelalterlichen Folterinstrumenten nachempfunden, mit Drähten, die durch *Hornhaut Muskeln Jaulen Schrauben* gingen; und er wartete, bis der Knochen den freien Raum ausfüllte und sich zu einem längeren dehnte. Die Zähne dagegen wuchsen weder nach noch wurden sie länger.

Aber die Mutter hatte sie korrigiert, manche Zähne wüchsen schon. Die von Ratten verlängerten sich bis zu zwölf Zentimeter pro Jahr, die zwölf Zentimeter, die sie sich abschliffen, wenn sie an *Ziegeln Leitungen harten Eiern Beton* nagten.

***

Die Mutter brachte es nie ganz fertig, ihn zu lieben, und hörte nicht auf, ihn zu beobachten, denn insgeheim fürchtete sie ihn. Der Erstgeborene war von seinem Training zurückgekehrt und attackierte gerade wütend ein rohes Huhn, streute noch etwas mehr grobes Salz darauf. Sein muskulöser Arm stützte sich auf die Luft.

Der Verdacht auf eine Anomalie. Und wenn er es absichtlich tat? Sich Knochen brechen?, entgegnete der Vater, erstaunt von der perversen Spekulationsgabe seiner Frau. Um Aufmerksamkeit zu erregen? So viele gebrochene Knochen konnten nicht normal sein, beharrte die Mutter, die ständig auf der Straße ausrutschte und auf Treppen, mit Verstauchungen, Schmerzen, aber ohne Brüche, die, schwanger mit den Zwillingen, im Regen hingefallen, mit all ihrem Gewicht vor der Haustür gestürzt war, sich die Knie aufgeschlagen hatte. Nicht einen Bruch wies ihr Skelett auf. Ihr einziges Knochenleiden war der Ballenzeh links.

Doch der Vater wies die Theorien seiner Frau zurück. Nirgendwo zu brechen, das sei die Ausnahme, er wolle nicht mehr von ihr hören, dass der Erstgeborene ein Problem habe, ob in Knochen oder Geist.

Hör auf damit, beharrte er, und das war sein letztes Wort. Ich werde dich kein zweites Mal drum bitten.

Darüber zu schweigen, sollte sie nicht davon abbringen, sich weiterhin Gedanken über das Knochenrätsel des Erstgeborenen zu machen. Sie runzelte die Stirn, kniff die Augen zusammen und fragte sich, ob diese brüchigen Knochen von den gekreuzten Genen des Vaters und der entfernten Cousine kamen, der leiblichen Mutter und zugleich Tante seiner älteren Kinder. Solche Kreuzungen stifteten Unordnung. Geistesschwäche. Übellaunigkeit. Gewalt. Die genetische Zerbrechlichkeit der Knochen.

Genetisch vorbelastet, lautete das Urteil der Mutter, als die ältere Tochter ihr von dem Jungen erzählte, der mit ihr ausgehen wollte. Während sie eine Steckdose auseinandernahm und drei Kupferdrähte bloßlegte, verwarf ihn die Mutter, ohne aufzublicken.

***

Im Gedächtnis der Tochter schimmerten die kleinen Zwillinge auf, die gemeinsam einen alten Trafo aussteckten, Sekunden später sah sie, wie sie Hand in Hand den Strom von einem zum andern wandern ließen.

***

Mit Ausnahme des Zahns hatte die Tochter keine Erfahrung mit gebrochenen Knochen. Sie begriff nicht, was sie sich am Fuß getan hatte, als sie eines Morgens in der Stadt der Gegenwart auf dem Eis ausgerutscht war. Dieses Zusammenfahren beim Auftreten, nachdem sie wieder hochgekommen war, dieses Hinken. Der langsame Weg zur Arztpraxis, wo man sie aufforderte, sich auf einen metallenen Tisch zu legen, und eine Bleidecke über sie breitete. Sie versteckte die Hände darunter, um sie vor der Strahlung zu schützen. Das machen sie alle, sagte die Assistentin spöttisch, nahm ihre Hände und legte sie seitlich daneben. Wichtig ist, die Weichteile zu schützen.

Sie musste zugeben, dass die Assistentin, das Gesicht von Akne zerfressen, recht hatte. Sogar sie wusste das. Und sie wusste, dass Leute früher dem sinnlichen Zauber der eigenen und fremden Knochen verfallen waren: sie klar umrissen, hell leuchtend, von Haut befreit zu sehen. Wer sich Röntgenbilder leisten konnte, ließ sich welche anfertigen, verschenkte, tauschte sie, hängte sie sich zu Hause auf. Die Folgen dieser Praxis ahnten sie nicht, die reich gewordenen Porträtisten des Inneren zogen sich Verbrennungen zu und starben an Krebs. Oder sie verloren nur ihr Fotografenauge und die Hände. Das mit den Händen betonte sie und zwinkerte der Assistentin zu.

Du weißt viel über Strahlung, bemerkte die Strahlenexpertin. Nicht genug, entgegnete sie und blickte auf ihre Finger, die nicht mehr schrieben.

* * *

Man ging davon aus, alle taten das, vor allem der Vater, nur der Bruder war vielleicht skeptisch, dass sie in der Stadt der Gegenwart blieb, um ihren Doktor zu machen, der sie im Land der Vergangenheit in die Zukunft katapultieren würde.

Gerade habe ich an dich gedacht, hast du mir ein Zeichen geschickt?, log sie, als sie seine Stimme hörte, durch die Entfernung gedämpft. Der Erstgeborene umging diese Frage mit einer knappen Ankündigung: Er komme sie nächste Woche besuchen. Sie wusste, er kam nicht wegen ihr, sondern zu einem Marathon über *Straßen Einbahnbrücken dunkle Tunnel Löcher*, angezeigt in allen Sprachen des Planeten. Ob sie eine Matratze habe, worauf er seine Knochen betten könne, für zwei Nächte? So lange du willst, sagte sie und fürchtete, dass diese Begegnung den Groll neu entfachen würde, den sie schon immer füreinander empfunden hatten. Und obwohl ihre Unschlüssigkeit sie erschreckte, richtete sie ihrem Bruder in ihrem WG-Zimmer ein schmales Gästebett her und stellte es neben das ihre.

Und sie holte ihn am Flughafen ab, empfing ihn mit einer unverhofften Umarmung, die der Bruder steif entgegennahm. Sie war sich nicht sicher, was danach kommen, wie sie mit diesem Bruder der Gegenwart sprechen würde, mit dem sie in der Vergangenheit nicht genügend gesprochen hatte. Ihr Bruder hatte sich nur mit Fäusten und Schlägen an sie gewandt.

Zusammen, zu zweit, beim *Essen Schlafen Schnarchen Losprusten*, waren sie nie gewesen.

Sie hatten sich als Paralleluniversen in Richtung Zukunft bewegt.

***

Sie konnte sich nur noch erinnern, wie sie manchmal um Mitternacht aufgewacht war, die Lösung einer Gleichung im Kopf, die sie am Tag nicht hatte finden können. 24, dachte sie, oder 56, während sie im Nebenzimmer den Erstgeborenen hörte, der sich im Bett wälzte oder mit den Zähnen knirschte. Dann war sie nicht allein.

***

Ihm Familienanekdoten erzählen, die dem Erstgeborenen während seiner Zeit im Süden entgangen waren, von den ausgetrockneten Ratten unter dem Dach, nur um ihm nicht sagen zu müssen, dass sein Fortgang eine Erleichterung gewesen war.

Ihr erzählen, dass seine Studienjahre im Süden die schlimmsten seines Lebens gewesen waren. Der Vater wollte, dass er fortging, hatte ihm aber keinen Peso mitgegeben, trotz der Bedenken der Mutter, die zwar unter diesem schwierigen Sohn litt, es jedoch vorgezogen hätte, dass er blieb oder Unterhalt bezog. Spröde, wie der Junge war, würde er keine Freunde finden und womöglich aus Verzweiflung zu Drogen greifen, aber der Vater hatte gesagt, das sei nicht sein Problem, vielleicht tue es ihm gut, nicht auf Hilfe zählen zu können, und als die Mutter zu weinen anfing, sagte er, das sei der Sohn nicht wert und er habe kein Geld, ihn in einer anderen Stadt durchzufüttern. Ich weiß, das stimmte nicht, sagte der Bruder, irgendwo muss er jede Menge Geld haben, das Geld, das meine Mama ihm hinterlassen hat, sagte er, aber ich habe nie einen Centavo von dieser Erbschaft gesehen, sagte er, hat er dir etwas davon gegeben?, und er warf ihr einen bösartigen Blick zu, dem sie nicht standhielt, und sie senkte die Augen, damit er ihre Scham nicht sah, dir hat er schon Geld gegeben, als du hergezogen bist, oder?, doch sie schüttelte den Kopf und murmelte, den Blick immer noch zu Boden gewandt, sie habe ein Stipendium erhalten.

Damals, sagte der Bruder, habe ich immer draußen im Laternenlicht gelernt, damit ich keinen Strom verbrauchte. Gegen den Pfosten gelehnt, schlief er ein, bis ihm das Buch aus der Hand fiel und ihn aufweckte. Er fror viel, aß wenig, fast immer Brötchen mit Spiegelei. Einmal hatte der Erstgeborene Öl erhitzt, sich umgedreht, um das letzte Ei aus der Schachtel zu holen, und eine Maus war in die Pfanne mit dem siedenden Öl gesprungen. Sie kreischte auf dem Feuer, krümmte sich, dampfte vor den Augen des Erstgeborenen, der zusah, ohne sich zu rühren. Die kleinen Augen. Der Schwanz, der über den Rand hing, und das Öl, das immer noch in der Pfanne prasselte. Schließlich stellte er die Flamme aus, drehte sich um und aß das Ei roh.

Die Pfanne beförderte er nachher in den Mülleimer, am Griff gepackt, samt knuspriger Maus, bereits erkaltet.

***

Hatte die Mutter nicht gesagt, Nagetiere seien schlau?, seine Stimme gereizt, sein Blick anklagend. Die Schwester rief ihm in Erinnerung, dass es in jeder Spezies Selbstmörder gab.

***

Und gemeinsam erinnerten sie sich, wie die Schwester in die Küche gekommen war, als er der Mutter gerade eine nässende Wunde am Knie zeigte. Die Mutter hatte ausgerufen, das kann ja Eiter werden. Endlich konnte sie einmal die Aussprache der Mutter verbessern. Das heißt nicht eiter, sondern heiter, Mama, hatte sie ihr gesagt und ihre sieben Jahre alte Stimme schulmeisterlich klingen lassen. Das kann ja heiter werden.

Ihr Leben war eine Reihe von 400er Fehlern, nicht mehr zu reparieren.

* * *

Sie stellte ihm ihre Mitbewohnerin in der WG vor, die sie ein Jahr später verlassen würde. Sie war groß und so dünn, dass sie sich den BH mit Socken polsterte, und lächelte nie, doch eben darum, weil auch er nicht zu lächeln verstand, interessierte sich ihr Bruder vielleicht für ihre knochige Mitbewohnerin. Die ihre Lippen zu einer geraden Linie presste, unermüdlich in den Computer hämmerte und sich den Kopf unter den Rastazöpfen mit ebensolcher Wut kratzte. Die kratzt sich noch blutig, bemerkte der Erstgeborene und vermied es die beiden Tage, ihr die Hand zu geben oder sich im Wohnzimmersessel zurückzulehnen. Er wollte nicht ihre Läuse erwischen.

* * *

Während der kurzen Tage seines Besuchs in der Gegenwart wollte sie ihm ein Schauspiel bieten, das er in der Stadt der Vergangenheit nicht zu Gesicht bekommen würde. Sie fuhren mit der U-Bahn zur fernen Kuriositätenschau, und da war immer noch dieser Schlangenmensch, groß und dünn wie ihr Bruder, die gleichen Arme, die gleichen dürren Schenkel, doch das Gesicht leer und die Strähnen so steif von Gel, dass sie in entgegengesetzte Richtungen zu fliehen schienen, der Schwerkraft zum Trotz. Der Schlangenmensch bog sich nach hinten, dehnte sich und umschlang seine Beine, glitt dann am anderen Ende aus dem Knoten seines Körpers und nahm wieder menschliche Gestalt an. Er konnte sich um einen Stuhl winden und durch einen Kleiderbügel schlängeln. Er legte den Handteller auf ein Glas, drückte mit dem Ellbogen die ganze Hand hinein, die Finger nach oben gebogen. Sie beobachtete die Reaktion des Erstgeborenen, suchte bei ihm *Erstaunen Ekel verirrte Verschworenheit*, doch ihr Bruder hatte derlei schon in seinem Kinesiologie-Unterricht studiert, und der Schlangenmensch ließ ihn kalt. Für ihn waren nur die Sportler von Bedeutung, die unter Muskelversteifung und -rissen litten, unter Entzündungen oder Verstauchungen, hervorgerufen von Knorpelverschleiß oder Schürfwunden. Nicht diese extravaganten Dehnungen des Bindegewebes.

Der Vater prophezeite, der Schlangenmensch werde jung sterben. Er ist zu jung zum Sterben, entgegnete sie, frustriert und verstört von der Wende, die ihr Vater dem Telefongespräch gegeben hatte, das sie nach der Abreise des Erstgeborenen führten. Woran wird er sterben? Der Schlangenmensch sei kein Artist, sagte der Vater, sondern ein Kranker. Ihm fehle der Kitt, der *Organe Nerven Atome Nähmaschinen* zusammenhalte. Eher früher als später werde sein Herz reißen.

Das war die Spezialität des Vaters: künftige Todesurkunden ausstellen.

***

Jährlich starben von tausend Personen nur 1,9 an einer Erkrankung des Bindegewebes, des Skeletts oder der Muskeln, während 17,7 an einer Erkrankung des Nervensystems starben. An Erkrankungen des Verdauungssystems fast 42, der Atemwege 53,5, des Kreislaufs 398,8. Man wusste, woran sie sterben würden, aber nicht, wo.

***

Geschichte des Aussterbens. Das Sonnensystem würde nach circa fünf Milliarden Jahren Menschheit erlöschen, falls die Schwerkraft die Planeten nicht früher aus ihren Bahnen riss und kollidieren ließ. Die Erde würde mit Merkur oder Mars kollidieren und zu einem gewaltigen roten Riesen werden, auf dem niemand überleben konnte. Das mag unwahrscheinlich sein, aber nicht unmöglich, erklärte sie ihrem Bruder, um ihm zu beweisen, dass sie die Logik des Universums verstand.

***

Nie hätte ich mir träumen lassen, dass du eine Doktorarbeit schreiben willst, du als alte Legasthenikerin, sagt der Erstgeborene. Ich war nie Legasthenikerin, verteidigt sie sich, du hast mich immer gepiesackt, angegriffen, zum Stottern gebracht, und ich war ein wenig versponnen, aber die Sterne haben mich immer interessiert. Der Erstgeborene verhehlt seine Rivalität mit der Schwester und sagt, stimmt, aber das reicht nicht für einen Doktortitel, ich kann mir nicht vorstellen, dass du eine Doktorarbeit schreibst. Da ist er kategorisch. Auch sie kann sich nicht vorstellen, ihre Doktorarbeit zu beenden, würde sich jedoch am Stuhl festbinden, wenn nötig. Und wie geht die Arbeit voran? Der Erstgeborene bleibt hartnäckig. Dein Vater redet ständig von deiner Doktorarbeit, die kein Mensch versteht. Doch niemand hatte sie bisher dieser Frage, diesem Verhör ausgesetzt. Auch nicht ihr Vater, der fraglos eingewilligt hatte, ihr seine Ersparnisse zu geben. Sie beißt sich auf die Lippe, während ihr Bruder sagt, noch im Schlaf spricht er von deinem Doktortitel, als hinge sein Leben davon ab.

***

Sie schob ihm den Topf hin, der von Nudeln überquoll, die er am Abend vor dem Marathon essen musste. Er aß langsam, als kostete er jede Bandnudel einzeln, bis er einen gedehnten Seufzer ausstieß, und ihr wurde bewusst, dass in ein paar Stunden der Startschuss fallen und sie sehen würde, wie er losrannte, sich durch die Läufer schlängelte, ohne zu winken, ohne sich umzudrehen, ohne sich an sie zu erinnern. Sie stellte sich seinen schleudernden Kopf vor, der aus der Gruppe ragte, das wirre Haar vom Wind zerzaust, die gedruckte Nummer vor der Brust. Nach wem kam er, so groß und schlüpfrig, dachte sie und dachte auch an die Leere, die ihr Bruder bei ihr hinterlassen würde, nachdem er sich in der Menge verloren hatte.

Wind erhob sich, *Zirrus Kumulus atmosphärische Schwankungen*. Der Fluss, schwarz vor Öl, durchfurcht von Wanderratten. Und inmitten des Lärms von Schritten, Laufschuhen und Schuhbändern, die den Asphalt peitschten, von Keuchen und lautem Gellen und Klatschen sollte sie wieder das Echo seiner Frage hören.

Hast du es vergessen?

Wie sollte sie die Strafen des älteren Bruders vergessen, beim geringsten Anlass. Das Beinstellen. Den Schneidezahn, auf ewig verloren. Die *Kopfnüsse Stöße Schläge unter die Gürtellinie*, die blauen Flecke an Stellen ihres Körpers, die der Vater nicht sehen konnte.

Sie ließ sich von ihrem Bruder schlagen, als könnte jeder Schlag eine frühere Wunde heilen.

***

Da schlief er auf dem Gästebett und leistete ihr Gesellschaft mit seinem Schnarchen.

Dem analogen, sterblichen Körper ihres Bruders leistete ein anderer, digitaler Körper Gesellschaft, der ihn doch nicht erlösen konnte. Er hatte sich in seine Handy-Apps geflüchtet. Eine maß seinen Atem und zeigte an, wie gut er geschlafen hatte, eine andere gab ihm die Route vor, zählte jeden Schritt und berechnete ihm sukzessive seine Zeiten, die Durchschnittstemperatur des Körpers, Pulsschläge, Blutdruck. Er stöpselte sich Kopfhörer ein, wenn er, abgetrennt von der Welt und sich selbst, seine Ausdauer trainierte, denn er vertraute nur den Apparaten. Sie wollte ihm eine versöhnliche Nachricht schicken, aber ihr Handy schrieb sie in einer falschen Sprache. *Ei hop ju sliep well, ei laffju.*

Das Handy tat eben das, was sie damals in der Vergangenheit getan hatte, wenn sie versuchte, Lieder zu singen, die in Sprachen anderer Planeten geschrieben zu sein schienen.

***

Hast du es vergessen?

Sie konnte hören, wie sich die Vergangenheit als Echo wiederholte. Sie hörte, wie ihr Bruder sie Mörderin oder Mamamörderin rief und sie nicht verstand, was er meinte oder warum der Vater ihm den Mund verbat. Warum der Erstgeborene dem Vater die Stirn bot und weiterhin diesen Pfeil von Mutter, Mord, Mörderin, Muttermörderin nach ihr warf. Warum der Vater damals die Beherrschung verlor, ihn am Ellbogen packte, ihm den Arm umdrehte und die Schulter ausrenkte, wonach er dieses eine Mal den Mund hielt.

Der Vater verlor ab und an die Beherrschung. Damals im Fahrstuhl, als er ihr fast den Arm abgerissen hatte.

In welchem Stock haben wir damals gewohnt?, fragt sie. Im sechsten, glaube ich, schreibt die Mutter, die sie nach einigen Monaten in der alten Wohnung, bereits mit den Zwillingen schwanger, allesamt dazu gezwungen hatte, in ein geräumiges Haus unter Bäumen zu ziehen, das sie als das ihre empfand. Die Wohnung hatte die Nummer 628, fügt der Vater hinzu, der nie vergessen würde, wo seine Cousine gelebt hatte, die bereits ferne, tote Ehefrau.

***

Immer noch träumt sie von Fahrstühlen. Einer ihrer wiederkehrenden Albträume: Der Mechanismus verklemmt sich, und von drinnen, tief drinnen, durch die durchsichtigen Türen, sieht sie, wie die Leute sich unterhalten oder

Musik über Kopfhörer hören, sie warten darauf, nach oben zu fahren, und sehen nicht, wie sie von innen gegen die Wände schlägt und um Hilfe ruft.

Andere Träume, gleiche Zeit. Der Traum vom Fahrstuhl, der weder hinauf- noch hinabfährt, sondern sich durch den hohlen Innenraum der Mauern bewegt, die Wohnung entlang, und seitlich am Gebäude hinausschießt. Das Aufwachen rettet sie vor dem Fall. Der Traum vom Fahrstuhl, der immer schneller nach oben fährt und das Dach des Wolkenkratzers durchbricht wie eine Raumkapsel, die die Schwerkraft überwindet. Der Traum, den Fahrstuhl nicht betreten zu können, weil ihn eine Frau verbarrikadiert, die quer in der Tür liegt, *massig nackt von Kot bedeckt*.

***

Ihre Freundin, die damals gerade ihr Praktikum in Psychiatrie machte, sagte, sie träume vielleicht von ihrer toten Mutter. Du lässt dir keine Gelegenheit entgehen, mich an sie zu erinnern, sagte sie, fasste in ihr Weinglas und spritzte ihr ins Gesicht. Genau wie mein Bruder, ein Albtraum.

***

Im Kreißsaal zu sterben war selten. Selbst während der Diktatur war dieser Tod ungewöhnlich. Die Frauen gebaren unter widrigeren Umständen, starben an anderer Gewalt.

Bei der Geburt sterbe eine von zwanzig Frauen, sagte die Mutter diskret, und die Tochter war überzeugt, dass sie aus ihrer Mutter eine Bestätigung der Statistik gemacht hatte.

***

Die Freundin versicherte ihr, wenn die Mutter starb, wurde das Neugeborene heimlich an eine andere Familie weitergegeben.

***

Der Vater war mit der neugeborenen Tochter in den Armen aus dem Krankenhaus zurückgekehrt. Er reichte sie der Señora, die sich den Mund mit den Händen zuhielt und mit den Armen dieses unterernährte Baby an die Brust presste.

Da blieb sie, wie ein Stöhnen, die Señora. Der Vater ging weiter zum Tisch, setzte sich, stützte die Ellbogen darauf und murmelte etwas zwischen den Zähnen, den Lippen, verstummte dann, als hätte er nun alles gesagt, was er seinem Sohn zu sagen hatte. Nie wieder erwähnte er sie, verbarg sie in den Falten von *Gehirn Eingeweiden Vergessen*.

Auch das konnte ihm der Sohn nie verzeihen. Die Abwesenheit seiner Mutter war ein Organ, das in seinem Körper unablässig Angst absonderte.

***

Die Señora war es, die ihm erklärte, warum seine Mama nicht aus dem Krankenhaus zurückgekommen war. Der Junge wollte nichts davon wissen und zugleich alles, doch die Kälte dieser Worte schnitt tief in ihn. Da wollte die Señora ihn trösten, aber der Junge war schnell und konnte ihrer Umarmung entgleiten.

Eine andere Frau zu umarmen, war eine Art der Untreue.

***

Fast neun war der Erstgeborene gewesen, als er die Mutter verlor, für ihn immer die einzige. Ihre Stellvertreterin hatte er ein wenig lieben gelernt, doch Mama sollte er sie niemals nennen.

Sie vorher lieben. Sie nachher lieben. Sie jetzt lieben und nie wieder, nicht in dieser Zeit. Denn diese Zeit war immer die falsche. Niemals die Zeit des Liebens.

***

Der Erstgeborene warf der Schwester vor, seine Mama bei der Geburt abgetrieben, diese andere Frau adoptiert zu haben. Doch diese andere Frau war mehr ihre Mutter als der Körper, der sie ausgetragen und in die Welt entlassen hatte.

***

Ihm jene Schläge in Erinnerung rufen, damals, in der Bar. Der Erstgeborene verschanzte sich hinter seinem Weinglas und seiner Zunge, schwer von Vergangenheit, so eine gemeine Ratte war ich? Er setzte ein schäbiges Lächeln auf, in dem sie den Groll sah, die Wut, die nie überwundene Eifersucht ihres Bruders. Und was für eine Ratte du warst, viele Ratten, gab sie zurück und hatte das Gefühl, dass ihre Stimme sich mit Gift füllte, denn es waren allzu viele Jahre gewesen, die ihr Bruder sich an ihr gerächt hatte. Doch Ratten lebten kaum länger als einundzwanzig Monate, wenn niemand sie vorher eliminierte, und ihr Bruder lebte immer noch.

War immer noch ein schwieriger Bruder, ein harter Knochen.

Er schien gelassen zu bleiben, doch sie bemerkte das leichte Flattern der Nasenflügel, ein Lidzucken, ein Aasgeier, der durch sein Bewusstsein flog.

* * *

Jahre später, immer wenn der Knochenexperte die Schuhsohle vor ihrem Gesicht hob, dachte sie an ihren Bruder, die Ratte. Sie nahm sich vor, ihn anzuzeigen, sobald er ihr etwas tun sollte, und begriff nicht, dass sie ihn auch ohne Schlag verlassen konnte.

Ihr Bruder hatte das Haus verlassen, das hatte sie gerettet.

* * *

Er sah nicht fern, das war sein Vorwand. Hätte er es getan, dann hätte er den Kanal gewechselt, damit er den Vater nicht sehen musste, der dem ganzen Land Aspirin empfahl. Die unerträgliche Selbstsicherheit des Vaters zu Hause, in der Praxis, im Fernsehen, mit der Aspirin-Schachtel in den Fingern.

Der Erstgeborene nahm nur Metamizol, wenn der Luftdruck sich änderte. Denn die Knochen taten ihm weh. Seine Knochen stützten Luftsäulen, die schwer wie Blei wogen, seine Knochen voller Mark. Nie würde er diese anderen Schmerzmittel nehmen, die das Blut verdünnten. Denn an Blutüberfluss war seine Mutter gestorben.

Er aß wenig und hastig, war vor seinen Geschwistern fertig, stand mit dem leeren Teller vom Tisch auf. Die Familie achtete nicht auf ihn, wie gebannt vor dem Schwarz-Weiß-Bildschirm, der Telenovelas brachte statt Nachrichten über die aktuellen Ereignisse. Er stellte seinen Teller in die Küche und verließ das Haus, ging durch das Gartentor, ließ es im Wind schlagen und rannte ohne Muskeldehnungen oder Aufwärmübungen los, die kilometerlangen Straßen entlang zum Park und den steilen Hang hinauf. Und wenn er nicht zu erschöpft war, schlüpfte er weiter hinauf, kletterte empor, die Hände in den Boden, an die dürren Bäume gekrallt, riss Rinde ab, Gestrüpp, Dornen, bis er oben auf dem Gipfel eine schlanke Marienstatue aus Gips erreichte, die Arme ausgebreitet, den Kopf geneigt, die wer weiß wem Vergebung gewährte. Er verachtete diese Farce der Güte und hinterließ Spucke auf dem Rand ihres Kleids, bevor er sich an den Abstieg machte, ließ den Wind seine Nadeln in sich rammen, bedeckt mit *Schlamm Flöhen Selbstmörderbienen* und mit Schrammen, ihr Bruder, von der Tarantel gestochen, bedeckt mit altem Schorf.

Ihr Bruder, abgerichtet vom Groll, trainierte für das Erwachsensein.

Er zerstörte sich die Knie, leierte sich die Gelenke aus. Immer kehrte er zum selben Haus zurück, zum selben Tisch mit demselben Schwarz-Weiß-Fernseher, den die anderen mit Fausthieben wieder zum Leben erweckten, und machte sich erneut auf seine Überschallflucht.

Ihr Bruder, die Ratte, die in ihrem Rad lief und glaubte, sie käme voran in ihrem Käfig.

Nur um nicht in diesem Wohnzimmer mit all den Verrätern und Fremden zu sitzen, die ihn zur Familie zählten, besorgte sich der Erstgeborene ein klappriges Fahrrad und irrte noch mehr Stunden durch die Stadt, und wenn das nicht reichte, radelte er bis zum See im Umland, wo er schwimmen lernen würde.

Gegen den Strom schwimmen, niemals mit ihm.

***

Alle versammelt, in Erwartung, dass der Vater auf dem Bildschirm erschien, eine Sternschnuppe. Ein Lächeln ging über das Gesicht der Tochter. Die Zwillinge mit ihren Löffeln voll Brei, der Mund offen, der Blick versunken. Die Mutter, die sagte, Kinder, schluckt runter, das Essen wird kalt.

Die falsche Mutter, die die Erinnerung an die eigene auslöschen wollte.

***

Der Junge hat Hummeln im Hintern, sagte die Mutter und später dann, als es mit den Brüchen losging, er habe Knochen aus Keramik. Ihr Porzellansohn, so nannte ihn die Mutter hinter dem Rücken des Vaters. Ihr Trümmersohn, und sie senkte die Stimme, damit der Erstgeborene sie nicht hörte, der es ohnehin nie mitbekommen würde, denn er war schon zu weit weg.

Mit jedem Tritt in die Pedale, mit jedem Schwimmzug, entroste er seine Gelenke, das sagte er, sagte entrosten oder auch, er schmiere sie.

Laufen, um die Mutter einzuholen, die ihn zurückgelassen hatte. Die Milchsäure führte zu Muskelverhärtungen. Er begriff, dass diese schmerzliche Substanz, das Laktat, sich auch in der Muttermilch befand.

***

Sie erwartete ihn am Ziel, und als sie sah, dass er ein Bein hinter sich herzog, forderte sie ihn auf, sich auf den Bordstein zu setzen, von wo sie die letzten Marathonläufer eintrudeln sahen, laufend, stolpernd, gehend. Er roch nach schweißgetränkter Erde und Zement, der Erstgeborene, roch nach Unbekanntem. Nach jemandem, der keinen mehr brauchte, der verzichten konnte.

Und doch musste er sich beim Hochkommen auf sie stützen. Der Luftdruck habe sich geändert, deshalb könne er nicht gehen. Sagte er. Red keinen Quatsch, murmelte sie, während sie ein Taxi anhielt.

***

Was er studieren wolle, Medizin? Der Erstgeborene ließ seine Gabel über dem Mangold-Auflauf schweben und entgegnete, er verabscheue diesen Beruf der Scharlatane. Die gäben allem einen Namen, was sie nicht heilen könnten. Und er warf einen Seitenblick auf seinen Vater, der stumm blieb, von diesem Satz gebeutelt. Der Vater vernichtet vom Sohn. Die Mutter schluckte den Brei hinunter, als hätte sie Erde im Mund. Niemand hat sie umgebracht. Niemand hat sie sterben lassen. Wann wirst du das begreifen? Jeder stirbt, wie er kann. Die Mutter wusste, dass das nicht stimmte, doch sie rammte zornige Augen in ihn und sah, wie das Gesicht des Sohns dunkel anlief über den ersten Barthaaren und unter den struppigen Brauen. Seine Schädelknochen bebten. Seine Brust hob und senkte sich, er hyperventilierte. Aufgeblasen von Sauerstoff. Er würde platzen. Er stützte die Handteller auf die Tischdecke, eins, zwei, eine halbe Sekunde, sprang auf, warf den Stuhl um und stürmte hinaus *rennend rennend rennend rennend rennend*, als flöhe er vor der Pest.

Dieses Haus beherbergte alles, was ihm nie gehören würde. Es wurde bewohnt von einer Hochstaplerin und seiner Schwester, der Verräterin, und den anderen Kindern, die bloß Halbgeschwister waren. Dieses Haus war nicht die kleine Wohnung im sechsten Stock, in der er seine einzige Mutter gehabt hatte.

***

In der Zeit fing er an, Extremsport zu treiben. Eine Zeit, in der er sich schließlich die restlichen Knochen brach. Eine Zeit, in der man um sein Leben fürchtete.

Jemand muss sterben, damit Sport zu einem Extremsport wird, bemerkte der Knochenexperte. Wenn dein Bruder gestorben wäre, dann nach seinem eigenen Gesetz. Sei still, fiel sie ihm ins Wort, siehst du nicht, dass man seinen Tod mir aufgeladen hätte?

***

Obwohl es schneit, zwitschern die Vögel aus voller Kehle. Obwohl es Nacht ist: Das weiße, glänzende Licht, vom Schnee zurückgeworfen, verwirrt sie, sie wissen nicht, wie spät es ist. Das sagt sie dem Erstgeborenen und nicht nur das. Auf dem Turm, den man nach dem Anschlag dort errichtet hatte, wo die vorigen Türme eingestürzt waren, zeigten mächtige Lichtsäulen in den Himmel, um den Weg der armen Seelen zu beleuchten. Diese Strahlen durchschnitten die Route der Zugvögel, und zu Tausenden verhedderten sie sich im Licht, schwirrten umher, *unter Drogen Halluzinogenen grellen Verhörlampen*, schlugen laut mit den Flügeln, außer Takt. Im Licht gefangen, stürzten sie schließlich im Morgengrauen aus der Luft herab.

Vögel mit Herzinfarkt, die auf dem Pflaster aufschlugen.

***

Hypothese über die Knochenschwiele. Sie hatte sich vorgestellt, dass sein Skelett von harten Narben bedeckt sein musste, doch der Knochenexperte erklärt ihr, diese Schwielen seien eine Art Schorf, der sich allmählich löse, wenn der Knochen seine Form zurückerlange. Deshalb könne man frühere Brüche nicht so leicht auf dem Röntgenbild erkennen. Doch wenn keine Spuren zurückblieben, warum schmerzten die Knochen dann? Ihr Bruder stöhnt vor Schmerz, wenn ein Gewitter naht, und ächzt, sobald die Sonne herauskommt. Er ist inzwischen ein Seismograph für kleinste Luftdruckschwankungen.

Wie geht's den Knochen?, fragte ihn der Knochenexperte immer, wenn sie ihren älteren Bruder anrief, jeden letzten Sonntag im Monat. Sie vergewisserte sich, dass der Knochenexperte zu Hause war, bestand darauf, dass er ihn kurz grüßte und sich nach seinem Knochensystem erkundigte. Ihr ewiger Versuch, den Bruch der Kindheit zu flicken.

***

Sie aßen gerade im Zentrum der vergangenen Stadt Empanadas, neben dem Museum, in dem jedes Jahr der Kongress für Menschenrechte stattfand, an dem der Knochenexperte teilnahm. Welches sind die schlimmsten Knochen, fragte ihn der Erstgeborene unvermittelt, während er eine Olive von ihrem Kern befreite. Er musste nicht nachdenken und verzögerte die Antwort nur, weil er einen Schluck Bier nahm. Die von Schwefelsäure zersetzten.

Darüber würde er an dem Nachmittag vortragen, nicht über *geprügelte gebrochene erstickte schlaflose Erde*, sondern über zerfressene, von der Säure für industriellen Gebrauch.

***

Erinnerst du dich an den dreckigen Bewässerungsgraben bei deiner Großmutter? Sie zog die Vorhänge auf. An die Feigen, die wir darin sauber oder eher schmutzig gemacht haben? Da haben wir unser Immunsystem gestärkt, antwortete die medikamentenschwere Stimme der Freundin, ihre zerklüftete Zunge, so viele Jahre später. Ihr sieches Gesicht, der Lippenstift verschmiert wie bei der Großmutter, die sie noch vor sich sah, mit dem Staub der Wege an den Wangen. Und als deine Großmutter uns erwischt hat, wie wir mitten in der Diktatur Eier geworfen haben, weißt du noch?

Es war wichtig, dass die Freundin sich an diese Zeiten erinnerte und andere vergaß.

Aber vielleicht war es besser, sie jetzt nicht an den Lärchenstamm zu erinnern, an dem die Freundin ihr das mit den Baumringen erklärt hatte, durch die man das Alter des Baums errechnen konnte. In den Ringen könne man lesen, was während seines Wachstums für Veränderungen auf der Erde vor sich gegangen seien, hatte sie mit ihrer hohen Mädchenstimme gesagt. Die Dürrezeiten, die Jahre mit zu viel Sonne. Sie hatte ihren Finger auf den Ring gelegt, der der Rinde am nächsten war. Hier sind meine Eltern verschwunden, sagte sie ernst und schwieg, ihr Fingernagel auf der Linie. Das, fügte sie herausfordernd hinzu, zeichnen deine Sterne nicht auf. Es nutzt nichts, sie zu benennen. Darauf hatte sie keine Antwort gewusst, aber als sie sie jetzt versunken im Sessel vor sich sah, ihre inzwischen noch längeren Finger, die abgemagerte Hand, von Adern durchzogen, wollte sie sie vor der Diktatur retten, die zurückkehrte, um sie zu zerstören, wollte ihre Kleidung ausschütteln, die Jalousien hochziehen, die Scheibe mit ihrem Ärmelbund blank reiben, wollte auf die Sterne deuten, die sie gemeinsam betrachtet und bestaunt hatten. Denn tatsächlich waren manche Sterne bereits erloschen, ihr Licht nichts weiter als eine Halluzination. Sie hätte ihr sagen wollen, sie solle sich damit abfinden, dass ihre Eltern der Vergangenheit angehörten und sie beide nun einer anderen Zeit und dass auch sie nicht da sein würden, wenn jemand sie von der Zukunft aus betrachtete, im Glauben, sie wären noch da. Sie würden ein Trugbild sein. Aber das würde die Neuronen ihrer Freundin nicht beruhigen, die im Krisenmodus funkten.

Sie erholte sich von einem völlig aus der Zeit gefallenen Nervenzusammenbruch.

Man hatte ihr eben die Knochen übergeben, hatte sie eben gefunden.

***

Jeden Freitag kam die Cousine zu ihr und schlief in ihrem Bett, und sie selbst, die nicht mehr das Wort an sie richtete, seit sie sie aus den Wellen gerettet hatte, sie nicht mehr sehen wollte und ihren Badeanzug, ihre Gläschen mit Sand und Muscheln im Schrank ganz nach hinten geräumt hatte, sie ging zum Übernachten in den bestirnten Hof ihrer Freundin.

***

Die Cousine und der Erstgeborene schnallten sich die vier Räder an die Turnschuhe und überquerten die Straßen auf Rollschuhen ohne Bremsen. Beide rasten das steil abfallende Pflaster hinab. Beide rollten Hand in Hand hangabwärts, die Arme ausgebreitet, sie waren algorithmische Vögel, die an diesem Samstag in die Höhe flogen, doch dann sichteten sie die Erde, die Steine am Ende des Abhangs, über die ganze Straßenbreite. Im Lehm verteilt sahen sie spitze Kiesel, doch bei diesem Tempo war ein Anhalten unmöglich.

Sie lag auf der Straße, schluckte Staub und spuckte den Namen ihres Cousins aus, wagte aber nicht, sich umzublicken und zu sehen, in welchem Zustand er war. Langsam stand sie auf, spürte, dass der Arm sich in einem merkwürdigen Winkel verdreht hatte, und als sie genauer hinsah, bemerkte sie durch den Riss im Ärmel einen Stein, der sich dort eingestanzt hatte. Sie wollte ihn herausziehen, schaffte es jedoch nicht, weil es kein Stein war, sondern die Spitze eines gebrochenen Knochens, *dorsale Speiche Elle*, der die Haut durchstoßen hatte.

Seine eigenen Knochen nicht erkennen.

Gebrochen war nur die Speiche, der Radius. Der Erstgeborene dachte an die Speichen seines Fahrrads, an *verrenkte Achsen Gänge platte Reifen*, an die Unmöglichkeit einer Flucht. Die Schwester dachte, als sie ihren Vater den verletzten Arm beschreiben hörte, an die Radialgeschwindigkeit der Sterne.

***

Der Arm der Cousine wurde mit Platten und Scheiben bestückt, man nähte, gipste sie. Doch der Gips war zu eng, und ihre Hand wurde taub. Diese hochmütige Cousine, die immer an Fingernägeln und Häutchen knabberte, biss zu, bis Blut hervorkam, riss den Schorf ab, ohne es zu spüren, und machte weiter so, bis sie auf etwas sehr Hartes an der Fingerspitze biss.

Porträt eines amputierten Knochens, von dem nichts mehr zu sagen übrig blieb.

***

Manche litten unter Störungen des Nervensystems, die die Schmerzempfindlichkeit blockierten. Als wären sie Blinde oder Taube des Tastsinns, schnitten oder verbrannten sie sich und hielten erst inne, wenn sie den Schaden sahen oder rochen. Diese Leute starben jung, erklärte ihr Vater. Für etwas war der Schmerz schließlich gut.

Jung sterben, murmelte der Vater oft, der bereits alt war und immer noch lebte. Jung war seine erste Frau gestorben.

Seltsam war, dass der Erstgeborene so viele Todeswerkzeuge umgangen hatte. Schalter und lose Kabel. Fenster und ihre Balkone. Allzu klare Scheiben. Teppiche, auf denen die Füße ins Rutschen gerieten. Treppen und Stufen. Gürtel um den Hals. Stricke. Luftschlangen. Messer, Löffel, Zahnstocher, in die Kehle versenkt. Zahnbürsten, in die Halsschlagader gerammt. Irrläufer. Geladene Pistolen. Granatsplitter. Feuer. Erstickenden Rauch. Geruchloses Gas. Plastiktüten über dem Kopf und Kopfkissen auf dem Mund. Reinigungsprodukte, allzu begeistert beschnüffelt. Gift. Insektizide. Winkelspinnen. Giftschlangen. Tollwütige Hunde. Von der Erde erschütterte Mauern und morsche Gesimse, die unversehens herabfallen. Äste, die unversehens abbrechen. Flugzeuge, die abstürzen, unversehens. Entgleisende Züge. Glatteis. Nasses Pflaster, enge Kurven, Straßen ohne Seitenstreifen und riesige wie winzige Autos. Lastwagen ohne Licht, mitten im Nebel stehen geblieben. Flitzende Fahrräder in Gegenrichtung. Bodenschwellen. Zebrastreifen. Vorfahrtsschilder. Unbeachtete Stoppschilder. Rote Ampeln oder gelbe. Wilde Wellen. Überlaufende oder leere Swimmingpools. Schadhafte Gene. Keime aller Art, die ihr Unwesen trieben. Schlaftabletten. Überdosen. Allergien. Anfälle von Asthma oder Traurigkeit.

***

Die Cousine bildete sich weiß Gott was ein auf all das an den Arm geschraubte Eisen und wusste nicht, wie viel Titan der Erstgeborene mit sich trug.

***

Der Vater schimpfte mit ihm, weil er das Leben der Cousine aufs Spiel gesetzt hatte. Was er sich dabei gedacht habe. Ebendas, was du dir bei meiner Mama gedacht hast, entgegnete der älteste Sohn, verschanzt in seinem Gipspanzer.

Vater und Sohn knackten schweigend mit den Fingern. Was sie sich mit Worten hätten sagen können, sagten sie sich im Knochen-Code.

Irgendwann in der Zukunft würden sie bis ins Mark der Sache vorstoßen.

***

Der Tag löste sich bereits auf über dem Strand, als der Erstgeborene ein paar raue Felsen erklomm, in prekärem Gleichgewicht aufeinandergetürmt, um ins Meer zu springen. Unten wüteten die hohen, klaren Wellen, fast ohne Schaum, doch die Flut ließ schon nach, die Wellen wichen zurück, und es schien, als wäre das Wasser zusammengeschnurrt, der Ozean ausgetrocknet und kaum mehr als eine Einöde aus steinigem Sand und Mollusken, die am Boden klebten, aus Algen, Fischen, *flittrig flatternd schnappend ihre Bronchien voll Salz*, und Seesternen, toten wie lebenden, die heimlich durch dieses Nichts krochen, wo der Erstgeborene sich nach einem Salto in der Luft und einem Strecken im Wind, dann versteinert vor Furcht, beinahe den Kopf eingeschlagen hätte.

Der Strandwächter sah ihn von Weitem, dann von Nahem, hautnah, kam angerannt, die Fersen Sand schleudernd, aber da hatte schon jemand den Notarzt gerufen. Sie legten ihn auf den Strand und fragten ihn nach seinem Namen, an den er sich nur mühsam erinnerte.

Es war Sommer und die Zeit der Ausgangssperren, und der Vater, der lange nichts mehr von dem Sohn gehört hatte, erhielt viele Kilometer entfernt einen dringenden Anruf und sagte, ja, ja, das ist mein ältester Sohn, senkte die Stimme fast bis zur Unhörbarkeit, wo ist er, wohin haben Sie ihn gebracht, und ohne zu fragen, ob er am Leben sei, griff er nach dem Autoschlüssel und sagte, los, schnell, zieh dir was über, und die Mutter schlüpfte in eine Wolljacke voller Fusseln, der ein Knopf fehlte, und sie rasten in Richtung Küste. Auf der Fahrt stellten sie einander keine einzige Frage oder vielleicht nur eine sehr kurze, SHT?, nur drei Buchstaben und ein Fragezeichen, denn mehr gab es nicht zu sagen, SHT, doch nicht einfach ein SHT, sondern ein gedecktes SHT, wie zugedeckt von dieser fast schon dunklen Nacht, bald würde man die Landstraßen nicht mehr ohne Risiko befahren können. Der Vater dachte weder an Uhrzeit noch an Ausgangssperre, sondern an dieses gedeckte Trauma, der Kopf geschwollen, innerlich blutend, und er beschleunigte zwischen den Anhöhen und Abhängen und in den immer engeren Kurven, ohne *Mond Lichter schwarzes Loch*, ohne Gegenverkehr, erst recht ohne Menschen. Sie sahen bloß den Köter, der vom Seitenstreifen auf die Straße sprang, sie mit roten Augen anstarrte und sich vom Fernlicht bannen ließ, vor dem dumpfen Aufprall, der ihn tötete. Denn der Vater war ihm nicht ausgewichen, hatte nicht gebremst, sondern über dem Kadaver noch beschleunigt, entschlossen, nicht in den Rückspiegel zu blicken.

Als er das Krankenhaus erreichte, den Motor abschaltete, ausstieg und die steifen Rückenmuskeln dehnte, hörte er seine Frau sagen, die Stoßstange sei bei dem Aufprall abgefallen. Dafür war sie gedacht, entgegnete der Vater, ohne sich umzudrehen, hastig unterwegs in Richtung Notaufnahme.

***

Die Narben der Cousine schlossen sich nicht in gerader Linie, sondern wurden immer breiter und bildeten Wülste. Man zog ihr einen elastischen Ärmling mit Metallplättchen über, der die dicken Narben platt drücken sollte, doch sie verschwanden nie.

Keloide waren schon im Altertum beschrieben worden, doch erst in der Moderne hatte man ihnen diesen Namen gegeben, der etwas Karzinoides an sich hatte, ähnlich den Kankroiden, die jedoch etwas ganz anderes waren als die Keloide. Denn die waren weder Krebs noch ein Tumor, obwohl die Wulst auf die frenetische Vervielfältigung der Zellen zurückzuführen war. Die Cousine war schon immer anfällig dafür gewesen: Ihre *Fasern Haut Schorf Schrecken* quollen über die Grenzen der ursprünglichen Wunde hinaus.

Die Cousine war nicht der Ansicht, dass alle Wunden vernarben mussten oder alle Narben hässlich waren, so wulstig, faltig und hart sie auch aussahen. Ihre wandelte sie in etwas Reizvolles um. Wenn sie den Ärmel hochkrempelte, wollten die anderen wissen, wie das passiert sei, und dann erklärte die Cousine ganz gelassen, ihre Mutter habe ihr ein Messer hineingerammt. Oder ein Papierdrachen habe sie mitgerissen und sei mit ihr in einer Fensterfront gelandet. Oder ein tollwütiger Hund habe sie gebissen, man habe ihn erschießen müssen, damit er sie loslasse. Einmal sagte sie, sie sei von Haien in ebendem Meer angegriffen worden, in dem sie einmal tatsächlich fast ertrunken war.

* * *

Der Knochenexperte erzählte dem Erstgeborenen, was sein Zahnarzt ihm gesagt hatte. Da er weiß, dass ich mich mit der Identifizierung von Knochen beschäftige, hat er mir dieses Rätsel aufgegeben: Wie erkennt man, ob jemand beim Sturz von einem Gebäude lebendig oder tot ist? Mund auflassen, hat er befohlen, während er mir mit dem Daumen die Krone ins Zahnfleisch gedrückt hat, seine Hand bis zur Kehle in meinem Mund, und ich, fuhr der Knochenexperte fort, habe weniger an den Körper gedacht, der lebendig oder tot hinabstürzt, sondern an diese verhasste Angewohnheit, Fragen zu stellen, auf die man nicht antworten kann. Der Zahnarzt hat eine dramatische Pause eingelegt, als wüsste ich die Antwort nicht, sagte der Knochenexperte, während der Erstgeborene die Lippen verzog, einen Finger ausstreckte und ein Fragezeichen in die Luft malte. Und der Knochenexperte versicherte, jeder Gerichtsmediziner könne diese Frage beantworten. Wenn die Handgelenke gebrochen sind, war die Person am Leben. Wir alle fangen uns beim Fallen mit den Händen ab, instinktiv. Nur nicht, wenn wir tot sind.

Der Erstgeborene lächelte, nicht vollends überzeugt. Er fing sich nie mit den Händen ab, sondern mit den Ellbogen. Jahre zuvor hatte man ihm einen mit *Platten Nägeln Stacheldraht* verstärkt, aus rostfreiem Stahl.

***

Bei dem Sturz mit der Cousine hatte sich der Erstgeborene den Ellbogen ausgerenkt und die Schulter gebrochen. Und trotz Verbot ging er joggen, mit seinem Gipspanzer auf dem Buckel.

***

Porträt des Ellbogens. Instrumentelles Gelenk. Armschnarnier. Schlaffhäutige Verbindung. Am ganzen Hautkostüm die runzligste Ecke, die älteste, von Stürzen tätowiert. Seine Eigenart bestand darin, dass er sich nach hinten bog, während die anderen Gelenke am Körper nach vorn wiesen.

***

Die Menschen denken, weil sie Hände haben, versicherten die Dichter im Altertum. In nicht so ferner Zeit kamen andere Denker zu dem Schluss, die Männer, nicht die Frauen, bewegten sich nur, weil sie etwas benötigten. Das war die Umschreibung eines Ausspruchs, den sie von ihrem Vater gehört hatte: Die Not schafft das Organ.

Die Zwillinge wollten nicht laufen, sich nicht aufrichten, zeigten nicht die geringste Begeisterung fürs Krabbeln; tagein, tagaus lagen sie auf dem Rücken und sahen sich aufmerksam ihre Füße an, die kinematische Vervielfältigung der Finger. Besorgt bat die Mutter den Neurologen in ihrem Krankenhaus, sie zu untersuchen. Die sind bloß faul, befand ihr Kollege, nahm die Hornbrille ab und fuhr sich mit der Hand durchs graue Haar. Bring sie auf Trab.

Zum Krabbeln, Aufrichten und Loslaufen brachte sie schließlich der Erstgeborene. Er bot ihnen als Belohnung Süßigkeiten an.

***

Der Erstgeborene sagte zum Knochenexperten, er könne nachempfinden, was die Angehörigen der Verschwundenen fühlten, denn er habe einen ähnlichen Verlust erlitten. Aber du weißt doch, was mit dem Körper deiner Mutter passiert ist, du weißt, wo sie begraben liegt, kannst sie besuchen, entgegnete der Knochenexperte, ehe ihm einfiel, dass sie nie erwähnt hatte, wo ihre Mutter begraben lag, dass es vielleicht keiner von beiden wusste. Der Erstgeborene war erbleicht.

Dünn und spröde wie ein Draht stieg er auf sein Fahrrad und beschleunigte, wich von seiner Route ins Zentrum ab und wandte sich zum Friedhof. Jahre hatte er auf seiner Route verloren, und jetzt ging er mit hastigen Schritten vorbei an jahrhundertealten Grabstätten, Mausoleen und Grabnischen, hier und da verziert mit Strohblumen, Immortellen, bis er an einer Biegung das Grab fand, in dem seine Mutter lag. Der in den Stein gemeißelte vollständige

Name verstörte ihn, die beiden Daten, die die ungenügende Zahl von Jahren zeigten, die sie vollendet, das Alter, das sie nicht erreicht hatte. Er überschlug die Jahre, die seine Mutter schon unter der Grabplatte ganz allein verweste, die *Jahrhunderte Würmer Winterwinde*, die sich mitsamt der Mutter erhoben, ihre Zellen vermischt mit dem Unrat der Stadt. Und woher kamen all die weißen Chrysanthemen, die ihren Duft unter den betäubenden Geruch des Friedhofs mischten. Es waren so viele, und sie sahen so frisch aus. Er fuhr sich mit der Hand durchs Haar, strich es nach hinten. In der Ferne sprengte ein Gärtner mit hochgekrempelten Hosen und Leinenschuhen Nelkenbüschel. Lilien, Narden und Unkraut, eingewachsen in Granitgrabsteine. Er trat näher, ohne zu grüßen, ohne ihm ins Gesicht zu blicken, ließ seine Knöchel knacken, einen nach dem anderen, bis er sich überwand, mit Grabesstimme zu fragen, ob der Herr wisse, wer die Blumen da in den Glasvasen hinterlassen habe, die beim dritten Stein rechts. Der alte Mann zählte zurück bis zu dem Stein und nickte, ja, natürlich, die Dame, als wüsste der Frager, wer diese Dame war, die seine Mutter besuchen kam. Der Friedhofsgärtner spreizte unter Beschwerden seine von der Sonne rissigen Hände und beschrieb mit ihnen eine kleine, schlanke Frau, die jedes Mal der Luft ihr süßliches Parfüm einprägte. Wohl eine Schwester der Verstorbenen, sagte der Alte, ohne den Schlauch loszulassen, und fügte hinzu, sie komme jeden Monat, schlüpfe aus ihren hochhackigen Schuhen und knie sich aufs Grab, um ihre Chrysanthemen oder dornenlosen Rosen zu arrangieren, riesige Sträuße, immer weiß. Sie bekreuzige sich und bete eine Weile. Er hob die von den Wettern gezeichneten Augen mit den tiefen Krähenfüßen, senkte die Stimme und vertraute ihm an, dass die Frau vor einiger Zeit ein paar Besuche ausgelassen habe. Die Arme war sehr krank, sagte er und zeigte auf seinen Kopf, jetzt trägt sie eine Perücke. Eine Seele von Mensch, die Dame, murmelte er nachdenklich oder träumerisch, immer noch den steifen Finger an der Stirn. Sie gibt mir jedes Mal ein Trinkgeld, weil ich mich um ihre Verstorbene kümmere.

Die Dame, wiederholt sich der Erstgeborene benommen. Er sitzt auf dem Fahrrad, die steifen Hände am Lenker, die Knochen bedeckt von *Muskeln Sehnen Handschuhen Leid*. Die Dame. Die Absätze. Die Münzen. Die Perücke. Der Erstgeborene erreicht eine rote Ampel, hält jedoch nicht, sondern beschleunigt zwischen den Autos und verflucht sich, weil er begreift, dass seine Mutter all die Jahre nur von der Mutter besucht worden war.

***

Tagelang hatte er den feinen Geruch welker Blumen in der Nase, das Bienensummen in den Ohren, in den Augen die rissigen Hände des Friedhofsgärtners. Diese Hände, die er kaum spreizen konnte. Er hätte ihm sagen sollen, dass man anderswo das Gift der Bienen auf die steifen Gelenke schmierte und das Wachs auf die rissige Haut, doch es hatte ihm die Sprache verschlagen.

***

Die Bienen hätten viele Augen, sagten die kleinen Zwillinge, als der Erstgeborene sie von der Schule abholte. Sie haben zwei große Augen und sechs kleine, haspelte der eine, die andere legte drei Finger an ihre Schläfen, Augen, drei hier, und sie umkreisten ihn, summten um ihn herum, sagten, er sei eine Blume, und krümmten sich vor Lachen.

***

Sein Gesicht war das der leiblichen Mutter, aber das wussten nur die engsten Angehörigen, der Vater und die Señora, und keiner von ihnen sprach es aus. Und die Mutter, die später kam, hatte nach und nach die Porträts verschwinden lassen, auf denen die erste Frau allein posierte oder mit dem Mann, den sie als Witwer zurücklassen würde. Es blieb kein Bild von der Mutter mit ihrem Sohn an der Hand oder im Arm, lächelnd. Kein einziges. Der Erstgeborene brachte es nicht über sich, sie zu fragen, was sie mit den Fotos getan hatte.

Mit rauerer Stimme denn je schwor die Señora dem Erstgeborenen, die Mutter habe andere Fotos darübergeschoben, in dieselben Rahmen. Schnappschüsse von den drallen Zwillingen auf ihrem Schoß, von der Schwester im Teenageralter mit einem unleserlichen Zeugnis in der Hand, von dem Erstgeborenen, den Blick auf die Fliesen geheftet. Aber seine Mama sei noch dahinter, habe sie groß werden sehen, habe durch die Löcher fremder Augen geblickt. Die Señora verrunzelte sich in einem übertriebenen Lächeln, und der Erstgeborene fragte, ob sie ihn für dumm verkaufe. Er hatte die Rahmen bereits auseinandergenommen, und seine Mutter war nicht da. Die Señora presste die Lippen zusammen, nickte und ging in ihr Zimmer, zu ihren Schubladen, einer Schuhschachtel, aus der sie das einzige Foto für ihn holte, das sie hatte retten können.

Er sah sich eingehend das Profil der toten Mutter an. Den hohen Haarknoten, damals modern. Den Reif, der an ihrem Ohr baumelte. Er fuhr mit dem Finger über die gebogene Nase, die ihn männlicher machte und seine Mutter wirklicher.

***

Der Erstgeborene war früh eingeschlafen, denn für den Marathon musste er früh aufstehen, und hatte sein Portemonnaie auf dem Boden liegen lassen, neben dem Gästebett, in Reichweite der Schwester, die noch wach war. Ihre Hand kroch wie eine Tarantel über den Teppich und erreichte es, öffnete es langsam, führte die Finger in die Schlitze voller Karten, bis sie auf diesem einzigen, verblassten Foto auf ihre Mutter stieß, auf der Schwelle zwischen zwei Epochen. Sie stand neben ihrem verjüngten Vater, der im Profil auf seine entfernte Cousine blickte, die Schulter dieser echten Mutter streichelte, damals noch Braut, die eben erst die Kamera entdeckt hatte, fast überrascht.

Er ließ einen Schnarcher los, sein Atem hielt kurz inne, und sie blickte erschrocken hinüber. Sie sah ihre Mutter in ihrem Bruder, schräg von der Seite, doch sofort verschwamm das Bild.

Wenn sie diese gebogene Nase geerbt hätte, die der Erstgeborene mitbekommen hatte, sie hätte sie sich niemals operieren lassen, keinen Millimeter *Knochen Knorpel Zäpfchen Mutter*, sie hätte sich diese Nase als Schatz bewahrt, der anderen Mutter zum Trotz, die einem ständig verordnete, sich alles abzuschleifen, was zu viel sein könnte. Fett und Falten. Den Nasenhöcker, den ihr Bruder sich als Schatz bewahrte und den sie selbst gern gehabt hätte.

***

In einer zukünftigen Szene wird die Krankenschwester, die ihr eine Blutprobe abnimmt, den Unterarm abtasten und sagen, du hast gute Adern. Bestimmt hast du die von deiner Mutter geerbt. Denn die Söhne erben die Leiden ihrer Väter, die Töchter bekommen die Gene ihrer Mütter. Das sagt sie, und die Tochter blickt zur Fensterluke und denkt, was sie gern *erlitten geteilt geerbt zunichtegemacht* hätte, sind die Leiden ihrer Mutter.

Die biologische Mutter hatte sie sogar ihrer Gene beraubt.

Sie glich auch nicht dem Vater, wie manche ihr sagten, um sie zu trösten.

Immer wenn sie ein Leiden beschrieb, rief die Möchtegern-Mutter aus: Wie ich in deinem Alter. All ihre Schmerzen waren die der anderen Mutter. Diese Infektionen hatte die Mutter durchgemacht. Die Gliedmaßen, die ihr später einschlafen würden, waren der Mutter früher eingeschlafen. Ihr Leiden war nichts als Wiederholung.

Hundertmal die Frage: Wessen Kopie war sie?

***

Sogar die Mutter hatte den Verdacht auf eine Anomalie des Erstgeborenen ad acta gelegt, doch der studierte heimlich sein Knochensystem und begriff, dass nur Training es widerstandsfähig machen konnte, Hantelheben, Expanderdehnen, mehr Liegestütze, Kniebeugen, Sit-ups, doch nicht einmal die Muskeln konnten ihn noch schützen. Er verletzte sich beim Training und lief oder joggte nicht mehr, sondern hinkte nur, der Schmerz saß tief, unerreichbar. Er überquerte die Ziellinie seines letzten Rennens mit einer gerissenen Ferse und einem Anflug von Scham.

Sie fuhr ihn mit dem Taxi ins Krankenhaus, nachdem er sich standhaft geweigert hatte, einen Arzt zu sehen. Der Radiologe schickte ihn zum Rheumatologen, der zum Orthopäden, welcher bestätigte, dass sein Leiden von jeher die Osteoporose gewesen sei.

Leiden, wiederholte der Erstgeborene, führte sich jeden einzelnen seiner Schritte vor Augen, im Wissen, dass der Schmerz nie in seinen Knochen gesteckt hatte.

***

Die Brüche all dieser Jahre rückten an ihren richtigen Platz, doch anstatt ihn nach seinen Knochen zu fragen, wollte sie der finsteren Lage ihres Bruders eine strahlende Wendung geben, indem sie sagte, das Erdbeben jenes Jahres habe die Erdachse gebrochen, habe die Erdneigung um acht Zentimeter verschoben, die Tage verkürzt. Ihr Bruder entgegnete nichts, und sie füllte das Schweigen in der Leitung mit ihrem Enthusiasmus. Wir drehen uns jetzt schneller. Die Tage sind 1,26 Mikrosekunden kürzer. Sollte es in Zukunft nötig sein, könnte man neue Brüche hervorrufen und so den Orbit ändern und die Kollision mit einem Planeten, einem frei fliegenden Asteroiden vermeiden.

Ihr Bruder schnitt ihr das Wort ab. Sie füllte sich die Lungen mit Luft. Ihren Vater, da war sie sich sicher, würde diese Information interessieren.

***

Poren in den Knochen? Das ist es, was er hat? Nicht zu fassen, dass du nicht weißt, was Osteoporose ist, wirft ihr der Vater vor. *Lüge galaktischer Schwindel.* Lügen, die das Mark durchbohren.

Im Ernst? Die Mutter öffnet ihre hellseherischen Augen. Aber das ist eine Frauenkrankheit! Und schrecklich ist ihr Zahnfleisch anzusehen, als sie die Lippen öffnet und hinzufügt, dass die Mutter des Erstgeborenen sich einmal die Hüfte gebrochen habe, vielleicht auch zweimal. Die Mutter meines Bruders ist auch meine Mutter, korrigiert die Tochter sie, während sie sich die Liste von Brüchen anhört, die ihre biologische Mutter zu Lebzeiten erlitten hat. Und sie entgegnet, das müsse, selbstverständlich, ein genetischer Defekt sein, den er von der *Mutter Tante schon entfernten Cousine* des Vaters geerbt habe. Du bist dem entgangen, befindet die Mutter, aber die Tochter fragt sich, wer seinem Erbe entgehen möchte. Die Gene sind nicht immer ein Schicksal, denkt sie.

schwerkraft
(zukünftige zeit)

In ihrer Tasche stießen die Finger wieder auf etwas Hartes, Spitzes, wie ein Eisennagel, jedoch ein gebogener. Es war ein Stück gerillter Fingernagel ihres Vaters, von seinen Händen, die eine ganze Welt waren. Er hinterließ ihr diese Reste seiner selbst, damit sie sie irgendwann fand. Würde ihr alter Vater plötzlich sterben, sie würde sie gewiss weiterhin in ihren Taschen finden.

Die verfaulen nie, sagte der Vater mit leichtem Hochmut. Und sie hatte überprüft, dass dieser Teil ihres Vaters unsterblich war. Im Laufe der Jahre hatte sie die väterlichen Filamente in einem durchsichtigen Glas gesammelt, auf dem Etikett der Name ihres Vaters. Die Fingernägel lösten sich nur langsam von ihren feuchten Fingern und fielen dann schwer zu den anderen hinab.

Kein Grund zum Ekeln. Es waren bloß tote Zellen. Unsterbliche Keratinzellen.

***

Doch jetzt musste sich ihr Vater einem heiklen chirurgischen Eingriff unterziehen. Konnte man nicht auf sie warten? Sie schickte ihm diese Bitte per SMS ins Land der Vergangenheit.

Der Eingriff sei simpel, antwortete die Mutter Monate vor der Operation. Nach einer Woche wird er wieder sein normales Leben aufnehmen.

Sie müsse sich keine Sorgen machen, sagte der Erstgeborene und nahm ein Ältestenrecht in Anspruch, mit dem sie nicht einverstanden war. Er ist fast achtzig, entgegnete sie, und ich lebe weit weg.

Zäumst du da das Pferd nicht vom Schwanz auf?, sagten die unerschütterlichen Zwillinge, jeder an seinem Telefonhörer, im Schlafzimmer ihrer jeweiligen Wohnungen. Jeder von ihnen wiederholte auf seine Weise, jeder mit den gleichen Worten, was die Mutter über den Eingriff gesagt hatte.

Wartet einen Monat auf mich, bis das Halbjahr zu Ende ist, ja? Nicht mal einen Monat. Sie habe bereits ein Ticket für einen Freitag gekauft, schon in achtundzwanzig Tagen. Doch ihr Vater hatte zu lange mit der Entscheidung gewartet, und nun konnte er es nicht länger hinausschieben.

***

Immer war er skeptisch gegenüber den Eingriffen seiner Zunft gewesen. Er spielte seine Beschwerden herunter. Seinen gelegentlichen Durchfall, seine Neigung, sich ohne ersichtlichen Grund zu übergeben. Die Migräne, die ihn niederwarf. Gewöhnlich ließ er keine Untersuchungen machen, denn dabei fand man immer etwas, nie das, was man gesucht hatte. Das sagte er gern mit einem Siegerlächeln. Er behandelte sein Sodbrennen, indem er sich zwanglos mit Kollegen austauschte, mit ihnen rauchte, allein rauchte, rauchte, während er seine Patienten behandelte, *Taubenflügel Kartoffeln Mayo Merkén* aß, tintenschwarzen Kaffee trank, zu viele Tassen hintereinander, gegen die Müdigkeit bei seinen Schichten.

Geh zum Arzt, sagte die Mutter, die mit ihm rauchte.

An einem dieser Morgen mit Sodbrennen und Reflux oder Übelkeit war der Vater früh aufgestanden, doch die Tochter, die noch schlief, nahm seine schweren Schritte auf dem Parkett nicht wahr, sondern erst das weiße Licht, das durch die Lider drang und sie weckte, den Aufschrei der Mutter, der ihr wie ein Dolch ins Trommelfell drang. Sein Sturz hatte sich in ihrer Erinnerung verlangsamt, der Schrei der Mutter gedehnt. Und in aller Langsamkeit sah sie, wie die Gestalt ihres Vaters der Länge nach hinschlug, nach und nach umsackte, in Zeitlupe. Auf ihrer Zimmerschwelle hatte der Vater wohl noch seine Finger mit den Nägeln nach einem flüchtigen Halt ausstrecken können, einer Naht in der Tapete.

Die aufgerissene Tapete nach seinem Sturz, und der Vater quer vor ihrer Tür, den Durchgang versperrend. Seine nackten Fußspitzen. Die Mutter kniete neben ihm, ihre Faust in seinem Mund, und befahl dem Erstgeborenen, er solle ihn umdrehen, damit er nicht an dem erbrochenen Blut ersticke. Der Magen ihres Vaters voll abgebrochener Fingernägel, die ihn von innen zerrissen.

***

Der Arzt, der im Krankenwagen kam, schloss sich im Schlafzimmer mit ihm, der von den Zwillingen geblähten

Mutter und dem Erstgeborenen ein. Die Tochter schickten sie zurück ins Bett, zum Schlafen, als wäre das möglich gewesen.

Sie hätte nicht vermutet, dass der Vater weinen konnte. Vielleicht lernte er es gerade, in dieser Nacht. Sein Weinen drang durch die Wand, ein ruckweises Röcheln oder nein, ein stoßweiser Husten, ein stockendes Heulen, das sie später nie wieder gehört hatte.

Er lag wohl im Sterben und weinte deshalb. Bald würde es Tag werden.

***

Sie sollten auf sie warten, beharrte sie.

Manches würde sie nie vergessen.

Wie ihr Vater in dem Topf aus rostfreiem Stahl rührt, Stunden, Tage, ein Leben lang. Der leidige Topf, der nur für den Vater köchelt, noch aufrecht in der Küche damals, noch jung in einem Pyjama, größer geworden über seinem vom Geschwür abgemagerten Leib. Sie sieht, wie er im Milchreis rührt, fettarme Milch, das Milchpulver jener Jahre, der ewige Staubzucker, der spärliche Zimtabrieb. Dieser Vater, selbst zu Staub zerrieben. Reiskörner, über den Küchentisch verstreut. Meteore, die in die Atmosphäre eintreten und in der Küche eine blasse Spur hinterlassen.

Sein Blick im Topf verloren, so zieht sich seine Genesung hin. Weich gekochte Eier. Weiße Nudeln. Äpfel, die der Vater mit einem feinen, sehr scharfen Messer in einer Spirale schält. Die schlaffe Rüstung des Apfels auf dem Teller.

***

Die winzige Mutter konnte den Vater nicht auffangen, wenn er das Bewusstsein verlor. Und der Vater, der so sehr zur Ohnmacht neigte, konnte nun, da er alt war, in Stücke brechen.

Wenn du ihn damals gesehen hättest, als er die Nierensteine hatte, sagte die Mutter und verdrehte die Augen. Er ist rückwärts umgekippt. Das habe ich bei keinem Mann gesehen. Allerdings sind die Schmerzen so heftig wie bei einer Geburt, fügte sie hinzu, weil sie es bereute, ihn so runterzumachen. Der Vater hatte Steinchen geboren, durch einen engen Kanal, der nicht für diese Art Geburt gedacht war.

Was war wohl aus diesen Calciumkernen geworden. Sie hätte sie einfordern, in einem ihrer Gläser aufbewahren können. Über den Asphalt rollen lassen, wie sie es in der Schule mit den Glasmurmeln tat.

Der Großmutter hatte man einen Stein von der Größe eines Avocadokerns entfernt, eines runzligen jedoch. Sie betrachtete den Gallenstein, den die Großmutter in ihrem parfümierten Sekretär aufbewahrte. Ließ ihn über ihren Handteller rollen.

***

Inzwischen spielten die Schüler in ihrem vergangenen Land nicht mehr mit Murmeln. Sie gingen auf die Straße, um zu demonstrieren, verwandelten sich in Mengen mit Transparenten, Radiorekorder auf den Schultern, bei ihnen die kleinen Geschwister, frei von Fremdbestimmung, tanzend, anklagend, spuckend, unkontrollierbar, sie traten gegen Fenster, traten aus der Reihe, trotzten *Knüppeln Tränengas Wasser Schwefelkanonen*, die sie auf das Pflaster warfen, wenn sie nicht ausweichen konnten.

Manchmal kippten sie hintenüber, schlugen sich die Rippen ein oder den Kopf auf, während die Schüler ihrer Gegenwart auf den Stühlen vor sich hin dösten, fern von allem. Sie fragte sich, ob sie jemals aus ihrer Schläfrigkeit erwachen würden.

***

Dem Vogel, der ihr Vater war, blieb nur noch wenig Gefieder, um den Sturz abzufedern. Diesen Ohnmachten verdankte er die einzigen Brüche in seinem Lebenslauf, eine eingesetzte und wieder entfernte Schraube, einen Gipspanzer, Knochenschwielen, bereits verschwunden: Was die Zerbrechlichkeit anging, hatte ihn sein Erstgeborener um Längen geschlagen, der sich jetzt den verordneten Calciuminjektionen unterzog.

***

Wartet auf mich, es sind nur zwanzig Tage, bat sie beim nächsten Anruf.

Der Vater sei kein Mann fürs Kränkliche, sondern fürs Katastrophale. So war er schon immer, zumindest seit ich ihn kenne, und das sind viele Jahre, sagte die Mutter und wickelte eine Haarsträhne um den Finger, zog daran, vergewisserte sich, dass sie fest am Kopf saß. So war es schon immer bei Ärzten.

Die Mutter erinnerte sich an die Blinddarmoperation, bei der der Vater fast verblutet wäre. Ein seltener Fall. Ich habe aufgeschnitten. Entfernt. Kauterisiert und gut zugenäht, verteidigte sich der Chirurg, der sein Freund war. Ein Extremfall, der sich nicht wiederholen werde, mach dir keine Sorgen, versicherte die Bauchrednermutter und senkte die Stimme, damit der Vater nicht merkte, dass sie von ihm redeten, immer von der Puppe, hinter ihrem Rücken.

***

Sie würden nicht auf sie warten, hatten auch bei Beerdigungen oder Hochzeiten nicht auf sie gewartet. Bei Abschlussfeiern. Bei Geburten und Taufen. Sie hatte zu spät von der Premiere der Zwillinge in einem kleinen Filmkunstkino erfahren, hatte den Link zu dem Kurzfilm bekommen und ein paar Fotos. Sie lebte fern von den spontanen Familienplänen. Erinnerte sich nicht an Geburtstage. Rief nicht an Namenstagen an, weil sie die Heiligkeit der Patrone hassen gelernt hatte.

Sie wusste nicht, an welchem Tag genau ihr Vater in den OP kam. Die Mutter wollte, dass er ihr das Datum mitteilte. Dein Papa hat dir nichts von dem Eingriff erzählt? Die Fernsehnachrichten nur noch Hintergrundgeräusch. Der

Vater *Kröten schluckend sich auf die Zunge beißend* neben dem Telefon. Wann willst du es deiner Tochter erzählen?, fragte die Mutter ihren Mann und entfernte sich kurz vom Hörer.

Doch der Vater würde mit seiner Tochter nicht über seine Prostata reden, mochte sie dort auch gelebt, von dort hergekommen sein oder vielleicht aus einem Hoden, dachte sie, anatomisch unsicher, und dachte zugleich, dass sie ein Recht darauf hatte, es zu wissen. Auch wenn die Zelle, die sie gewesen war, keinerlei Ähnlichkeit mit dem Menschen hatte, der sich aus ihr entwickelt hatte.

***

Porträt der Prostata. Eine wulstige, dunkle Nuss, überzogen mit einem Netz aus feinen Nervenfasern, das sie kontrolliert. Unebenes Gelände, das die Harnröhre durchquert, die ihre eigenen Flüssigkeiten absondert, solange die Nuss nicht geschwollen ist und den Abfluss blockiert. In dem Fall muss man mit einer Art Kaiserschnitt in ihren entlegenen Winkel vorstoßen.

***

Ein alter Mann fragt einen anderen, wie viel er am Vortag gepinkelt habe. Konntest du? Ja, antwortet der nicht ganz so Bucklige, mehr oder weniger. Mehr oder weniger?, fragte der andere. Mehr weniger als mehr, ein paar Tropfen, sagt er. Ich auch, bemerkt der andere, es ist ein Wunder. Es war keine besondere Szene, aber die einzige, die sie von dem Film in Erinnerung hatte.

Sie hatte mit genügend Männern geschlafen, um zu wissen, dass manche nachts im Bad verschwanden. Dass manche in die Badewanne pinkelten, um die Spülung nicht betätigen zu müssen, oder im Stehen oder Sitzen im Dunkeln, wobei sie versuchten, das Loch zu treffen und keine Spuren vom nächtlichen Pinkeln zu hinterlassen.

Gab es im Haus des Schusters keine Sohlen, dann im Haus des Arztes keine Worte, und des Schusters Leisten waren die Beschönigungen. Diese Mutter, die gnadenlos alle Körperteile beschrieb, gebrauchte ein alternatives Wort für diese Organe zwischen den Beinen: die Niederlande. Sie sprach von ihren eigenen infizierten Ländern, um das fleischliche Detail nicht zu nennen. Fragte nach den Ländern ihrer Tochter, ihren gelegentlichen Symptomen. Über Sex damals kein Wort.

* * *

Nie würde sie mit der Mutter über den Anruf dieses Unbekannten reden, der behauptet hatte, eine Umfrage unter Gymnasiasten durchzuführen. Diese trainierte Lehrerstimme teilte ihr mit, ihr Schuldirektor habe sie empfohlen, da sie eine herausragende Schülerin sei, nicht wahr?, erkundigte sich die Stimme, und sie zögerte, während die Stimme wissen wollte, ob sie bereit sei, die Umfrage vertraulich zu beantworten. Sie willigte ein. Schloss die Tür und setzte sich aufs Bett, denn die überzeugende Stimme dieses Mannes wies sie an, es sich bequem zu machen, und sie solle ihm sagen, wenn sie eine Frage lieber nicht beantworte. Auch das sei Teil der Untersuchung, ein wesentlicher Teil. Einverstanden? Sie war einverstanden, und die Stimme fragte, ob sie bereit sei, und sie bejahte und nannte ihren Namen, ihr Alter und was ihre Tage angehe, so habe sie nur die Nachmittage für sich, und die Stimme sagte, natürlich, die Nachmittage, aber die Tage noch nicht, sehr gut, hervorragend, da solle sie sich keine Gedanken machen, als er bemerkte, dass sie nervös wurde, und was hast du gerade an? Das Schulkleid, sagte sie, und die Stimme bestätigte, das Schulkleid sei das perfekte Kleidungsstück, und sie seufzte, mit Socken oder Kniestrümpfen?, und sie zog sich die Strümpfe hoch, etwas beschämt wegen des ausgeleierten Bündchens, und log ein wenig, was die Stimme wohl merkte, denn sofort bestand sie wieder darauf, sie solle es sich während der Umfrage bequem machen, bequem und entspannt sein bei den Fragen, die er ihr stellen werde. Es seien sehr einfache Fragen, sie werde schon sehen. Und dann wollte die Stimme wissen, wie viele Stunden in der Woche sie Hausaufgaben mache, ob sie neben dem Lernen noch genügend Zeit zum Ausruhen habe, womit sie sich beschäftige, wenn sie allein sei, allein mit sich selbst, in ihrem Zimmer. Das sei eine unentbehrliche Angabe, sie könne ihm die Wahrheit sagen, denn ihre Antworten würden anonym bleiben. Sie dachte kurz nach, bevor sie sagte, Bücher, sie lese viel, ihr Papa schenke ihr wissenschaftliche Lehrbücher, wissenschaftliche, wiederholte die Stimme langsam mit unterdrückter Befremdung, über den Körper, den Himmel, erläuterte sie, sehr gut, entgegnete die Stimme, und nachts, fuhr das Mädchen fort, betrachte sie das Firmament mit einem kleinen Teleskop, das ihr ihre Patentante geschenkt habe. Ein Teleskop, nachts, wiederholte die Stimme, als notierte sie sich ihre Antworten. Ob sie denn niemals spiele? Spielen?, fragte sie, die so klein nicht mehr war. Mit dir selbst spielen, die Stimme wurde vertraulich und fügte hinzu, als müsste sie einen Irrtum aufklären, Erwachsenenspiele. Sie wusste nicht, ob sie richtig verstand, wagte aber nicht, nachzuhaken, und die Stimme flüsterte ihr ins Ohr, ob sie sich nie streichele?, und sie spürte Hitze über ihr Gesicht laufen und sagte, nein, ein verwirrtes Nein, ohne genau zu wissen, was diese Verneinung bedeutete, vielleicht hatte sie bei der Umfrage versagt, und die Stimme wurde leiser, als sie ihr sagte, sie sei doch schon groß, bestimmt spiele sie mit der Hand zwischen den Beinen, berühre sich wie eine Frau. Sie sagte, sie wisse nicht recht. Die sanfte Stimme, die feste, so männliche Stimme warnte sie, wenn sie die Umfrage korrekt beantworten wolle, müsse sie seinen Anweisungen folgen, und sie erklärte sich bereit, denn er würde ihr etwas beibringen, und sie wollte immer dazulernen. Gespannt ließ sie zu, dass die Stimme ihre Hand führte, das Schulkleid hinab, die Finger über die Schenkel und in ihren Körper hinein *weiches warmes Feuer elektrisches Pulsieren*, während die tiefe Stimme zu wissen verlangte, was sie jetzt spüre und jetzt?, während sie ihre Finger bewegte, doch da hörte sie im Hörer einen anderen heißen Atem und erkannte die wütende Stimme der Mutter, die ihr befahl, aufzulegen, und die den Mann einen alten Perversling schimpfte, ich schicke dir die Bullen auf den Hals.

***

Jahre später würde sie ihr den Juckreiz da drinnen anvertrauen. Sie solle sich aufs Bett legen, befahl die Mutter, die Beine spreizen, schön weit, und ein wenig nach unten drücken, damit sie sie mit der Taschenlampe untersuchen könne. Hier sehe ich keine Pilze. Du gehst doch nicht mit jemandem ins Bett?

Sie hatte den Eindruck, dass die Mutter an ihr schnüffelte.

***

Der Vater hatte seine Kinder jedenfalls aus diesen Ländern da unten verbannt, die ihm nun den Gehorsam aufsagten. Über der Prostata schwebte immer die Möglichkeit eines irreparablen Schadens, an den der Vater wohl dachte, Inkontinenz, Impotenz.

Was kann ihm die Impotenz ausmachen, wenn er schon vier Kinder mit zwei Frauen gezeugt hat, sagt sie, ohne nachzudenken. Die Mutter beschwert sich beleidigt, sieht sie verärgert an, hör mal, dein Papa funktioniert hervorragend. Sie unterbricht sie mit dem Aufschrei, Mama, und zeigt auf eine rote Ampel, die die Mutter beinahe überfahren hätte.

***

Du rufst mich an, sobald ihr aus dem OP kommt, verlangt sie, bevor sie auflegt. Und sie bleibt neben dem Telefon sitzen, mit dem Gefühl, dass ihr der Hausarzt entschwindet.

Und das Telefon klingelt: Alles lief wie erwartet.

Und es klingelt wieder: Es gab postoperative Komplikationen, sagt die Mutter und benutzt diesen Euphemismus voller Ungewissheiten.

Sie bekommt einen weiteren Anruf. Der Vater ist wieder auf dem Weg in den OP. Er hat zwei Liter von *störrischem exzessivem widerlichem* Blut verloren und verliert noch mehr. Und so viele Liter Blut enthält ein Körper nicht.

Alles wurde gut vernäht, Ehrenwort, schwört die Mutter mit trockenem Mund. Sie war dabei gewesen, neben dem Chirurgen, dabei mit Maske, dabei mit Haube, alles in Grün und die kleinen Füße überschuht; und sie hatte die Naht überprüft, hatte Stich für Stich ihre Billigung erteilt. Sie war gut vernäht, nicht einmal Luft kam in die Wunde, und es stimmte, das Pflaster hatte sie versiegelt. Es war kein Ergießen nach außen, es war ein *Füllen Anschwellen Durchtränken Platzen* im Inneren.

Jetzt belebten sie ihn wieder mit fremdem Blut in einem langsamen, nächtlichen Tropfen. Der Urin im Beutel wurde wieder gelblicher, aber am nächsten Morgen blutete der Vater erneut. Wieder brachte man ihn in den OP. Öffnen und zunähen. Die winzigen Gefäße kauterisieren, die womöglich eiterten. Noch eine Drainage anbringen. Die Haut klammern. Ordnung schaffen in der postoperativen Unordnung.

***

Und dann rief nicht mehr die Mutter an, faltig und grünlich wie ihr OP-Kittel. Die Stimme im Telefon aus ihrem anderen Land war die des Zwillings, und von ihm verlangte sie Erklärungen, als wäre er der ungeschickte Chirurg ihres Vaters. Es ist niemandes Schuld, entgegnete der Zwilling, ohne sich zu entschuldigen, denn neben dem Chirurgen waren da noch andere Ärzte gewesen, die Mutter, die sich nie eine Operation entgehen ließ, die hochmodernen Geräte, die als Erweiterung der Arzthände übernahmen. Sie stellte es sich vor. Und es lag Beklemmung, lag Zorn darin, der Abgrund ohne ihren Vater. Sie versuchte, ihn mit ihrem Leib festzuhalten, doch er entglitt den Händen. Der Vater in ihr, zwischen ihren Nieren. Krämpfe befielen sie, das unbezähmbare Bedürfnis zu urinieren. Sie setzte sich auf die Toilette, presste, aber ihre Länder unten waren trocken. Öde Landstriche, die man nicht verlassen konnte. Und deshalb wurde sie lauter, aber der Zwilling so leise, so leise, dass er auf einmal nicht mehr da war, zu einer anderen Stimme wurde, unzweifelhaft die der Zwillingsschwester, die mit der gleichen väterlichen Bedächtigkeit darauf beharrte, sie solle sich nicht so aufregen, alles sei unter Kontrolle. Unter Kontrolle?, sagte die ältere Schwester, und ihre Stimme wanderte eine Oktave nach oben. Unter Kontrolle, wiederholte die jüngere. Diesmal werde alles gut gehen. Diesmal? Diesmal. Sie verstand nicht, ob die andere ihr recht gab oder ihr die Frage zum Ball geknetet als Antwort zurück ins Gesicht warf. Halt den Mund, sagte sie. Halt selbst den Mund, befand die Zwillingsschwester und verlor die Geduld mit ihr. Und hör auf zu schreien, ich höre dich sehr gut. Wir kümmern uns, sind bei ihm, und vor Zorn vibrierten ihre Stimmbänder. Wir sind alle hier. Alle außer mir, murmelte trocken die Ältere und ließ einen Seufzer los, der nach Vorwurf klang. Und sie legte auf, um die Nachbarn nicht zu wecken, die bestimmt schon wach geworden waren. Der Knochenexperte war es bereits, stand neben ihr, diesem geprügelten Hund. Sie wollte jaulen.

Und wo war die Mutter? Sie wusch sich wohl die blutbespritzten Hände. Putzte sich heraus für ihre bevorstehende Witwenschaft.

***

Ihre Hände jucken entsetzlich. Ständig reibt sie die Handteller an der Hose. Der Knochenexperte sagt, sie solle aufhören damit. Das macht es nur schlimmer, Elektroschock, sie jucken dann noch mehr. Sie lächelt jedes Mal, wenn er ihr einen anderen elektrischen Namen gibt, doch diesmal entzieht sie ihm die Hand. Ich weiß nicht, was ich sonst tun soll, entgegnet sie und kratzt sich mit den Fingernägeln. Ich bin nicht darauf vorbereitet, ohne Vater zu sein.

Er nahm sich allzu viel Zeit mit dem Sterben, dachte der Knochenexperte.

***

Vorboten der Zukunft in der Geschichte, die der Vater ihr immer vorgelesen hatte, damit sie einschlief. Darin beweint ein Kind den Verlust der Mutter, und ein Kobold hat Mitleid und schenkt ihm die Zeitspule, die das Kind immer benutzen kann, wenn es *Bedrängnis Strafe Lammblöken* entkommen will. Der Kobold warnt, nur in Fällen höchster Not dürfe es am Faden ziehen, und das Kind verspricht es, gehorcht jedoch schon bald nicht mehr. Es ist so einfach, so praktisch, sich in die Zukunft zu flüchten, wenn man Angst oder Hunger hat, beim Stehlen auf dem Markt erwischt wird oder nicht in die Schule gehen will. Es überspringt Stunden, gewinnt Tage, verliert Jahrfünfte, flieht vor allen unangenehmen Momenten dieses Lebens, das es nicht als das seine erfährt. Schließlich erreicht es ein frühzeitiges Alter, und kein Faden führt zurück Richtung Vergangenheit.

Alle Fäden liefen in folgender Moral zusammen: Man durfte nicht mit der Zeit spielen, denn sie war nicht elastisch und konnte brechen. Die Zukunft war aus dem gleichen Stoff, den gleichen Straßen und Häusern, den gleichen Menschen gemacht oder aus ähnlichen, hatte den gleichen fauligen Geruch. Man dürfe nicht vor der Gegenwart fliehen, sagte ihr Vater, ebender, der sich im Bett zwischen den Laken verkroch und tagelang verschwand, um nicht zu spüren, was ihn schmerzen könnte.

Schlafkur nannte er diese zeitweisen Fluchten.

Der Vater hatte beschlossen, seine Zukunft zu erweitern, als die Zwillinge auf die Welt kamen. Er war ein älterer Mann mit einer jungen Frau und diesen Neugeborenen, deren Köpfe ein enger Geburtskanal deformiert hatte. Sie waren blau und nass und plärrten wütend, weil außerhalb der Mutter eine feuchte Kälte herrschte, man die Nabelschnur durchtrennt hatte, die sie ernährte, und die Brust der Erstgebärenden sie nicht befriedigte. Doch der Vater spürte, dass sie ihn anplärrten, weil er ein alter Vater war und nach Aschenbecher stank, weil er rauchte und eine Zigarette nach der anderen ausdrückte. Weil ihm die Fluppe schon seit Jahrzehnten an den Lippen klebte, würde er sie nicht erwachsen werden sehen. Rabenvater, sagte sich der Vater. Die Augen der Kreaturen öffneten sich, ihre Lippen gingen auseinander und zeigten ihm das nackte Zahnfleisch, sie durchsiebten ihn mit ihrem Gellen. Das Echo der Reue gelangte in sein Bewusstsein. Er musste für sie überdauern, wie er für die beiden älteren Kinder überdauert hatte.

Er vergiftete sich mit einer letzten Schachtel und ging, noch benommen vom Nikotin, zum Haus seiner Eltern am Stadtrand, in der Tasche Beruhigungsmittel, die er sich ohne Rezept besorgt hatte. Er legte sich in sein altes Bett, inzwischen zu klein für ihn, nahm die Tabletten, die ihn acht, neun Stunden lang in den Schlaf schickten, endlose Stunden in einem Zustand des Todes, der ihn dem Leben zurückgab, und er richtete sich im Bett auf, trank ein Glas Wasser, nahm noch eine Tablette, pinkelte, spülte den Mund aus und legte sich wieder hin, neun oder sechs Stunden ohne Albträume, die dann zu sieben oder zehn wurden, weil er eine gewaltige Zeit benötigen würde, um seine lebenslange Abhängigkeit zu überwinden. Während dieser Tage nahm er mehrere Kilo ab, das Bett schien zu wachsen, während er schrumpfte, das Blut verlor Mineralstoffe, die Muskeln den Tonus, und als er schwankend aufstand, sah er seinen Bart voll grauer Haare und rasierte sich. Die Enthaltsamkeit wurde beschwerlicher, als er zurückkehrte zu *Zeit Stadt zahllosen Kindern*, und er behalf sich mit haufenweise Bonbons, kaute Kaugummi und trank Getränke, die vor Zucker und Kohlensäure zischten. Der Zahnstocher, der die Zigarette ersetzte, polkte den versteinerten Kaugummi aus den Gebissritzen. Er nahm zu, während er für diese Zwillinge überlebte, die bereits auf die fünfundzwanzig zugingen.

* * *

Sie wacht mit geschwollenen Lidern auf, mit Kater. Sie macht sich den Kaffee warm, den er ihr gebracht hatte. Wie viel kostet wohl ein Flugticket für heute Abend?, fragt sie den Knochenexperten, und der presst die Lippen aufeinander und denkt, ein Vermögen. Er recherchiert und versucht vergebens die negative Ladung zu mildern, die sie aussendet. Sie streicht heftig ihr Haar nach unten, schluckt ohne Wasser ein Aspirin, krempelt die Ärmel hoch und fängt an, den Koffer zu packen, den sie drei Wochen später gepackt hätte. Und wie viel kostet es, mein Flugticket umzubuchen?, vom Wohnzimmer aus lässt sie nicht locker und ist nun endlich wach geworden. Sündteuer, protestiert er vom Nebenzimmer aus, vielleicht kann die Reise ein paar Tage warten, Elektra. Diesen Kosenamen findet sie gar nicht lustig, doch sie hat keine Zeit, sich zu beschweren. In ebendem Moment erhält sie eine von Tippfehlern durchsetzte Nachricht der Mutter, sie solle sofort kommen. Sie wage keine Prognosen, was in den nächsten Stunden mit dem Vater geschehen werde. Sie hängt ein Foto ihres Mannes im Bett an, der Brustkorb eingesunken, wie er gerade seine zweite, vierte, fünfte Transfusion von Blutplättchen erhält. Ihr Mann, benebelt von so viel fremdem Blut. Die dicken Sonden, die Monitore mit ihrem Piepen in unterschiedlichen Frequenzen, ein Pfeifen von Beatmungsgeräten, Ventile, gedämpftes Licht, Tabletts und das Thermometer, nicht mehr mit Quecksilber. Der reglose Vater, durchscheinende Augen, die allmählich erlöschen: Nur sein wildes Haar widersteht all dem Unheil. Seit wann benutzt er kein Gel mehr?, fragt sie sich erstaunt, wann hat er sich den Schnurrbart abrasiert?, und sie lacht und weiß nicht, warum, und fängt zu weinen an, und weiß genau, warum sie weint.

Die Mitteilung der Mutter in der nächsten Nachricht: *Heute geht es ihm viel besser.* Viel besser als wann, fragt sich die Tochter. Es ist kein Foto, was die Mutter da schickt, es ist ein unerträglicher Dolchstoß.

* * *

Porträt eines Sterbenden mit seiner Uhr auf dem Nachttisch. Was sie da sieht, ist nicht ihr Vater, sondern *welke Haut Fleisch verlorene Zellen auf dem Boden.*

* * *

Sie verfluchte die Fluglinie, die eine Geburtsurkunde und ein Attest des behandelnden Arztes verlangt hatte, um die Umbuchungsgebühr zu verringern. Sie verfluchte die überhöfliche Sachbearbeiterin, die sie vor dem Telefon warten ließ. Die stille Sonne des Morgens ging auf, die trübe Atmosphäre erhellte sich, und es war bereits fünf Uhr nachmittags, als man sie anrief, eine Stimme voll bürokratischen Mitleids, und verkündete, welche Notfallbestimmungen für sie gelten würden. Die Fluglinie akzeptierte die Unterlagen, so unleserlich das handschriftliche Attest auch sein mochte, so sehr der Arzt auch in Druckschrift betonte, die Lage des Patienten sei bloß ernst. Man hatte sie neun Stunden warten lassen, um ihr die Umbuchungsgebühr zu erlassen, aber nicht die Differenz zum neuen Flugpreis, um ein Vielfaches höher. Sie beherrschte sich: Sie begreife, dass die Regeln nicht von der unterbezahlten Frau bei der Fluglinie gemacht worden seien, das sagte sie mit mörderischer Ruhe. Sie wisse nicht, was für eine Position sie in dem Unternehmen habe, aber mir das zu sagen, mir!, fügte sie hinzu und hielt inne, hielt sich zurück, tastete nach der Drüse, die die Emotionen steuert, hinter dem Brustbein, da war die Thymusdrüse. Und sie vollendete den Satz, indem sie die Stimme wieder kalt werden ließ: Das ist ein Skandal. Ein Grund, Sie zu verklagen, und sie betonte jeden einzelnen Buchstaben des Verbs. Die Sachbearbeiterin zögerte und bat, sie solle kurz, nur eine Minute, in der Leitung warten, durch die elektromagnetische Störungen tobten, und noch vor Ablauf dieser Minute war sie wieder da und teilte ihr mit, sie müsse gar nichts bezahlen, solle so schnell wie möglich aufbrechen, sonst versäume sie ihren Flug.

Unterdessen kamen Nachrichten des Erstgeborenen an, der ihr seine Meilen anbot. Seine abertausend Meilen, zurückgelegt zu Land und in der Luft. *Ich will deine Meilen nicht*, schrieb sie in Großbuchstaben oder hätte sie noch vor wenigen Jahren geschrieben, doch inzwischen hatten sie sich versöhnt. Vielleicht tippte sie ein *danke* auf ihrem Bildschirm, ein *ich brauche sie nicht*. Vielleicht dachte sie, er solle seine Kilometer behalten, da sie all das Geld behalten hatte, das ihr Vater jetzt brauchen würde.

***

Sie erinnert sich nicht, wer den Koffer geschlossen hat. Wer das Taxi gerufen. Ob das neue Ticket an ihre Mailadresse geschickt worden war. Aber im Kopf geht ihr ein KLYMJ herum: Der Buchungscode hat sich ihr eingeprägt wie die Schimpfwörter in fremden Sprachen. Um wie viel Uhr sie ins Flugzeug gestiegen ist. Ob es verspätet war. Ob sie das Tablett mit dem Essen angenommen, Wein hinuntergestürzt, ein Schlafmittel geschluckt, ob sie geblinzelt hat.

Wer was gesagt hat, Fehlanzeige.

404 Error. Data not found, während der Vater in diesem Krankenhaus mit dem Tod ringt.

***

Sie findet die Ecke und betritt bereits das Gelände, auf das sie noch nie einen Fuß gesetzt hat. Sie hat das hohe Gittertor durchquert, die uniformierten Wächter hinter sich gelassen, den Eingang eines baufälligen grauen Gebäudes erreicht, das sie beklommen macht. Nur sie weiß, warum ihr Vater dieses alte Militärkrankenhaus gewählt hat, wählen musste, durch das sie jetzt ihren Koffer zieht. Entkräftet. Mutlos. Fast ohne Nägel an Fingern voller Schorf. Ihr schmerzt der Kiefer, sogar das Ohr, und jetzt tritt sie in den Fahrstuhl wie in einen neuen Albtraum. Statt weißer Kittel trägt das Personal Kaki und schwere schwarze Treter. Militärabzeichen auf der Brust.

Eine Krankenschwester am Eingang zur Überwachungsstation schneidet sich die Fingernägel. Dieses seltsame Empfangskomitee muss ihr Vater für sie vorbereitet haben.

Sie hält inne und atmet tief ein: Seit zwanzig Stunden hat sie nicht mehr geatmet. Sie darf keinerlei Emotion verraten, damit der Vater nicht denkt, es stehe noch schlimmer um ihn. Denn da ist sein eingefallenes Gesicht. Da ist er. Er hebt die Lider und arrangiert mühsam eine Grimasse, die Freude ausdrücken könnte oder auch nicht. Ein halbherziges, missratenes Lächeln und das Zischen von Beatmungsgeräten, sein Herz, das auf einem Monitor schlägt. In seine Vene treten langsam literweise Serum und Eisen, die die Bluttransfusionen ergänzen, so viele Kabel und Sonden verschwinden im Körper ihres Vaters und verlassen ihn wieder, dass er ein Wesen aus einer anderen Welt zu sein scheint. Ein Außerirdischer. Das wolkige Haar, das sein Kamm nicht hat bändigen können. Der elektrisierte Kopf nun gebeugt.

Sie sieht, wie er sich mit den Fingern ins Silberhaar greift, als wollte er sich am Hirn kratzen.

Kleines, murmelt er und quetscht das Wort aus seinen Stimmbändern. Kleines, ohne Freude über ihren Anblick, unsicher, ob sie gekommen ist, um sich zu verabschieden, ob sie mit dieser neutralen Miene eine vorweggenommene Trauer verschleiert. Vielleicht hat man ihm nicht die ganze Wahrheit gesagt, vielleicht will er sie nicht mehr wissen.

Wie bleich du bist, bemerkt der Vater, du siehst schlimmer aus als ich, das Gesicht einer Toten. Und er lacht langsam, schüttelt sich auf dem Krankenbett, boshaft.

***

Hypothese der Anämie. Die blassen Fingernägel, die kaum mehr wachsen wollen. Die abblätternde Haut. Die tiefen Augenringe. Das verschwommene Gedächtnis bei dem Vater mit der scharfen Erinnerung. Und diese Gedanken, die ihn ermüden, und beim Aufwachen nicht zu wissen, wo er ist.

Der Vater unter der Marter der körperlichen Relativität.

***

Und was ist aus deinem eingeschlafenen Arm geworden? Hier ist er, ganz wach, sagt sie, hebt ihn mühelos, öffnet die Finger und schließt sie mehrmals zur Faust, als zerquetschte sie die Erinnerung an einen elektrischen Sommer, der sich gegen sie verschworen hatte. Doch sie hatte sich erholt, das Leben lag vor ihr, während das des Vaters hinter ihm zu liegen schien, vielleicht nicht einmal das.

Und wie läuft's in dem Land, in dem du lebst, murmelt der Vater verwirrt, erinnert sich nicht an den Namen dieses Landes, ist sich nicht sicher, ob dieses Land, wie auch immer es heißen mag, eine andere Bestimmung hat, als zu zerfallen. Wird es nicht Zeit, dass du nach Hause kommst? In den Süden zurückkehren, bevor der Norden ausgelöscht wird, denkt sie, zurückkehren, bevor er in die Luft fliegt oder das Universum auf ihn stürzt. Sie will ihm sagen, das werde nicht so bald geschehen, es blieben nicht fünf, sondern Milliarden von Jahren, bis dahin seien sie alle längst tot. Doch sie denkt ebenfalls, dass das Ende der Welt vielleicht wirklich naht, weil kaum mehr Bienen oder Wildtiere übrig sind, kaum Menschen, die noch ihren Kopf benutzen, Menschen, die sich der atomaren Bedrohung entgegenstellen, den *grausamen unsterblichen Despoten*, denen man ins Auge sehen muss.

Es ging nicht um dieses oder jenes Land. Es ging um die Erde, die sich ihrem totalen Untergang entgegendrehte.

* * *

Niemand begriff das Warum dieses Blutens, doch während die Mutter das Mittagsbrötchen zerkrümelte – sie aß in diesen Tagen nichts als Brot –, deutete sie an, es könne eine hämatologische Komplikation sein. Eine des Kreislaufs, paraphrasierte die Tochter, doch die Mutter schob die Krümel über das Tellerrund und war anderer Ansicht. Etwas im Blut, irgendein Mangel, erklärte sie. Denn das sei nicht das erste Mal, erinnerst du dich an seine Blinddarmentzündung? Wie lang war das her, dreißig, fünfundzwanzig Jahre, das Alter der Zwillinge. Die Tochter war damals um die acht gewesen, kannte jedoch die Geschichte, die die Mutter so oft erzählt hatte und unbedingt noch einmal anbringen wollte, die Geschichte von dem kompetenten Chirurgen, der verstört war angesichts der schweren Blutung seines *Kollegen Freundes Opfers Patienten*, den er noch einmal nähen musste. Einmal war Pech, aber zweimal ein Muster, eine Fährte. Die Mutter setzte die Brille auf, als würde das ihre Klarsicht erhöhen, Klarheit beim Durchgehen der Vorgeschichte, und als sie sie wieder abnahm, versicherte sie, mit den Gerinnungsfaktoren müsse etwas nicht stimmen.

***

Faktor VII oder Faktor VIII: Das war nun die blutige Frage.

***

Obwohl er so viel Blut verloren hat, wollen die Ärzte ein weiteres Teströhrchen füllen. Die Laborassistentin verheddert sich in *Händen Handschuhen Fingern Staubändern*, während sie versucht, die Vene zu treffen, und als sie endlich zusticht, schießt ein Strahl dieses schwachen, doch lebendigen Blutes hervor, das noch durch die Adern des Vaters zirkuliert. Es bespritzt das Gesicht der Krankenschwester, die nicht weiß, welche Krankheit er hat, und zu spucken beginnt.

Der Vater schnaubt nur, sagt kein Wort, doch die Tochter weiß, was er denkt, *Stümperei Pfusch Murks Niete*.

***

Geschichte der Genesung. Das sind die Wochen des langen anämischen Mittagsschlafs. Doch niemand ruht in einem Krankenhaus: Assistenten kommen und gehen, es kommen Krankenschwestern mit schlaflosen, ununterscheidbaren Stimmen. Wie fühlen Sie sich, Doktor? Wie war die Nacht? Doch die Nacht leidet unter der Routine des Tages, die Nacht ist keine Zuflucht, sondern ein aufgeregter Morgendämmer. Die Schichten *rädern zermürben strapazieren* die Kranken. Doktor, das Paracetamol. Doktor, das Antikoagulans. Doktor, die Übungen. Die frischen Laken. Die Vier-Uhr-Mahlzeit, Doktor. Doktor. Denn der Doktor ist ans Bett gefesselt wie ein gemeiner Patient, steht immer zur Verfügung. Denn jedes Medikament hat seine Zeit, jede Messung von Temperatur, Blutdruck, Blutzucker, und es gibt ungesunde Mahlzeiten unter feiner Plastikfolie, eingeschweißte Löffelchen, Tabletts, die ihm jemand vor die Nase stellt, ob er essen will oder nicht, ob er wach ist oder außer Gefecht wegen mangelnder roter Blutkörperchen.

Und mit den Krankenschwestern und Assistenten kommen der *Urologe Hämatologe Anästhesist Chirurgenkollege*, sie kommen herein, messen seinen Urin in Millilitern ab, bevor sie ihn entsorgen und die Flasche säubern, vergleichen ihn mit der vorigen Entleerung und fragen, noch einmal, wie fühlen Sie sich, haben Sie gegessen, geschlafen?

Auch die Besuche reißen nie ab, teilen sich die Zeit auf, *Onkel Tanten Cousins Cousinen* protzen mit wuchtigen Stimmen, ohne Rücksicht auf den Ort, an dem sie sind, auf seine Regeln, nicht schreien, nicht essen, nicht atmen, und *Nichten Neffen* lachen lauthals, erfreut, sich nach all den Jahren wiederzusehen, in denen sie nie aneinander gedacht haben. Die Zwillingsschwester stillt ihr strammes Baby, der Zwillingsbruder ärgert sich über das saure Aufstoßen und die schamlose Brust, und jemand klopft mit dem Knöchel an, darf man reinkommen?, und hinter der Frage tritt der Erstgeborene ein, und da sind sie alle, verbrauchen Sauerstoff, sättigen das Zimmer mit bösartigem CO_2. Sehen den keuchenden, ausgemergelten Vater und sagen einander, wie schlecht er aussieht.

***

Wenn der Vater schläft, zieht die Tochter den schmalen grünen Vorhang an der Schiene zu, damit die blassen Strahlen der Wintersonne den Vater nicht wecken, der dieses Krankenhaus mit den zerschlissenen, geflickten Laken gewählt hat, mit diesen Vorhängen, die die Scheibe nicht verdecken. Von wegen Wählen, dem Vater bleibt kein Centavo von dem, was er ihr geschickt hat. Und sie hat es ausgegeben. Von ihr hängt es ab, ob er lebend aus diesem Krankenhaus herauskommt. Deshalb lässt sie niemanden herein. Nicht einmal die Frau ihres Vaters, die sich diese alte Last von den Schultern genommen und auf die der Tochter gelegt hat, welche sie akzeptiert, damit die Mutter zur Arbeit in ihre Privatklinik geht und sie beide allein lässt, endlich. Sie ist seine Wächterin geworden. Die Tür wird zur Polizeischranke für die Krankenschwestern, die ihn immer wecken. Ihre autoritäre Stimme verkündet ihnen: Er hat kein Fieber, man hat ihm schon den Puls abgenommen, eben war Ihre Kollegin da, kommen Sie später wieder. Ihre Stimme lügt: Man hat ihn ins Labor gebracht, um eine Probe zu entnehmen, er ist beim Urologen. Oder, bloß um ihre Miene zu sehen, sagt sie ihnen: Mein Papa ist nackicht, er scheißt, es stinkt fürchterlich, er ist Zigaretten kaufen gegangen, ist gleich wieder da. Die Krankenschwestern glauben ihr nicht, wagen jedoch nicht, sich mit ihr anzulegen.

Die Soldaten muss man aber hereinlassen, da sie kommen, um die Klimaanlage zu reparieren, die seit Monaten nicht funktioniert. Sie verbeugen sich beim Eintreten, denn den Doktor muss man mit gebührendem Respekt behandeln, verkündet der Soldat mit dem dicken Schnurrbart in übertrieben deutlicher Diktion. Der andere hat ein Kindergesicht, nimmt die Mütze ab und nickt. Das Zwillingsmädchen zieht die Braue hoch und verlässt das Zimmer, ihr Baby an der Brust, die Kamera über der Schulter, während ihre Wange das Handy festhält und sie gerade ein Gespräch zu Ende führt. Sie werde sich, sagt sie, einen Joghurt holen. Die Mutter folgt ihr und überredet sie, ins Café gegenüber zu gehen. Hier ist der Kaffee entsetzlich, seufzt die Mutter, die nie welchen nach ihrem Geschmack findet. Nicht zu fassen, dass dein Papa dieses schäbige Krankenhaus gewählt hat, sagt sie, während sie die Tür schließt. Wenn die Mutter wüsste, denkt die Tochter, wenn sie wüsste. Besser, sie weiß es nicht, besser, sie denkt weiterhin, dass er all das Geld für eine weitere Familie ausgegeben hat, besser, dass die beiden weg sind. Ich bleibe bei ihm, mit den Soldaten, hier, wo vor Jahren wer weiß wie viele Menschen zu Tode gefoltert wurden. Die Räume sind voller *Echos Anker Rauchvorhänge*. Die Gänge voller unbegreiflicher Geräusche. Die Soldaten warten stumm auf Befehle, und sie denkt, dass die beiden mit ihren Mützen, Stiefeln und nutzlosen Tarnuniformen in den gewalttätigen Jahren ihrer Kindheit noch nicht geboren waren. Sie gestattet es sich, ihre schwieligen Hände zu drücken, sie um einen Gefallen zu bitten. Da sie schon die Klimaanlage reparieren, könnten sie nicht gleich die Leuchtstoffröhre an der Wand austauschen? Sie funktioniert ebenfalls nicht. Die Winternachmittage versinken in traurigem Halbdunkel. Zu Ihren Diensten, sagt der junge

Rekrut, das Gesicht von Akne zerfressen, und der mit dem Schnurrbart lächelt vage. Vielleicht gibt es keinen Ersatz. Vielleicht ist da ein anderes Problem. Ein Problem hoch zwei oder zehn. Schläge an der Tür, die sich öffnet, und herein kommt festen Schritts ein dritter Soldat in Felduniform. Von Beruf Elektriker, so sehr seine Uniform anderes besagt, mutmaßt er, dass die durchgebrannte Leuchtstoffröhre einer anderen Epoche angehört. Ein Glatzkopf kommt herein, der ihm beipflichtet. Diese Vierer-Armee umringt den eingeschrumpften Vater in seinem Bett, das sie sogleich von der Wand abrücken. Der Größte schiebt, der Dünnste, offensichtlich der Befehlshaber, zieht es nach vorn, und sie bittet inständig, kein Serum auszuschütten, keine Kabel zu verwirren. Sie hebt die Knie auf das abgewetzte Sofa, nun beengt von ihrem Vater.

Dieses Quantenhaar, das einmal schwarz gewesen ist, einmal die Sonnenflecken verborgen hat, die sie nun auf dem Schädel des Vaters entdeckt, befindet sich jetzt unter dem Bildschirm, unter den Beinen zweier Tennisspielerinnen, die über das Spielfeld jagen und auf ihren Sohlen rutschen, sich wieder aufrichten, den Ball dreschen, Röckchen schwingen lassen, die die Kamera von hinten aufnimmt, sie stellen muskulöse Schenkel zur Schau, epilierte Waden, wischen sich die Stirn mit ihren Schweißbändern.

Von den Militärelektrikern auf die minimale Ausdehnung ihrer Körper reduziert: Ihre Knie, tausendfach gebogen, bilden unmögliche Winkel auf dem klapprigen Sofa. Der anämische Vater hat einen noch schieferen Hals als sonst, und das Rechteck des Fernsehers ist aus dieser Entfernung eine *goldglänzende logarithmische Spirale*, deren Ton der

Vater mit der Fernbedienung aufgedreht hat, seine einzige Befehlsgewalt. Alle sind gebannt von dem Bildschirm, alle bewundern diese allzu weiße Tennisspielerin und die andere, tiefschwarz, in tödlichem Schlagabtausch, kurze Schreie in Synkopen, schweißtriefendes Stöhnen, kaum übertönt vom Schlägertrommeln.

Ohne die Tennisspielerinnen aus dem Auge zu lassen, bauen die Uniformierten die schwere Stromzuführung aus, die in die Wand eingelassen ist, hinter dem Bett. Eine Staubwolke erhebt sich von *Jahren Fasern Haaren Flügeln Milben*, Atome der Kranken, die dem Vater vorangegangen sind, und die aufzusaugen niemand sich die Mühe gemacht hat. Sie atmet sie ein und hustet sie aus, kommt um vor Ekel und sagt sich beklommen, dass der Vater eine offene oder geschlossene Wunde hat, vor allem jedoch eine infizierbare, und dass für einen Kranken Krankenhäuser Hochrisikogebiete sind.

***

Eine Putzfrau fährt mit dem Mopp über den fremden Dreck und hustet dabei unentwegt bronchitischen Schleim aus. Sie verstreut die Elementarteilchen über das Linoleum, verschlissen von jahrzehntelangem Desinfizieren. Ein Wirrwarr von Rädern und Füßen, Schuhbändern und Steckdosen, Stimmen, die ihre Arbeit erschweren. Die Fäden des Mopps verhaken sich in den Militärstiefeln, machen sie nass, die sibyllinische feuchte Falle, die sie den Uniformierten stellt.

***

Und wie sie gekommen sind, so gehen sie wieder, einer nach dem anderen, Krankenschwester, Putzfrau, Soldaten, bis nur noch einer übrig bleibt, der mit dem kindlichen Gesicht. Er baut sich vor der Tochter auf und erstattet ihr, indem er die schwieligen Hände hebt, unverständlich Bericht über das veraltete Beleuchtungssystem des baufälligen Gebäudes, über die zahlreichen Probleme, die es mit sich bringt, Verkabelung, Wechselstrom, nicht mehr existierende Ersatzteile, das karge Budget dieses öffentlichen Krankenhauses. Sie haben noch eine durchgebrannte Glühbirne ausgewechselt und einen kaputten Schalter. Er spricht zu ihr, als wäre sie Direktorin des Krankenhauses, Verwaltungschefin oder Vorstand des Haushalts, in dem sie jetzt lebt, als wäre sie die Gebieterin ihres Vaters oder seine Vertreterin. Dabei ist sie bloß eine gelegentliche Tochter.

Der Vater verbittert: Der Soldat da hat nur zu dir gesprochen, als wär ich bloß ein Farbklecks in der Landschaft.

Der asketische Vater hat keine Kraft für die Zeitung, keine Konzentration für einen Roman. Im Fernsehen läuft nichts, und Strom soll man auch nicht verschwenden, sagt er und schaltet des eben reparierte Licht aus.

Er wird nicht sterben, beschließt sie erleichtert, als sie ihn nörgeln hört.

* * *

Für die Mutter soll sie am Handy den Urin im Beutel oder in der Flasche beschreiben, in die er entleert wird. Dabei bedenkt sie nicht, dass die Tochter die Farbtöne nicht unterscheiden kann. Die Tochter zögert. Es ist nicht *Zitrone Butter Banane*, auch nicht *Honig Mais Karamell Ananas Senf*. Auch nicht *Orange oder ewiges Feuer*. Wassermelonensaft?, beharrt die Mutter und fügt hinzu, Blut könne intensiv färben. Nein, entgegnet sie, verliert sich in noch mehr Schattierungen von Gelb und Rot. Etwas feuriger.

Noch ein Glas Wasser? Wenn ich noch mehr Wasser trinke, droht ihr der Vater, platze ich.

Die Tochter hätte seinen Urin probiert, um eine Diagnose zu stellen. Als kleines Mädchen hatte sie den Geschmack ihres Urins mit dem ihrer drei Geschwister verglichen. Die Zwillinge pinkelten in die Windeln, über die sie mit der Zunge fuhr, und der Erstgeborene spülte nicht hinunter, als legte er es darauf an, Teil der Forschungen ihrer Zunge zu werden, als wollte er herausfinden, wie weit ihr Wissensdurst ging.

* * *

Alle Nachrichten erwähnen die Lunge, die man einem kleinen Mädchen transplantiert hat. Eine Erwachsenenlunge, die sich die Tochter mehr als beengt vorstellt in einem erst sieben- oder achtjährigen Brustkorb. Ein Mädchen, im Begriff zu platzen. Du hast gar nichts begriffen, entgegnet der Vater, ihr wurden bloß Stücke der Lunge transplantiert.

Sie wechselt den Kanal, und es erscheint die Geräuschkulisse der breiten Straßen mit ihren Demonstranten. Ein ohrenbetäubender Lärm, an der Grenze zum Erträglichen.

Sie will den Kanal wieder wechseln, starrt jedoch weiter auf die Demonstranten, die gegen das Rentensystem wettern, das sie im Alter sich selbst überlässt, und sie fragt sich, ob ihr da jemand gerade eine unterschwellige Botschaft schickt.

***

Auf dem harten grünen Sofa, einem Tropfen an der Decke ausweichend, der in ein Gefäß fällt und die Wand bespritzt. Eben hat sie die Biographie des gelähmten Physikers zu Ende gelesen, der im Sterben liegt oder vielleicht schon gestorben ist.

Ein Pantoffel wippt an seiner Fußspitze, als der Vater sagt: Du hättest den Roman lesen sollen, den ich dir empfohlen habe. Sie blickt erstaunt auf, weil sie nicht weiß, wovon er redet. Du findest ihn auf dem dritten Bord, der sechste von links, gibt der Vater an und kartographiert aus dem Gedächtnis sein Arbeitszimmer. An genau diesen Koordinaten findet sie abends die Ausgabe mit den trockenen, brüchigen Seiten, herausgeschält aus jahrhundertealten Wäldern, die es seit Langem nicht mehr gibt. Ein Klassiker, in durchsichtige Plastikfolie geschlagen, mit Staub bedeckt. Sie schlägt ihn auf und sieht seine leicht schräge Unterschrift unten auf einer sepiabraunen Seite, die noch weiß gewesen war, als er in nach rechts geneigter Handschrift das Datum notiert hat: *05-1957*. Eben dieses Buch hatte ihn für die Medizin begeistert.

Sie fragt sich, was ihn an dem Roman so gefallen hat. Der Arzt ist eine arrogante Kröte mit hervorquellenden Augen, besessen von der jüngsten Entdeckung, den Röntgenstrahlen. Er ist ein furchtbarer, ironischer Arzt, ohne Interesse für seine Patienten. *Lichtdurchlässige Larve lavierend zwischen zwei Strömen* lautet die Wendung, die sie ablenkt. Der Vater schläft. Sie vergisst, ihn danach zu fragen.

Die Spur, die die asymptomatische Tuberkulose bei ihm hinterlassen hatte, wer weiß, wann. Er nannte diese Narbe Verkalkung.

***

Die Tuberkulosekranken im Roman wohnen auf Sturmhöhen. Die Gesunden in den Niederungen, den Niederlanden, die nur ein einziges Land waren.

***

Es war das einzige Land, das sich auf das Schmelzen der Polkappen und das angekündigte Ansteigen des Meeresspiegels vorbereitete. Es hatte ein Drainagesystem errichtet, das die Überschwemmungen verhindern sollte, denen der Rest des Planeten zum Opfer fallen würde. Auf einer Reise in dieses Land, unter dem Meeresspiegel gelegen, hatte sie sich eine Infektion zugezogen, die ihre Nieren fast zerstört hätte.

***

Sie waren schon immer ein Hiesiger, meint der Arzt mit den Quellaugen, als er entdeckt, dass der Protagonist, auf Besuch, um sich um seinen Vetter zu kümmern, ebenfalls infiziert ist.

Wahrscheinlich sind wir immer krank, wissen es nur nicht. Auch wenn sie als kleines Mädchen gedacht hatte, man wolle sie erschrecken mit all den Geschichten, was ein Körper erleiden kann, hatte sie erst später begriffen, dass diese Geschichten kaum mehr als ein Abriss waren. Denn die Ausnahme ist das Leben. So viel kann schiefgehen, denkt sie und blickt von ihrer Lektüre auf zum Urinbeutel, dessen Farbton sich ändert.

***

General Urology. Dieses Lehrbuch findet sie auf einem anderen Bord im väterlichen Arbeitszimmer, wo sie sich ein paar nächtliche Stunden mit Urologie ablenkt. Fünfte Auflage, 1966. Der Vater hat die Gegenwart seiner Lektüre mit blauer Tinte vermerkt, *1967*. Der unterschreibende Vater ist da siebenundzwanzig. Er hinterlässt dreimal seinen Namen: auf der ersten leeren Seite, auf der zweiten unter dem Titel, auf der dritten neben dem Inhaltsverzeichnis.

Merkwürdig. Ihr Vater verbietet ihr, in Bücher zu schreiben, die er ihr leiht, doch diese Seiten sind voll von manischen Unterstreichungen eines Studenten. Die Mutter versichert, das Lehrbuch gehöre ihr, aber vielleicht sind nur die Unterstreichungen von ihr.

Die unterstrichenen, kommentierten Bücher: Botschaften, die die Mutter für die Tochter in der Zukunft und für ihren Mann in beider Vergangenheit hinterließ.

Wenn beide das Lehrbuch studiert hatten, musste die Mutter es später durchgegangen sein.

Studienaufzeichnungen. Schräge Schönschrift auf einem losen Blatt zwischen den Seiten. Hier und da etwas korrigiert, durchgestrichene und neu geschriebene Sätze.

1) *Reichlich Wasser*
2) *Repro vermeiden (was sollte das heißen, etwa das, was sie sich vorstellte?)*
3) *Einnahme Vitamine und Minerale*
4) *Milch reduzieren, Käse vermeiden*
5) *Saures Phosphat Na oder 12-4-6 g. Neutrales Phosphat Na oder 12 2,5 g*
6) *Pyridoxin. Folsäure. > 25 mg × 30*
7) *Kartoffeln, Süßes, süße Früchte, Brombeeren, Spinat, Götterspeise, Kohl, Tomate, Sellerie, Rote Bete, Kakao, Tee, Kaffee, Rhabarber meiden.*

***

Mit mehr Blutkörperchen in seinem Kreislauf hätte der Vater mehr Interesse an dem Fund dieses Papiers gezeigt. Er strengt sein Gedächtnis nicht an, offenbart keinerlei Neigung zu rekonstruieren, welche Umstände diese Maßnahmen erforderten. Alles hat sich verändert, ich lerne gerade, das Gelernte zu vergessen, denn diese Kenntnisse taugen nicht, oder es hat keinerlei Wert mehr, den Körper eines Patienten abzuhorchen, zu untersuchen, abzutasten; jetzt geben Maschinen die einzige Gewissheit, das Auge der Maschinen. Die Medizin ist nicht mehr die, die ich studiert habe, fügt er mit einem Gähnen hinzu.

Doch die Tochter will diese Maschinen lieber meiden, diese Augen, die alles sehen, das Winzige, Ferne, Tiefe, das für das menschliche Auge Unerreichbare.

Die Tochter tut, als hörte sie nicht, und bleibt bei dem Sigmamycin, das sich gedruckt unten auf der Seite findet, ist das nicht ein Breitspektrumantibiotikum aus der Familie der Tetracycline? Sie hat das Internet befragt, der Vater befragt sich selbst, ja, ja, sagt er und denkt noch kurz darüber nach, man benutzt es, um Krankheiten bei Bienen zu behandeln.

Denn *Arbeiterinnen Drohnen aber nicht die Königinnen* litten an Parasiten, die in ihre Körper schlüpften, an verschiedenen Bakterien und Pilzen, die ihre Köpfchen befielen, gekrönt von zwei Fühlern, die ihre Nasen waren, ihre Köpfchen voller Punkt- und Facettenaugen, an den Schläfen die Facettenaugen, an der Stirn die drei Punktaugen. Ein Virus attackierte diese Köpfe oder krümmte die Flügel und Beine in tödlicher Lähmung.

Die Bienen, eine vom Aussterben bedrohte Spezies, deren Verschwinden das der Menschheit einläuten würde.

Sie kannten keine Ruhe, nicht einmal im Bienenstock. Sie schwirrten, um sich in der Luft zu halten und die aberhundert *Kilometer Isotope Jahrhunderte* zurückzulegen, die sie überwinden konnten. Sie pflegten und ernährten einander, verteidigten sich, indem sie die Feinde ihrer Gemeinschaft stachen, und starben verstümmelt in Selbstmordattacken. Der Vater ließ sie reden, aber als sie eine Pause machte, klärte er sie darüber auf, dass die Bienen nicht so kommunistisch waren, wie es den Anschein hatte. Sie konnten auch grausam sein: Eine kranke Biene wurde aus dem Bienenstock ausgestoßen, um die Königin und die anderen Arbeiterinnen zu schützen.

Das hatten die Menschen getan, wenn eine Seuche wütete.

***

Sie wühlt in ihren Taschen nach einer Münze, als eine Frau zu ihr tritt, ein Kind auf dem Arm, dessen Gesicht von Mumps geschwollen ist. Entzündung der Ohrspeicheldrüsen. Der Junge weint. Die Frau reicht ihr die fehlende Münze, und obwohl sie weiß, dass es riskant ist, sie anzunehmen, befördert sie sie rasch in den Schlitz und holt sich den zweiten Milchkaffee aus der Maschine. Sie flieht vor dieser Frau, meidet den Fahrstuhl, immer vollgestopft mit Leuten. Nimmt die Notfalltreppe und balanciert die beiden Kaffees mühsam auf dem Treppenabsatz, während sie Atem schöpft.

Nichts freut ihren Vater so sehr, wie sie mit diesem widerlichen Automatenkaffee kommen zu sehen, den sie gemeinsam trinken, jeden Morgen, heimlich.

***

Mehrere Nachrichten der Mutter in Folge. Ob die Kinesiologin schon da war. Ob der Vater seine Übungen gemacht habe. Ein paar Schritte auf dem Gang. Sonst werde der Muskelschwund brutal sein.

Auch die Knochen können verkümmern, denkt sie und vergisst dann ihren Gedanken.

***

Sein Haar ist trotz Anämie gewachsen. Er kämmt die Strähnen nach vorn zur Stirn, steckt dann den Kamm in die Hemdtasche. Immer hat er Hemden mit Brusttaschen getragen, darin schmale Kämme, niemals T-Shirts, niemals Shorts, niemals Turnschuhe. Er ist immer ein korrekter Mann gewesen, makellos, der jetzt einen seitlich offenen Kittel trägt, lose zugebunden mit vier Bändern, die seine Rippen, seinen Rumpf den Blicken freigeben. Der Stoff reicht nur den halben kümmerlichen Oberschenkel hinab. Sie gehen langsam, sie beide, den Gang auf und ab. Der Vater geht gebeugt, schleift den Tropfständer mit sich und schwankt, als hätte die Kochsalzlösung ihn besoffen gemacht. Die Rippen hervorstechend, der Rumpf ergraut, die Länder unten in weiße Gaze gewickelt, die Sonde, die Liter von *Saft Honig hungrigen Hummeln*. Und die weißen Strümpfe, die eine Thrombose verhindern sollen, aber ausgeleiert sind. Bis zu den Knöcheln gerutscht. Sie beschließt, nicht hinzusehen, wenn der Vater sich bückt und sie hochzieht.

Das gemeine Gekicher der Krankenschwestern und der jungen Hilfskräfte.

Sie sind an den Exhibitionismus der Patienten gewöhnt, schreibt der Knochenexperte und denkt an seine kürzliche Darmspiegelung. *Once you've seen a butt you've seen them all.* Sie weiß, dass nicht alle Hintern gleich sind. Nicht alle Penisse. Der ihres Vaters in Stoff gewickelt.

***

Der Vater auf dem Bett und sein kümmerlicher Kittel des öffentlichen Krankenhauses. Die Mutter ruft ungeduldig, bedeck dich ein wenig, ja?

***

Ein Vater in der Dusche, eine Tochter bei ihm. Und dunkle, runzlige Haut, die zwischen ihnen baumelt, zwischen dem gekräuselten Haar seiner Beine. Sie hat weder das wilde Haar noch diesen väterlichen Hautsack, erst wenn sie einmal groß ist. Denn alle sagen, sie gleiche dem Vater aufs Haar.

***

Die Ärzte muss man hereinlassen, bestimmt ihr Vater und trinkt den Kaffee aus. Durch dieses Krankenhaus wie durch alle anderen wandert ein Trupp von Ärzten in ihren Achtzigern, die ihn kennen, die seine Kollegen waren; und durch die Gänge schlängeln sich auch, entschlossener, ungeduldiger, in ihre Handys sprechend, die angehenden Ärzte, die seine Schüler waren. Sie stecken den Kopf durch die Tür und grüßen. Wie geht's uns heute, Doktor?, sie machen eine Verbeugung und setzen ihren Weg zu anderen Kranken fort, erleichtert, dass nicht sie in diesem Bett liegen. An dem Nachmittag sehen drei dieser frisch graduierten Ärzte bei ihrem Vater vorbei. Trotz Anämie und Verwirrung nennt er jeden bei seinen beiden Nachnamen, während sie, die sich gerade vorstellen wollten, ihre Namen wieder hinunterschlucken. Der Vater protzt mit *Jahr Semester Ewigkeit* ihres Studiums, mit ihren Fehlern bei der Abschlussprüfung, den Noten, die sie bekommen haben.

***

Bei ihrer Freundin zu Hause, damals noch im letzten Studienjahr, bedauerten die Studenten des Vaters sie. Das

Mitleid war nur der Auftakt dazu, sich Luft zu machen. Der Vater beginne seinen Unterricht in der Lautstärke eines Professors, doch seine Stimme werde immer leiser, bis sie unhörbar sei, sogar für die Studenten in der ersten Reihe. Manche hatten gelernt, von seinen Lippen zu lesen, wenn seine Stimme sich verflüchtigte. Und die Tochter konnte ein Lächeln nicht vermeiden, denn sie kannte diese väterliche Taktik, sie selbst benutzte sie im Unterricht: Wenn sie merkte, dass ihre Schüler abgelenkt waren, verringerte sie die Dezibel. Die Schüler mussten in die erste Reihe aufschließen und größte Aufmerksamkeit zeigen. Oder sich dem Rauschen überlassen und dabei einschlafen. Sie verlangte viel bei den Prüfungen, wie der Vater, über den sich diese angehenden Ärzte beklagten. Ihr Vater war nicht nur streng bei den schriftlichen Prüfungen und erbarmungslos bei der Benotung, er demütigte sie auch in den mündlichen Prüfungen bei jeder kleinsten Ungenauigkeit. Bei einer Auslassung. Bei zu viel Information und zu wenig Verständnis. Wenn sie den Organismus nicht als ein komplexes Zeichensystem begriffen. Wenn sie nicht sorgfältig bei der Aufzählung der Symptome zugehört hatten. Der Vater rief ihnen in Erinnerung, dass sie, jeder einzelne von ihnen, verantwortlich für Leben waren, für die sie würden zahlen müssen, wenn sie einen Fehler begingen. Der Fehler war jedoch dem Gehirn eingeschrieben. Irren war menschlich, so ungern man das auch zugab. Nur Fehler 404 war der Maschine eigen.

***

Das Bild eines aufgeschnittenen Gehirns, während sie einen Blumenkohl durchteilt und die Röschen abreißt, zum *Kochen Stampfen Durchfüttern*, mit Sahne und Salz. Seine dicken Nervenstränge, sein Weiß fast grau.

***

Eines Tages sollte sie ihn sagen hören, er habe lernen müssen, jeden seine eigenen Fehler begehen zu lassen. Damals war ihr Vater bereits im Ruhestand.

An einem anderen Tag hatte er gesagt, wer sich nicht an sein Leid erinnere, lebe besser. Ich lerne gerade, mir die Vergangenheit aus dem Kopf zu schlagen, sagte er. Die vergessliche Tochter gab ihm recht.

***

Der strenge Arzt, der der Vater war, erwähnte nie seine eigenen Fehler oder die Todesfälle, die sich in den Falten seines Gehirns angesammelt hatten. Seine eigene Mutter war in einem OP gestorben, ohne dass er es hatte verhindern können. Sind Sie allergisch gegen ein Medikament?, fragte sie der Anästhesist. Nein, antwortete die alte Frau in all ihrer Vergesslichkeit. Ihr Sohn mit dem guten Gedächtnis, das Arztdiplom gerade in der Tasche, hätte ihr widersprochen, hätte erklärt, dass sie bereits zweimal auf Metamizol reagiert habe. Einmal leicht. Einmal mittelschwer. Die dritte Dosis sollte die letzte sein. Ein Selbstmord aus Zerstreutheit.

Und es gab noch einen nicht verhinderten Tod, den er so gern vermieden hätte und nie vergessen konnte, denn das verbat ihm sein Gedächtnis. Und der Groll des Erstgeborenen. Und die unerträgliche Vergebung der Tochter.

***

Sie mustert ihn, ohne sein *Stethoskop Gel tiefschwarzes Schnurrbärtchen*, wie er an einem Tisch sitzt, die Lippen nicht bewegt. Sie erwähnt ihre biologische Mutter, fragt ihn zum ersten Mal, ob sie ihren Tod verursacht oder das Aspirin die tödlichen Blutungen ausgelöst habe oder ob es eine Kombination aus Tochter und Medikament gewesen sei. Der Vater schüttelt den Kopf, ohne ihn zu heben, als trüge er in ihm die Last der Schuld. Bei deiner Mutter wurde die Geburt eingeleitet, murmelt er, aber man hat ihr zu viele Hormone gegeben.

Mit seinem Einverständnis hatten sie ihren chemischen Tod herbeigeführt.

Die Geburt der Zwillinge ist nicht eingeleitet worden, fügte der Vater in einem bekümmerten Murmeln hinzu, auch nicht die deines Bruders, sie alle wurden langsam auf die Welt gebracht.

***

Sie war überzeugt, dass es besser war, Tochter ihres Vaters als seine Schülerin zu sein, wäre sie auch seine beste Schülerin geworden. Sie. Weder die Zwillinge noch der Erstgeborene, der nie seine Verachtung für den Arztberuf verheimlicht hatte.

Ich hatte immer gedacht, du würdest dich für die Medizin entscheiden, sagte der Vater resigniert, doch stur. Immer kam er darauf zurück, auch wenn die Sache seit Ewigkeiten beigelegt war und sie ihm keine Erklärung geben konnte. Doch der Vater variierte seinen gewöhnlichen Monolog: Aber am Ende ist doch eine Doktorin aus dir geworden, die einzige in der Familie. Du bist der Doktor, entgegnete die Tochter verärgert. Doch der Vater widersprach. Viele Ärzte hätten nur ein Diplom, sie Doktor zu nennen, sei eine etymologische Verirrung.

Etymologische Doktorin, doch hinter dem Lächeln der gelblichen Zähne kroch der Schatten einer Bitte hervor. Wann werde sie ihn diese Doktorarbeit lesen lassen, die er finanziert habe? Und er musterte sie, als wühlte er in ihrem Innern, und sie hielt dem harten, achtzigjährigen Blick stand, den erloschenen Augen, blinzelte vielleicht zweimal schnell. Es ist bloß eine Doktorarbeit, sie ist voller Fehler, entgegnete sie und versuchte, den Riss in ihrer Stimme zu überdecken, mir wäre es lieber, du liest sie, wenn sie korrigiert und publikationsfertig ist.

Der Vater nickte, doch sie wusste, er würde sie wieder darum bitten, und so fügte sie hinzu, du wirst ohnehin nichts verstehen, Papa, es sind Seiten um Seiten kosmischer Gleichungen.

***

Der Vater hebt die Sonde an und untersucht den Beutel voller *Limonade Senf Löwenzahn*. Eine Grimasse stechenden Schmerzes wandert über sein Gesicht, verrunzelt es ganz und gar bis auf die Lippen, die sich in einem säuerlichen Lächeln dehnen. Der Vater krümmt sich, geht es dir gut? Sie weiß, dass etwas da drinnen nicht stimmt, und der Vater weiß es auch. Ja, er *lügt schwitzt hechelt windet sich*. Er stößt hervor, da stecken Blutgerinnsel in der Sonde fest, und er nimmt sie, biegt sie wie einen Schlauch, saugt seinen eigenen Urin in die Blase zurück, versucht den Pfropf trockenen Blutes zu lösen, der ihm die Krämpfe verursacht. Schau, schau! Die Sonde füllt sich mit dunklen Gerinnseln, und sie sieht, ohne sehen zu wollen, tut so, als sähe sie hin, wendet den Blick ab, sieht jedoch, was das Innere ihres Vaters beherbergt. Blut von ihrem Blut fließt durch die Sonde in den Zinnoberbeutel, während der Vater Grimassen maßlosen Schmerzes vollführt. Ich hole Hilfe, verkündet die Tochter und hört hinter ihrem Rücken den Vater sagen, nein, nicht nötig, darum kümmere er sich selbst, und sie kommt ins Zweifeln, hält inne, verdoppelt sich, um von außen diese Szene zu begutachten, die sie früher bereits erlebt hat. Der Vater, ohnmächtig vor Schmerz.

* * *

Ihr Vater der Vergangenheit war aufgetaucht und hatte ihr einen langen Schlauch bis zum Magen eingeführt, um das Paraffin auszusaugen, das sie geschluckt hatte. Obwohl es verboten war, da zu gefährlich, hatte der Vater mit dem Mund den gesamten Brennstoff herausgesaugt.

Dann hatte er sie bestraft. Er hatte ihr noch eine der vergessenen Geschichten vorgelesen.

Jetzt wollte der Vater die Gerinnsel seines eigenen Todes einsaugen.

* * *

Die Sonne sank, es war schon Nacht. Und in dieser Nacht geht sie wieder in sein Arbeitszimmer und blättert in *Ge-*

neral Urology. Fängt in dieser Nacht mit dem Lesen an, unterstreicht in den Unterstreichungen. Löscht in dieser Nacht das Licht und macht es wieder an. In dieser Nacht verlässt sie das, was ihr Bett gewesen war und immer noch ist, wenn sie darin schläft, und geht ins Bad, das sie früher mit den Zwillingen geteilt hat, und versucht zu urinieren, kann aber nicht. In dieser Nacht geht sie zitternd ins Zimmer zurück, denn es ist hundekalt in dem Haus, das sie nicht mehr kennt, nur seine Gerüche, und deshalb öffnet sie den Schrank und findet sich selbst in dem abgestandenen Aroma einer anderen Zeit, in der trägen Luft der Vergangenheit. Sie riecht an den Mänteln, die da immer noch wie Selbstmörder hängen, darauf wartend, identifiziert zu werden.

Mit flinken Händen fährt sie in die Taschen. Tasche für Tasche, sucht nach verlorenen Fragmenten ihres Vaters.

* * *

Ihr Freund, der nicht mehr Schauspieler ist, kommt, um mit ihr zu essen. All die Soldaten, flüstert er ihr ins Ohr, und mustert die zahllosen Rekruten ringsum. Schön sind die Jungs, wunderschön. Seine Augen gleiten langsam über *Ohren Knöpfe Lippen verstärkte Reißverschlüsse*, die man schnell öffnen könnte. Ja, sagt sie, schön, mag sein, sagt sie, jung, sagt sie, aber vergiss nicht, es sind Soldaten, erzähl mir besser von dir. Und der Freund erzählt ihr ausgerechnet von seinen Harnwegsbeschwerden: von der Verengung der Harnröhre, von dem Metall, das man eingeführt hat, um sie zu weiten. Der Freund weiß, dass er sich dieser Prozedur, die seine Intimsphäre verletzt, alle fünf Jahre unterwerfen sollte, doch er wartet, bis kein einziger Tropfen mehr herauskommt, bis kurz vor dem Platzen. Sie stellt ihn sich nackt und aufrecht vor, mit dem baumelnden Metall, der Urin metallwärts fließend. Sie bestellt Sprudel, er ein helles Bier, demonstrativ, glaubt sie. Anstatt sich hinzusetzen, nehmen die Soldaten sich Mittagessen, Getränke, Kaffee wer weiß wohin mit. Und jetzt?, fragt sie aus Höflichkeit und hofft inständig, dass er nur kurz resümiert, alles in Ordnung? Zwischen den Wolken blitzt gerade ein letzter orangefarbener Strahl im Smog über der Bergkette hervor, und das Gelb der Blätter glänzt auf, herbstlich. Ich bin zu dick, sagt er, sitze zu viele Stunden im Büro, und die Wampe drückt. Da verkrampft sich mein Penis.

* * *

Sonde bedeutet in irgendeiner Sprache Klang. Und sie hört Musik, als man dem Vater seine abnimmt und Urin in das Metallgefäß unter den Laken fällt.

* * *

Die Kinesiologin ist Tochter des Urologen und spezialisiert auf Reanimierung. Das schreibt sie in dieser Nacht dem Knochenexperten. Er schickt ein paar Fragezeichen zurück. Sie diktiert eine neue Nachricht, schickt sie ab und erkennt zu spät, dass sie vergessen hat, die Eingabesprache zu ändern. Das System verliert den Verstand. *The king is your logan to talk to the school room on Switzerland I'll free animal.* Sie diktiert erneut, irrt sich wieder, *least expensive four continental importance,* sie wechselt endlich die Eingabesprache, um zu diktieren: *Sie ist Expertin für Inkontinenz und Impotenz.*

Merkwürdiges Fachgebiet, antwortet er, und sie denkt, die Ironie hätte vom Erstgeborenen stammen können.

Diese langmähnige Kinesiologin massiert ihn von den Zehenspitzen bis zu den Waden, um den Kreislauf anzuregen.

Sie lässt die beiden allein. Lässt zu, dass ihr Vater sie mit fremden Töchtern hintergeht.

***

Mutter und Tochter holen den Urologen im Gang ein, um sich zu vergewissern, dass er den Entlassungsbrief unterschreiben wird, nachdem er die Fäden gezogen hat. Sehr sympathisch, Ihre Tochter, sagt sie, um etwas zu sagen. Und um etwas zu sagen, lobt auch die Mutter das merkwürdige Fachgebiet und fügt lächelnd hinzu, ich will diese Übungen auch lernen.

***

In der Nacht zuvor war es kaum mehr als erhöhte Temperatur, nun ist es eindeutig Fieber mit einer Reihe von Fragezeichen. Ein Gramm Paracetamol.

Als sie wartet, dass der Automat den Kaffee ausspuckt, hört sie jemanden hinter sich. Sie klammert sich an die Maschine, bereitet sich vor. Der Verrat kommt immer von hinten. Dolchstoß in den Rücken. Es ist der Urologe, der die Entlassung gerade widerrufen hat. Das Blutbild ist nicht in Ordnung. Die weißen Blutkörperchen weisen auf eine Infektion irgendwo im Körper hin, man weiß nicht, wo. Er glaube nicht, dass es Grund zur Sorge gebe, doch ein Anruf vom Labor besagt das Gegenteil. Eine Krankenhausinfektion. Die gefürchtete resistente Infektion.

Ein Infektiologe wird gesucht, den es in diesem armen Krankenhaus nicht gibt.

***

Alle drei Sekunden starb jemand an einer Gesamtinfektion, der Septikämie. Ihr Vater, schwach, aber nicht verwirrt, hatte Fieber, aber keinen Schüttelfrost, atmete ruhig, die Haut nicht fleckig. Trotzdem konnten plötzlich Komplikationen auftreten. Er hatte die Zeit gegen sich.

***

Zwei lauwarme Kaffee später und fünf Stockwerke weiter oben erklärt der Vater, er gehe nach Hause. Gib mir die Kleider und warte draußen, befiehlt er, doch seine Tochter, die Soldatin, rührt sich nicht. Sie setzt sich auf das Sofa, das sich bereits ihrer knochigen Form angepasst hat, und ruft ihm in Erinnerung, dass er zu Hause ebenfalls im Bett liegen werde, und was Betten angehe, sei das im Krankenhaus besser. Sogar das in diesem dahinsiechenden Krankenhaus. Der Vater und seine verächtliche Miene. Seine Pantoffeln aus Kaninchenbalg unter dem Bett.

Im Schrank hängende Hosen. Ein Hemd, gerade aus der Reinigung gerettet. Sich aufrichten, in die Schuhe schlüpfen, sich anziehen, Krawatte binden, in einen schnellen Rollstuhl setzen und davonrauschen: Ebendas will er, und es ist an ihr, ihn daran zu hindern, denn sie weiß nicht, wann die Mutter zu Hilfe kommen wird.

***

Wenn der Knochenexperte seine plötzlichen, wilden Fieberattacken hatte, kam sie mit kalten Umschlägen, das wurde empfohlen. Sie fürchtete diese Temperaturen, die bei ihm in die Höhe schnellten und nicht sanken, fürchtete, was sie womöglich mit seinem Gehirn anstellten, es *kochen schmelzen zu Brei machen*. Sie fürchtete, dass ihn diesmal tatsächlich die Malaria, das Denguefieber, die Cholera oder sonst eine Seuche erwischt hatte, die da in den Gräben gärte. Sie tauchte Handtücher in Eiswasser und redete ihm ein, dass nur so das Fieber sinken werde, und er schüttelte sich auf der Matratze. Hör auf, bitte, hör auf, Elektroschock, jaulte er, doch sie gebot ihm zu schweigen und durchzuhalten.

So kalt dürfen die Umschläge nicht sein, warf ihr der Vater am Telefon später vor, nur lauwarm. Der Wiederanstieg des Fiebers nach eiskalten Wickeln kann entsetzlich sein.

Doch Kälte war es, die sich zwischen ihnen eingestellt hatte. Diese Liebe war, wie das Fieber, schließlich erkaltet. Sie hatte ihn gebeten, nicht wieder anzurufen, und erwartet, dass er sie ankläffen würde wie ein geprügelter Hund, aber er widersetzte sich nicht. Besser so, murmelte er betrübt.

***

Kenntnisse zu haben, hieß nicht gleich, entsprechend zu handeln.

Wenn du dein behandelnder Arzt wärst, Papa, würdest du dich mit diesem Fieber gehen lassen? Benommen angelte der Vater sein Stethoskop hervor und legte es sich ans Herz, um zu sehen, ob das steigende Fieber es beschleunigt hatte. Er schlief im ruhigen Rhythmus seines Herzschlags ein.

Dieses kleine Hohlorgan hinter dem Knochenschild war nicht immer eine Metapher.

***

Geschichte der Uhr. Da man im Altertum keinen Sekundenzeiger hatte, maß man die Zeit anhand der Herzschläge, ohne zu bedenken, dass eine Arrhythmie diese Berechnungen durcheinanderbringen konnte.

Weil die Tage mit *Langsamkeit Trägheit Elefantenherz* vergingen und sie das Zeitgefühl verlor, war sie überrascht, dass der athletische Erstgeborene nun ein etwas gebeugter Herr war, der fast beschwerlich durch die Tür trat. Und dass der Zwilling einen Bart hatte und Lederschuhe trug. Die Zwillingsschwester schob mit mütterlicher Ausstrahlung einen Kinderwagen, der nicht durch die Tür passte, und sie begriff, dass auch ihrer Schwester die Kindheit abhandengekommen war. Die Mutter war eine alte Frau, die kaum vierzig gewesen war, als der Vater, um Jahre älter, für das blutverdünnende Aspirin geworben hatte. Die tote Zeit im Krankenhaus bot ihnen nun die Gelegenheit, sich diese Werbung wieder vorzunehmen, von jeher eine umstrittene Erinnerung, Anlass zum Streit. Der Erstgeborene stieß seinen verächtlichen Satz aus, er habe den Vater nie im Fernsehen gesehen. Sie zog die Brauen hoch und bekräftigte, der Vater habe da in seinem weißen Kittel gesessen, umgeben von anderen Ärzten. Der Zwillingsbruder korrigierte sie, der Vater sei allein aufgetreten; wie könne der Zwilling das wissen, er sei doch nur ein kleiner Junge gewesen. Da war niemand sonst, beharrte der Zwilling, und die Zwillingsschwester nickte und quetschte dabei ihr Doppelkinn. Allein und sehr ernst sei der Papa gewesen, und der Zwillingsbruder fügte hinzu, er habe in kurzen, salbungsvollen Sätzen gesprochen, ohne die Miene zu verziehen, wie ein Standbild, über das man die Stimme im Off gelegt hatte.

***

Die Vorlesung. Ihr Vater sprach von der Entwicklung der Katheter, die sich durch Venen und Arterien schlängelten und auf dem Weg zum Herz Engstellen beseitigten. Es war die Geschichte von Kanülen, die sich mit einem Ballon an der Spitze ihren Pfad durch den Körper bahnten. Der Vater zeigte Dias mit Zeichnungen, vielleicht waren es auch Folien, die über einen Overheadprojektor an die Wand geworfen wurden. Vor einem Publikum aus Spezialisten. Vor der Familie. Eine Gelegenheit für die Mutter, diese Schar eigener und geliehener Kinder als ihren Besitz zur Schau zu stellen. Sie zwang sie zu förmlicher Kleidung, die sie nie haben würden, und so zogen sie stattdessen die Schuluniform ohne Abzeichen an. Nur der Erstgeborene fehlte, entschuldigte sich mit einem Sportwettbewerb, damit er seinem Vater nicht applaudieren musste.

Dem Vater erstarb allmählich die Stimme, bis ein alter Arzt ihm aus dem Parkett zubrüllte: Professor, sprechen Sie lauter.

***

Das Bild ihres Thermodynamikprofessors schob sich davor: Diese Manie mit *Sonden Klistieren Kanülen Kathetern* musste typisch für schüchterne Professoren sein.

***

Stümper. So lautet sein Urteil über den angesehenen Infektiologen einer Privatklinik, der gerufen worden war, um diesen Notfall zu behandeln. Er hat eben entschieden, dass der Patient sich nur zum Ultraschallraum begeben darf, wo man feststellen soll, ob unter der Naht Bakterien wimmeln. Der Vater hatte erwähnt, dass er beim Ziehen der Fäden einen Tropfen seröser Flüssigkeit hatte austreten sehen. Sickern. Eitern. Ausschwitzen. Nicht weiter schlimm, hatte er gesagt und wusste genau, dass das Fieber dort seinen Sitz hatte.

Das Mikroskop sollte das letzte Wort haben.

***

Sie macht das Licht an, der Urinbeutel glänzt auf wie eine untergehende Sonne.

***

Man hatte den Vater durch die offenen Korridore, die windigen Innenhöfe dieses alten Krankenhauses geschoben, vorbei an Eimern, die das dreckige Wasser von den Decken auffingen, vorbei an erdbebengeschädigten Mauern und lockeren Fliesen in den Ecken; in irgendeinem geheimen Raum drainierten sie gerade seinen Urin, verschmutzt von anonymen Bakterien, denen sie bald einen

Namen würden geben können. Die Mutter wartete unterdessen im kalten Zimmer, in eine Decke gewickelt, die sie von zu Hause mitgebracht hatte; ihr Handy hatte sie in die Steckdose gesteckt. Die Uhr zeigte auf dem Bildschirm die Sekunden an, die verhassten Minuten, eine allzu gedehnte Stunde, vielleicht mehr. Die Tochter schlug die Zeit bis zu ihrer Rückkehr dorthin tot, als sie eine Nachricht vom Handy ihres Vaters erhielt, doch geschrieben hatte sie die Mutter auf dem geliehenen Gerät. Ihr Telefon war verschwunden. *Was heißt geklaut, Mama, warst du nicht da? Hast du es nicht irgendwo liegen lassen?* Denn immer wenn die Mutter etwas verliert, hält sie sich für das Opfer eines Raubüberfalls. Sie antwortet sofort, um die Zweifel der Tochter abzuschmettern. *Hier ist ein ständiges Kommen und Gehen,* und sie füllt den Bildschirm mit wütenden Ausrufezeichen. *Sie müssen hereingeschlichen sein. Vielleicht bin ich ein paar Minuten eingenickt,* schreibt sie, *ich bin erschöpft, habe die Nase voll von diesem Räuberhöhlenhospital.*

Gott hat mir die Qual auferlegt, mich in Geduld zu üben, sagt die Mutter und bläst sich die Haarsträhnen aus den Augen. Nur wenn sie jemandem die Schuld zuschieben will, ruft die Mutter bedenkenlos Gott an.

***

Porträt des Stoizismus. Der Vater, in seine Gedanken gehüllt wie früher in die Wolke seiner Zigarette. Der Vater, der die Krumen auf dem Teller mit dem Finger zusammenfegt, sie zerdrückt, aufnimmt, zum Mund führt. Der Vater, der mit unerschütterlichem Gesicht die Hühnersuppe löffelt. Die Trauermiene der Mutter, die ihn wie ein

Vögelchen essen sieht. Der Vater, der mit seinen harten Fingernägeln gegen die Zähne klopft wie ein Specht. Der Vater, der seine Uhr aufzieht und sich notiert, was er tun wird, wenn man ihn aus dem Krankenhaus entlässt, auch wenn ihm sein Terminkalender niemals die verlorenen Tage zurückgeben wird.

Der Vater klagt über nichts, ganz anders die Mutter, sie klagt am laufenden Band.

Die Mutter arbeitet ununterbrochen, als würde sie nicht arbeiten, sondern diesem öffentlichen Krankenhaus entfliehen, in das sie nicht mehr zurückkehren wird.

***

Und der junge Mann mit den Knochen, kommt er dich besuchen? Wer weiß, entgegnet die Tochter und weicht der Wahrheit aus. Zwischen ihnen hat sich alles verrenkt, er hat nicht wieder angerufen und beantwortet nicht ihre Nachrichten, mag er sie auch *empfangen lesen in tausend Stücke reißen*, und sie fürchtet, dass er sein Handy gegen die Tür geschmettert hat, der Bildschirm gesprungen ist, aber sie weiß, so ist es nicht.

Der Abgrund hat sich zwischen ihnen aufgetan und kann nicht mehr geschlossen werden.

***

Sie sieht zu, wie sich die Vitamintablette im Wasser auflöst. Aufsteigende Bläschen, die platzen und eine brodelnde Galaxie gebären, die sie hinunterschlucken wird.

***

Wie viel Antibiotikum geben sie dir, Papa? Ich weiß nicht. Hast du nicht gefragt? Nein, habe ich nicht, aber sie weiß, dass er lügt. Muss wohl eine hohe Dosis sein, sagt der Vater dann und fügt wütend hinzu, die schießen mit einem Maschinengewehr auf Mücken. So erledigen sie mit einem Mal den ganzen Schwarm, entgegnet sie. Ja, bekräftigt der Vater und hebt die Stimme, als hätte die Wut einen tonischen Effekt auf seine Stimmbänder, im gleichen Aufwasch erledigen sie auch mich.

Sie nutzt die Gelegenheit und zerquetscht eine weitere nymphomane Krankenhausmücke. Ihre Flügel kleben an der Wand, festgeleimt vom Blut, *frisch letal goldener Staphylokokkus*, das die Mücke aus dem Vater gesaugt hat. Denn Mücken haben ein Herz, aber kein Blut, fällt ihr ein, als sie sich die Blutspur ihres Vaters ansieht, die sich auf der rissigen Wandfarbe ausbreitet.

Diesmal war es ein sofortiger Tod, oft befördert ihr Schlag die Mücke nur zu Boden, wo sie mit dem Tod ringt, Beinchen in der Luft, in zuckenden Bewegungen.

***

Der Bericht des Mikroskops: Es gibt kaum Ungeziefer in der serösen Flüssigkeit. Der Vater hatte recht, sie haben ein Maschinengewehr benutzt, um mit einer leichten Infektion fertigzuwerden. Das starke Antibiotikum zeigt sofortige Wirkung, aus der Wunde des Vaters tritt Wasser. Nässt *Wundverband Kittel Laken Stunden Zeitungsseiten.*

Und dennoch entlassen sie ihn nicht.

Und ihr Vater altert weiter, unterdessen.

***

Wenn der Kranke in die Freiheit entlassen wird, muss er beginnen, von seiner Genesung zu genesen. Der Vater, tief in seinem Loch, wartet auf diesen Moment.

***

Und die bewohnbaren Planeten haben dich nie interessiert?, fragt der Vater und fragt nicht das, was sie erwartet hätte. Sie lächelt traurig, schüttelt den Kopf und nickt dann, denn sie hatte tatsächlich daran gedacht, das Thema jedoch aufgegeben, wie fast alles andere. Aber sie wisse, dass die Kosmologen eifrig nach alternativen Planeten suchten, es gebe bereits hundertneunzehn Kandidaten, wenn auch nur zehn mit Größe und Temperatur der Erde. Manche versicherten, sie hätten Wasser auf einem Planeten in einem anderen Sonnensystem gefunden, dem Trappist. Und?, fragt der Vater, und sie erklärt ihm, dass dieses System vierzig Lichtjahre entfernt sei, 9,5 Billionen Kilometer mal vierzig, und der Vater verzieht enttäuscht die Lippen und nimmt die Zeitung auf, um das Gespräch zu beenden, doch dann breitet er sie wieder auf dem Bett aus und fragt nach dem unterirdischen Salzsee, den man gerade auf dem Roten Planeten entdeckt hat. Ja, gibt sie zu, da ist ein See unter dem Eis, aber man weiß nicht, wie viel Wasser er enthält. Und der Mars ist Millionen von Kilometern entfernt, sieben Monate im Shuttle, sagt sie, den Blick aufs Fenster gerichtet.

Manche glaubten, auf einem großen Stück Fels durch das Weltall zu kreisen, ihrem Schicksal überlassen; diese Leute hofften nur, nicht aus dem Orbit geworfen zu werden, nicht auf einen ähnlichen Felsen zu prallen oder gegen die Sonne.

***

Es ist ein besonders kalter Morgen, selbst für die rauen Winter in ihrem Land der Vergangenheit, das allmählich wieder zu ihrem Land der Gegenwart wird. Der Vater ist gerade entlassen worden, man bringt ihn im Rollstuhl zum Eingang. Die Temperatur ist im Keller, die Feuchtigkeit auf höchster Höhe, doch der Vater will sich partout nichts überziehen. Die Tochter klappert mit den Zähnen, trotz Schal und Mantel, den sie vom Nordpol mitgebracht hat, trotz des Schirms, den sie öffnet, damit nicht auf sie beide der Regen pisst. Sie verabschiedet sich von den Pflegern in ihren dünnen Militäruniformen und fragt sich, wann sie mit ihrem Vater in dieses ungesunde Krankenhaus wird zurückkehren müssen. Denn seine Besserung ist bloß eine Tatsache des Augenblicks, augenblicklich überlebt zu haben bedeutet nicht, dass er das nächste Mal nicht sterben wird. Eine Frage der Wahrscheinlichkeit, und die Wahrscheinlichkeit ist der Kern der Wissenschaft.

Wieder wird es regnen und sich aufhellen, die perfekte blaue Bergkette wird sich abzeichnen, bis zum Tal beschneit. Eine saubere Sonne wird zwischen den wasserschweren Wolken aufscheinen und das breite Fenster füllen, und sie wird sich neben diesen Vater setzen, um Jahrhunderte älter, kränker, sie an seiner Seite: *alt groß-*

nasig schnurrbärtig verbittert, noch immer eine nutzlose Lüge in der Kehle.

***

Während sie auf das Taxi warten, das nicht kommen will, denkt sie, dass sie es ihm sagen muss, bevor es nicht mehr möglich ist. Ihm sagen, dass sie diese Doktorarbeit nie geschrieben hat. Dass die Abgabefrist verstrichen ist. Dass sie am Morgen einen Brief von der Universität erhalten hat, in dem man sie über ihre endgültige Exmatrikulierung informiert. Jetzt gibt es kein Zurück mehr, und sie sollte sich befreit fühlen, doch sie hält sich für gefangener denn je, mit diesem *Brief lebenslange Strafe Kahnbeinschrauben* immer noch im Eingangsordner. Es war ihr eng und kalt ums Herz geworden, als sie ihn gelesen hatte.

Sagen, Papa, während der Regen heftiger wird. Eine gebrechliche Stimme vernehmen, hast du etwas gesagt? Antworten, ist dir nicht kalt, Papa?, und die Frage über das Regenrauschen hinweg wiederholen, mit erstickter Stimme. Hören, wie der Vater flüstert, ist etwas passiert?, als wüsste er es, ohne sich zu ihr hinter dem Rollstuhl umblicken zu müssen. Niemand kann sie hören. Nein, Papa, sagt sie, ihre Zunge ist ein Zischen, ihre Stimme ein dünner Faden, der im Gewitter nass wird, und dann haucht sie ein ungelenkes, es ist nicht wahr, Papa, aber da versandet ihr Satz. Der Vater dreht seine greisen Augen zu ihr, als suchte er ihre geweiteten Pupillen im Schatten des Regenschirms. Ja, räumt der Vater ein, was ist schon wahr?

Das Problem war nie die physikalische Theorie gewesen, mochten ihre Beweise auch schwach und ihre Methode spekulativ gewesen sein, das Problem war oder ist, und sie setzt den Satz hastig fort, denn der Vater will sie unterbrechen, dass ich den mathematischen Beweis nicht hinbekommen habe. Sie hatte schließlich akzeptiert, dass ihr nur wichtig war, was sie nicht verstand und was man nicht sehen konnte, die Mutmaßung, dieses Vorantasten in der Dunkelkammer des Kosmos. Nicht das Auge an Teleskope legen, so mächtig, dass man eine aufgeschlagene Zeitung auf dem Mond lesen konnte. Und der Vater schüttelt den Kopf, als sollte sie schweigen, doch sie kann nicht mehr schweigen und sagt gequält, sie habe es versucht, aber nicht geschafft, und auch noch den letzten Centavo des Vaters ausgegeben. Deine Ersparnisse, dein Alter.

Das wusste ich bereits, murmelt der Vater vor Kälte zitternd. Und er macht eine Pause, bevor er weiterspricht, denn in der Ferne glaubt er, ein Taxi zu erkennen, und hebt die Hand, um sich bemerkbar zu machen. Lügen ist nicht deine Stärke, Kleines, und er geht vom Präsens in die Vergangenheit über: Du hast immer heftig geblinzelt, wenn ich dich danach gefragt habe, du hast geblinzelt, wie deine Mama geblinzelt hat, wenn sie mich belog. Mit den gleichen schnellen Wimpern, mit dem gleichen Funkeln im Blick.

***

Sie wollte ihm sagen, dass sie kürzlich in einem Buch gelesen hatte, ein aufmerksamer Zuhörer müsse nicht sehen. Wollte ihm sagen, wie sehr diese Zeile sie erschüttert hatte, sie hatte sich verschluckt, krampfhaft gehustet, dann die Augen geschlossen und etwas begriffen, was sie nicht in Worte fassen konnte, und deshalb sagte sie es ihm nicht.

***

Sie stehen immer noch auf dem Gehweg, zwischen den Reihen geparkter Autos, sie beide. Beide verlassen. Sie schiebt den Rollstuhl fort vom Krankenhaus, um einen Wagen zu finden, der sie aus diesen feuchten Straßen holt. Da fällt ihr ein, dass in der Stadt der öffentliche Nahverkehr bestreikt wird. U-Bahn, Busse, Taxis, alle Fahrer stehen im Zentrum, mit Transparenten. Die Lage hier ist explosiv, sagt der Vater, als sie ihn daran erinnert, zu explosiv für mich. Zollstreik, Transportstreik, für Montag ist einer in der Architekturschule angekündigt, einer der Lehrer am Donnerstag, dann eine Demonstration der Gymnasiasten, der Immigranten, der zahllosen vergewaltigten, geschlagenen, ermordeten Frauen in diesem Land. Und all die Banküberfälle, die einfallenden Brücken, die Dürre, die politischen Skandale, all die Korrupten und Unverfrorenen. Und so ist es nicht nur hier, sagt der Vater. So ist es überall, in allen Ländern. Kaum zu glauben, dass die Erde noch immer ganz ist und sich dreht. Wie viele Sekunden sind wir vom allgemeinen Desaster entfernt, eine halbe Minute?, sagt er und hebt seine Stimme eines verletzten Vogels. Was zeigt die Weltuntergangsuhr inzwischen an? Doch sie antwortet nicht, kann nicht sprechen, dieser Vater, noch immer arm an Blutkörperchen, doch strotzend von Energie, dieser auferstandene Vater sagt da, dass die Zukunft düster aussieht, dass er auf einen anderen Planeten will.

Man müsste diesen Planeten in Ordnung bringen, nicht zu einem anderen abhauen, wo wir die gleichen Fehler machen würden. Die gleichen Fehler, wiederholt der Vater, welche Fehler könnten wir ausbügeln?, mit welchem würdest du anfangen?, fragt er mit verlorenem Blick und schließt die Augen, *verträumte anämische Schlachtlämmer*.

Belebt von einem Windstoß fügt er hinzu, du hast jetzt nichts mehr, nicht mal diesen jungen Mann, nicht wahr?, den Gerichtsmediziner, mit dem du zusammengelebt hast, und ich kann nicht für dich aufkommen, was wirst du tun?, was willst du tun? Sie betrachtet ihn mit entleerten Augen, als hätte sie sich in sich selbst verloren, würde dort ertrinken. Mit dir durchbrennen?, und sie zieht die Brauen hoch, zu einem anderen Planeten?, und sie zögert, ihre Stimme sind viele Stimmen, ihre Frage ist *nervös nebulös Kurzschluss von Sternschnuppen*.

Abgemacht, sagt der Vater, als er es um die Tochter herum funken sieht, die Tochter, vom Licht berührt, außerdem, sagt er, bist du mir das schuldig, ich brauche dich auf dieser Reise, du bist die Expertin fürs Jenseits.

Die chilenische Originalausgabe erschien 2018 unter dem Titel *Sistema nervioso* im Verlag Literatura Random House, Santiago de Chile.

www.aki-verlag.ch
@akiverlag

Gedruckt auf säurefreiem und chlorfrei gebleichtem Papier zur Unterstützung verantwortungsvoller Waldnutzung, zertifiziert durch das Forest Stewardship Council. AKI-Bücher werden klimaneutral gedruckt.

Covergestaltung: Marco Jann Studio, Zürich
Covermotiv: Amy Friend, *This is me at nine years old/Dare alla Luce*
Satz: Tristan Walkhoefer, Leipzig
Gesetzt aus der Stempel Garamond LT / 230120
Druck und Bindung: Friedrich Pustet, Regensburg
Auch als E-Book erhältlich
ISBN 978 3 311 35006 4